COLLECTION FOLIO

Bernard Tirtiaux

Le puisatier des abîmes

Denoël

Bernard Tirtiaux est né à Fleurus en 1951. Homme de théâtre, il est aussi maître verrier depuis l'âge de dix-huit ans.

À mes enfants, Ivan, Madeleine
et Grégoire, ce monde échappé.

« Et si l'éclat de l'incendie promet d'être assez beau pour payer le bois de ta vie que bûche à bûche tu as amoncelé, je te permettrai de mourir. »

ANTOINE DE SAINT-EXUPÉRY

Vendredi 2 juin

C'est vrai qu'elles et moi on ne s'aime pas. Depuis ma naissance, elles m'ignorent. En retour, je les méprise. Je les injurie en disant « mes crapules » avec une hargne de muletier.

Appendices de chiffon, mollusques informes, pitoyables, mes jambes ont imposé au reste de mon corps d'être un bateau ensablé, une coque prisonnière de glaciations éternelles. Moi qui rêvais de haute mer, j'ai toutes les ancres du port pour m'enchaîner au quai, pour me couper du large. Le vent et l'air salin ont eu temps de réduire mes voilures en charpie, mes mâts sont enracinés au cimetière des arbres morts.

Faute de pouvoir marcher, je roule et je rampe. J'ai compensé la démission de mes guiboles en développant la partie saine de mon corps. Cela m'a pris des années. Enfant, j'étais faible et chétif : une carcasse d'oiseau.

Ça me rappelle... J'ai dix ans. Nous sommes avec ma mère, ma sœur Marjorie, mon frère Clovis, sur la côte atlantique. C'est la fin de l'été. Le cabanon où nous passons nos vacances est planté en bordure d'océan, à deux pas de la plage, à cent pas de la mer quand la marée est basse. Un matin, j'ouvre l'œil plus tôt que d'habitude à l'instant où le jour commence à poindre. Il m'invite à son lever. Je me laisse glisser hors de mon lit. J'enfile mes vêtements puis je me déplace sans bruit jusqu'à la porte d'entrée en traînant derrière moi mes pattes amorphes comme un paquet d'algues. Je n'ai réveillé personne. Passé le seuil, je m'installe sur l'avancée de bois pour suivre l'apparition du soleil. Le spectacle est grandiose ! Une tempête a fait rage toute la nuit et le vent effiloche les derniers nuages. Cette dispersion se joue dans les mauves et les lilas avant de migrer vers la gamme des roses. Si la maisonnée ne dormait frileusement, j'inviterais tout le monde sur le ponton pour partager ce moment de grâce. Seul face à l'immensité, mon imagination gambade. Je suis amiral sur la dunette d'un galion. Toute la flotte est derrière moi. Mille vaisseaux naviguant sous bannière espagnole..

Remisé à quelques reptations de l'endroit où je me trouve, le char à voile de Clovis. Mon frère l'a construit tout seul. Il a récupéré des roues, quelques tubes, une toile de crylon. Clovis ressemble à mon père, il fabrique ce qu'il veut avec ses mains. J'ai réussi à obtenir certaines explications sur la conception de la machine, mais j'ai eu moins de succès quand j'ai émis le souhait de l'utiliser. « T'es fou ! C'est trop dangereux ! Il faut des réflexes... » Je n'ai pas insisté. N'empêche ! Il a fière allure ce coursier. Il me fascine depuis que je l'ai vu en mouvement, emportant dans sa fougue les rires grisés de mon grand frère et de sa bande. En être timonier, avoir des ailes, se faire porter par la brise, disperser dans les airs un enneigement inverse d'oiseaux blancs...

Je me tire jusqu'à l'engin. J'escalade la ridelle avec une gaucherie de sirène. Le vent met du désordre dans mes cheveux. Il me souffle : « Je t'emporte vers le large ? »

Je suis en place. Je trône. Me revoici grand navigateur surplombant la proue de son navire. Avec le système de contrepoids mis au point par Clovis, la voile se hisse sans trop d'effort. Le coursier trépigne, je largue l'amarre, je lâche le frein. Voilà le char qui s'ébranle péniblement. Les roues s'enfoncent dans le sable poudreux dominant les marées. Quand la machine arrive dans la zone marbrée qu'a relissée la mer, elle prend de la vitesse, devient sauvage. Encaissant bourrasque sur bourrasque, elle tangue, change de cap, rebondit, puis se jette à toute allure sur les rouleaux qui refluent et grossissent devant moi comme un mur... Je n'ai de force ni pour redresser mon vaisseau ni pour en sauter. Quant à mes cris et mes pleurs, personne n'est là pour les entendre. J'ai dix ans et je vais mourir. L'océan me happe, me lape, me gobe. Je surprends le jour, je m'engouffre dans la nuit. Un coup s'abat sur ma tête. Mes mains cherchent prise. De l'eau salée s'infiltre par mon nez, par ma bouche, sous mes paupières : une provision de larmes pour mille ans. Je me noie et j'ai peur ! Terriblement peur...

La première image qui me revient de mon réveil de naufragé cerne le visage défait de ma mère. Rares ont été les moments où je l'ai vue abîmée de la sorte dans un sanglot. Non qu'elle fût dure ou insensible, mais maman a toujours eu l'élégance de ces femmes de cœur qui s'interdisent de lester autrui de leurs états d'âme et qui mettent un point d'honneur à rester éclusières de leurs détresses.

Avec les années, je crois pouvoir dire que cette défaillance soudaine dont je me crus alors seul responsable, ce jaillissement de douleur qui me fit si forte impression, était le trop-plein d'une autre peine soigneusement contenue liée à l'absence prolongée d'Alexandre Carvagnac, mon père, qui était retenu à l'étranger depuis des mois. Fors ma mère, aucun de nous ne mesurait le danger qui pesait sur ses épaules alors qu'il travaillait sous haute surveillance militaire au creusement d'un puits géant dont il ne voyait pas le bout dans un coin troublé du Kamtchatka. Il n'en est pas de la géologie profonde comme du percement des montagnes, qui propose une issue aux mineurs. Père faisait les frais d'un forage scélérat, mal implanté par une équipe de repéreurs négligents. Jouant de malchance, il était tombé dans le dernier tronçon sur de la roche brûlante qui réduisait les trépans en bouillies et se montrait rebelle au dynamitage. Cette fouille menée sous la contrainte dans la basse lithosphère fut pour lui un cauchemar. Alarmé par la température excessive du sous-sol aux abords de la cavité qu'il devait atteindre, le puisatier redoutait une irruption de magma en surpression dans le sondage et la remontée par le boyau d'une masse de lave qu'aucun dispositif de destruction du puits ne pourrait arrêter. Il vécut avec cette hantise des mois durant, craignant pour la vie de ses hommes, à qui les autorités ne donnaient pas d'autre choix que de poursuivre le creusement.

Tout cela nous l'apprîmes quand il nous revint. Je le revois à sa sortie d'avion. Il était maigre, portait une barbe de trappeur aux frontières incertaines qui remplissait les creux de ses joues, envahissait son cou. Malgré l'épuisement qui se lisait dans ses traits, c'est en conquérant qu'il vint à notre rencontre, nous embrassa. Il était soulagé du dénouement heureux de l'aventure. Il exultait de nous retrouver. Et moi je gâchais la fête en pleurant. C'était ma pauvre façon de saluer le retour du héros, ce héros légendaire comme il n'en existait que dans mes livres. Clovis me railla et, injure suprême, me traita de « fille ». Ce jour-là, père m'enleva à mon fauteuil roulant pour me porter dans ses bras. Mon visage d'enfant contre le sien. La caresse rêche de sa main lapant mes larmes. J'ai traversé à hauteur d'homme cet aéroport que j'aurais voulu interminable, j'ai eu en prêt ses jambes valides pour marcher. Mon bonheur et ma fierté éclatent sur cette photo qui fit la une des journaux le lendemain de son retour. J'ai conservé cette page où l'on voit nos visages accolés sous le titre « La remontée des abîmes du puisatier Carvagnac ».

Samedi 3 juin

Mon père n'est pas un puisatier ordinaire, de ceux qui ramènent en surface les eaux souterraines pour abreuver les gens ou exploitent les sources chaudes qui circulent dans le chauffage de nos villes. De même, il a toujours fait peu de cas des poches gazeuses, de l'or noir, des minerais précieux qui titillent la fibre financière des extracteurs plutôt que leur cœur. Ses ambitions l'ont mené beaucoup plus loin dans l'exploration du sous-sol, à plusieurs milliers de mètres sous nos pieds, là où se cachent les grands vides, ces cavités souterraines qui se sont formées dans la lithosphère lors d'explosions volcaniques superficielles ou, plus bas encore, ces crevasses enfouies au plus profond de la terre et dont les soubassements trempent dans un bouillonnement de magma éblouissant mariant la fusion de ses rouges et de ses ors, une pelure incandescente d'étoile. Il aura été le premier à ouvrir une cheminée sur les régions inférieures, le premier à atteindre une de ces matrices torrides ayant contenu en des temps géologiques reculés la sève de l'astre prisonnier. Un métier de géant doublé d'un doigté d'horloger. Car, si on peut chercher du pétrole en faisant les frais de plusieurs forages, il en est tout autrement lorsqu'il s'agit de rejoindre une de ces chambres magmatiques enfouies sous terre, un de ces creusets vides qui en savent long sur l'enfer d'avant la naissance du diable et des hommes. Dans ce domaine, la précision se révèle essentielle. Elle s'obtient par prospection géomagnétique, étude sismique et gravimétrique de l'écorce terrestre, enregistrement des mouvements contractiles de la cavité repérée. L'implantation du puits est tributaire de ce travail préalable qui recoupe toutes les techniques éprouvées de repérage pour cibler l'objectif au degré près. La moindre erreur est fatale au projet et à ses bailleurs.

Je regrette de n'avoir pu, en raison de mon infirmité, suivre mon père au fond d'une de ses cheminées, je parlerais mieux de son travail de puisatier. Tout ce que j'ai appréhendé de son monde me vient de récits flamboyants cueillis à même ses lèvres et aussi d'images qu'il nous rapportait d'expéditions démentielles, menées à l'insu de nous tous, femme et enfants, dans les abîmes vierges. Mû par un irrésistible appel des profondeurs, mon père s'est construit des engins incroyables pour explorer les chambres magmatiques encore incandescentes où débouchaient ses puits. Il a pris le risque d'arpenter certaines de ces cavités, tout empâté et empoté d'une combinaison ignifuge raide comme une cuirasse de chevalier teuton. Sa fascination pour ce monde minéral d'une irréelle beauté a failli nous l'enlever à maintes reprises. Doté d'un sang-froid étonnant, il évoquait ses péripéties en riant. Nous, on suffoquait rétrospectivement chaque fois qu'il nous racontait ses plus belles frayeurs. Ainsi, ce jour où il se transforma en torchère pour avoir quitté dans sa fougue le réduit réfrigéré qui le protégeait ou, pire, cette autre fois où il se trouva suspendu au-dessus du magma par un filin de fibre d'ilménite qui fondait. « Alexandre, s'exclamait ma mère, tu veux nous perdre ? » Une manière bien féminine de lui signifier : « Alexandre, nous ne voulons pas que tu meures. » Moi non plus, je ne voulais pas de cette mort et si je ne disais rien ce soir-là c'était pour mieux donner cours, dans la pénombre de ma chambre, à un imaginaire et pathétique chagrin d'orphelin.

Dimanche 4 juin

Parmi les dessins et les huiles qui couvrent les murs de mon appartement, il y a un petit tableau que j'ai peint voici quelques années avec la finesse des miniaturistes hollandais. Je suis parti d'une photographie de mes parents qui date du temps où ils étaient jeunes amoureux. Cheveux noirs luisants noués sur la nuque, visage métissé aux saveurs du monde avec une touche asiatique dans les yeux, voilà ma mère, Tamara Carvagnac. J'ai ombré de bleu le portrait, un reflet, et c'est tout elle qui m'est apparue : sa grâce, sa tendresse feutrée, la luminosité de son sourire, il ne manquait rien. Pour le pendant paternel de la toile, il s'est brossé tout seul. Une tignasse à édenter les peignes, la germination blonde et serrée d'une barbe. Beaucoup d'or, beaucoup de cuivre, du feu dans le regard. Aucun masque, aucune entrave, le bonheur qui étincelle.

Le cliché dont je me suis servi remonte à l'époque où ils étudiaient l'un et l'autre à l'Institut géologique de Phoenix en Arizona. J'ai pris la liberté de remplacer les bâtiments universitaires qui se trouvaient à l'arrière-plan par une vue du vieux Bruges pour romantiser l'ensemble. Ils sont beaux. Leur joie de s'être trouvés est manifeste. Elle éclate. Ils s'attendaient et le miracle de leur rencontre a eu lieu.

Je possède une autre photo de cette époque où on les voit encordés dans une expédition de montagne. On dit que l'amour donne des ailes. Foi de chérubin, il en a fourni de fameuses à ma mère pour qu'elle se lance ainsi à l'assaut des glaciers, prenne la décision d'escalader des parois abruptes et de se risquer sur des ponts de neige pour la conquête fugace d'un sommet, un coup d'œil panoramique dans les bras de son aimé, un baiser sur des lèvres glacées.

Si mon père a été en toutes circonstances un premier de cordée, il fut toujours merveilleusement assuré par cette alliée attentive et avisée, cette compagne précieuse qui était sa raison, l'eau dans le vin de ses débordements, l'oreille compatissante ou révoltée de ses revers. Car il n'est pas de proue qui n'encaisse la gifle des vagues et, en matière de gifles...

J'ai peut-être la mémoire sélective mais, lorsque j'interroge mes souvenirs, je puis affirmer que je n'ai pas connu de véritable désaccord entre mes parents. J'entends par là de conflit sérieux, de divergence fondamentale. Bien sûr, la vaisselle a parfois fait les frais du coup d'une colère passagère, et il est arrivé que l'une ou l'autre porte ponctue l'un ou l'autre coup d'exaspération, mais sur le fond, je n'ai rien à relever. Tout au plus quelques marques bien compréhensibles de lassitude chez ma mère à chaque nouveau défi lancé par son infatigable époux.

— Où tu nous entraînes, Carvagnac ? soupirait-elle quand il fallait boucler les bagages pour un autre point du globe.

L'instant d'après elle s'armait de courage et sortait les caisses.

Une horreur que nos déménagements. Déjà pénibles par leur périodicité, ils s'opéraient dans l'anarchie la plus complète. C'est ainsi que j'ai toujours vu les objets de première nécessité céder le pas à l'empaquetage précautionneux d'une maudite collection de minerais et de fossiles, pour laquelle mes parents nourrissaient une affection pathologique. Qu'est-ce que j'ai pu trembler pour certains livres ou pour quelques souvenirs de famille dont ces géologues passionnés parlaient de se défaire pour la sauvegarde de cet amas de caillasses que nous jugions, nous enfants, aussi inutile qu'encombrant. C'est peu dire que l'atmosphère était à la morosité quand nous partions. Petits, nous avons tous trois souffert de ces déracinements incessants qui repassaient au blanc la page où fleurissaient les prénoms de nos amis, qui bousculaient la routine de nos activités. C'est de ces fractures que nous avons parlé Clovis et moi la dernière fois qu'on s'est vus, il y a... six ans. Six ans déjà ! Cet éloignement forcé me pèse. Nous étions devenus si proches l'un de l'autre.

Lundi 5 juin

Enfermé dans la coquille de ma solitude, je me tourne aujourd'hui vers l'écriture pour réentendre ne fût-ce que ma voix, me savoir en vie. J'ai un tel vide à combler ! J'espère recroiser par ce biais les êtres aimés, ceux qui sont sortis à tout jamais de ma vie, ceux qui me font cruellement défaut depuis l'éclatement de notre famille. Pour le moment, je me contente de consigner sans ordre mes souvenirs. Je balance entre l'envie de conter la grande épopée du puisatier et le besoin de relater mon quotidien discret qui n'a rien de comparable avec les péripéties héroïques de mon père et ses compagnons mais s'y rattache pourtant par maints aspects.

J'écris aujourd'hui dans un cahier à tranche rouge, avec un vrai porte-plume. J'écris comme on se blottit sur soi-même quand il fait froid. Je résiste à ce grelottement qui m'assaille, en réveillant une à une les braises de ma vie. J'y chauffe mes mains, mon corps au socle gelé, mon cœur gercé d'un si long hiver. Je redécouvre le toucher du papier, la goutte d'encre qui se dévide, le tracement hâtif ou poussif de l'écriture. Je retrouve les taches que l'on ramifie, les doigts encrassés, les dessins en marge, les gribouillages, les biffures, les ratures, et ça me fait du bien. Je suis saturé de mes cadres en cristaux de myolithe, sur lesquels je travaille la chirurgie d'une image sans y laisser l'empreinte d'une main. Je suis las de ces écrans où s'affiche le monde, de ces réservoirs inépuisables de connaissance, qui se targuent d'avoir réponse à tout et ne répondent pas à mes questions pourtant si simples. J'en suis venu à haïr ces boîtes qui nous espionnent jusque dans les méandres de nos pensées. Une connexion et on est repéré, une pression de l'index et on plonge dans la détresse humaine, un mot de passe et c'est un dossier sordide qui s'active sous nos yeux. Quelle pitié !

Mardi 6 juin

J'apporte un correctif à ce que j'ai écrit hier. Je suis mauvais chien de me montrer aussi mordant envers l'outil informatique. À certains égards, je devrais avoir honte d'immoler ainsi un allié qui m'a aidé à me fabriquer en chambre, par voie satellaire et pixelienne, le spectre d'une autre vie. J'ai trouvé dans cette technologie un palliatif plus que satisfaisant à mon état. Il fut même un temps où j'appelais ce local tapissé d'écrans, de consoles et d'enceintes, « ma boutique à rêves ». C'est dire s'il me convenait !

Aujourd'hui, je parlerais plutôt de cet endroit comme d'un atelier de faussaire. L'appellation perd en innocence ce qu'elle gagne en exactitude. Le petit jeu a commencé en fin d'enfance quand je me suis mis à chercher des échappatoires à ma destinée d'infirme en me refaçonnant par écran interposé un corps virtuel en deux puis en trois dimensions. Plus de pattes folles, bien sûr ! Plus de crapules. Je courais dans la peau de mes héros. Je parcourais le monde. Je séduisais des femmes sublimes. Je les prenais dans mes bras, je les attirais dans mon lit...

J'ai passé mes années d'adolescence à me faire du cinéma en surimpressionnant mon visage, mes expressions, ma voix sur les spécimens les plus adulés du septième art. Donald MacKevan, Andy Sullivan, Ferdinand Fraine, Riccardo Serpino... Un travail d'artiste demandant autant de patience que de dextérité. J'ai falsifié quantité de scènes d'amour pour m'entendre dire que j'étais irrésistible : une misérable façon de compenser artificiellement, en m'abusant moi-même, la désespérance sentimentale où je me trouvais. Je n'imaginais pas, dans l'état où j'étais, une alliance quelconque avec une femme de chair et de sang. Je jugeais cela inepte, incongru, suspect. Pire, je me l'interdisais Dans mon esprit, j'étais indésirable, condamné par ma justice à errer en proscrit de l'amour et de toute approche charnelle, condamné par ma sotte justice à la seule permission stérile de n'ensemencer que du rêve.

Mercredi 7 juin

— Il est plus à plaindre qu'à blâmer !

Ce genre de réflexion vous transperce le cœur. Nous sommes tous réunis à Curzay pour fêter les dix-neuf ans de Marjorie et je surprends cet aparté de la bouche de ma grand-mère. Je quitte la table aussitôt, car je sens les larmes qui montent et Clovis va se moquer de moi. Pour retraite, je choisis ma boutique, cette salle de montage audiovisuel qui est mon territoire. L'endroit m'écœure. Je me sens sale avec ma petite chimie d'images, et tellement perdu. J'espère le passage de ma mère. Pourquoi tarde-t-elle à venir ? Chaque minute aggrave ma tristesse. Je suis en pleurs quand elle me rejoint.

— Il faut excuser ta grand-mère, tu sais bien que ses paroles dépassent parfois sa pensée.

Je rassemble mon courage.

— Vous me blâmez ?

Je reçois un baiser et, pour première réponse, une souriante dénégation.

— Tu t'es trouvé un moyen d'aller et venir, de bouger, de t'échapper loin de ta chaise roulante. C'est ton droit ! D'autres ont recours à la boisson ou à des substances chimiques pour s'évader. Même ceux-là je me garderais bien de les blâmer... Ce qui nous peine, ton père et moi...

Elle cherche ses mots.

— ... cette forme de cruauté que tu cultives envers toi-même pour te punir de ton handicap. On t'aime comme tu es et, quoi que tu puisses penser de ton aspect, nous, on te trouve très beau, bien plus séduisant que beaucoup d'enfants de ton âge.

Mon père s'est glissé près d'elle. Il a entendu. Il approuve.

Alors qu'une voix nous rappelle à table avec insistance pour manger le gâteau, il s'approche de mon banc de montage, se saisit au hasard d'un de mes films traficotés.

— Je peux ? Je voudrais voir comment tu travailles.

L'objet disparaît dans sa poche sans que j'aie donné mon accord et nous regagnons ensemble la salle à manger. Je suis d'abord décontenancé par cette ingérence inattendue dans l'univers soigneusement verrouillé de mes falsifications. Suit un sentiment plus mitigé où la gêne de voir mes fantasmes déflorés se colore d'une certaine curiosité à recueillir l'avis d'un tiers sur ce que j'estime être du grand art en matière de transformation d'images. Je termine mon dessert sur des palpitations rétrospectives. À côté du document emporté s'en trouvait un autre plus qu'osé où je m'étais mis au centre d'un tournis féminin de sensualité et de désir, une orgie des sens à réveiller les pulsions d'un nonagénaire. Je n'aurai jamais effleuré la honte d'aussi près. Encore aujourd'hui, j'en ai des suées.

Mon père me rapporte mon film dans les jours qui suivent.

— Je l'ai regardé trois fois avec Tamara. C'est remarquablement fait.

Après avoir émis quelques réserves sur la bienséance du sujet traité, il se dit heureux d'avoir encouragé ma passion en m'offrant les machines dont je rêvais pour améliorer la qualité de mes métamorphoses. Fidèle au sacro-saint principe selon lequel il ne faut jamais lésiner sur les outils quand on veut faire de la belle besogne, mon père a toujours été envers moi d'une générosité prodigieuse, me dotant du matériel le plus sophistiqué qui soit.

La pièce maîtresse de mon installation est une tablette orientable en cristaux de myolithe. C'est sur ce support parfaitement plan que je travaille mon matériel filmique avec une panoplie de calames électroniques qui me permettent de détourer, sélectionner, insérer, agrandir, pigmenter chaque détail de l'image. La commande chromatique du cadre se situe au verso de celui-ci sur le côté gauche. Elle se manipule en aveugle comme un clavier d'accordéon. Au recto, mon pouce sert uniquement au défilé des plans. C'est donc au toucher que je fabrique mes tons comme si je jouais d'un instrument de musique. En connexion avec cette tablette, je dispose d'un assortiment d'écrans de tailles diverses, de consoles, d'appareils de régulation sonore, d'un convertisseur vocal et j'en passe. Autant dire que ma boutique rendrait blêmes de jalousie les meilleurs spécialistes.

— Tu es un as, Antonin ! me lance mon père ce jour-là.

Je suis touché par ce compliment. Je suis d'autant plus heureux d'engranger cette marque de reconnaissance que je sais ma mère rebelle à ces maquillages cathodiques où je débride mon art. Elle préfère me voir peindre ou dessiner, deux domaines où, d'après elle, j'excelle.

— J'étais à mille lieues de m'imaginer qu'on pouvait aller aussi loin dans la falsification d'images et d'informations, poursuit-il. C'est à la fois formidable et très inquiétant. Je ne sais pas si tu te rends compte du pouvoir dont tu disposes. Sais-tu seulement que tu détiens les clés du mensonge ? Comment fais-tu pour rendre indécelables tes contrefaçons ?

— Je retouche chaque fraction de plan à la main avec les calames appropriés. Je procède comme un peintre avec ses pinceaux...

— Doté d'une virtuosité comme la tienne, un homme mal intentionné peut compromettre n'importe qui. Je suppose que tu en es conscient.

Ma réponse est immédiate.

— Je ne souhaite de mal à personne.

— Tu peux faire apparaître un personnage où il ne doit pas être. Tu peux même réveiller un mort si ça te chante.

Je m'offusque.

— Mais tu sais bien que...

— Bien sûr que je sais ! Je pensais tout haut, c'est tout. J'ai une totale confiance en toi.

Il sort de sa poche la capsule qu'il m'a empruntée et m'en présente une autre.

— Tu me ferais plaisir en examinant minutieusement ces images. Les prises ne sont pas bien longues. J'ai besoin de ton avis de spécialiste là-dessus. Cette histoire doit rester entre toi et moi.

Mon père n'est pas sorti de la pièce que je me mets au travail. Je suis fier d'être requis par lui pour une mission confidentielle que j'imagine de la plus haute importance. Je tombe du piédestal de mes fantasmes en visionnant le document dont l'objet m'apparaît sans intérêt : une réception, des gens qui conversent. L'étude microscopique de chaque plan m'amène à découvrir une légère irisation entre le col et le cou d'un des invités : une broutille invisible pour l'œil du profane mais éloquente pour moi. Elle me polarise sur le personnage et me permet de mettre le doigt sur certaines tensions morphologiques qui égratignent mon œil de dessinateur. Je fais part du résultat de mes recherches à mon père.

— Tu es formel, Antonin ?

— Aucun doute.

Il reste pensif un long moment puis se lève, fait quelques pas dans la pièce pour s'arrêter devant la fenêtre.

Je m'inquiète.

— C'est pas grave, au moins ?

Il me répond, lapidaire :

— On cherche à me salir !

Après un moment, il poursuit :

— Je n'ai pas que des amis. Il vaut mieux le savoir !

Imaginant je ne sais quel complot, je regarde, la gorge nouée, le souffle court, le dos robuste de mon père. Je crains pour sa vie en voyant ses épaules qu'il a larges et vulnérables comme une cible d'archer.

Vendredi 9 juin

« Est irréparable ma naissance puisque me voici. Le passé est irréparable... »

J'ai eu, depuis l'enfance, mon indigestion d'œillades apitoyées, de visages contristés, de trognes de mémères compatissantes, de doléances de nounous morfondues ou patibulaires. Je ne dénombre plus les « pauvre petit malheureux », dont on m'a gratifié, ni les yeux embués qui m'ont scruté, épluché avec désolation comme on effeuille un paquet cadeau contenant de la porcelaine brisée. Même à cet âge adulte où j'écris, j'ai encore droit à des regards d'épagneuls qui soulignent dans un chavirement de paupières la tristesse de mon état.

Si j'avais une distinction à remettre, une médaille de la compassion à attribuer, elle reviendrait sans hésitation à tante Brenda. Tante Brenda n'est pas plus ma tante que le dalaï-lama n'est mon cousin, mais elle n'en fait pas moins véritablement partie de notre famille. Elle en était déjà un des piliers immuables avant ma naissance.

Trente ans qu'elle a quitté son Irlande natale pour accompagner mes parents en Ukraine comme aide occasionnelle ! Elle ne s'est jamais séparée d'eux, ni de nous, par voie de conséquence. Monumentale, couronnée d'un invariable chignon roux, affublée d'un accent irréversiblement irlandais et de tenues explorant en boucle la gamme des verts au mépris du reste de l'arc-en-ciel, tante Brenda est et demeure la preuve irréfutable qu'il existe en ce bas monde des êtres échappant aux outrages du temps et aux caprices des modes. Un jour où je demandais à mes parents ce que « inaltérable » voulait dire, je vis leur regard glisser vers notre gouvernante qui traversait la pièce. Il ne m'a pas fallu d'autre explication. En dépit de sa solidité paysanne, tante Brenda est accablée depuis des temps immémoriaux d'un rhume permanent, prétexte à dissimuler une sensibilité à fleur de peau. À la moindre contrariété, elle sort son mouchoir de sa manche en mettant au compte de ses allergies un besoin irrépressible de sangloter. Instigateur autant qu'observateur du phénomène, je l'aurai vue pleurer tous les lacs d'Irlande. Brave cœur ! Elle aura sa médaille. Je lui dois bien cela.

Tante Brenda était là quand j'ai vu le jour il y a vingt-sept ans dans une clinique sordide des environs de Rostov. Elle fut la première à découvrir ma difformité. Je sais par ma mère qu'elle a hurlé quand l'accoucheuse s'est saisie d'une poche de polyéthylène pour m'y enfouir avant mon premier cri. C'était une opération devenue banale dans cette région médicalement sous-équipée d'Ukraine occidentale de supprimer les enfants qui naissaient infirmes des suites de la retombée radioactive qu'avait essuyée cette contrée vingt ans plus tôt. Mon père avait été rappelé au puits quand je suis né. Il se trouvait à plusieurs milliers de mètres sous terre. Ma pauvre mère était tellement rompue par son accouchement qu'elle n'avait pas vu la manœuvre de la sage-femme. Est-ce un bien, est-ce un mal, je dois donc à tante Brenda d'être en vie. Il suffirait que je lui dise cela pour qu'elle se liquéfie d'émotion.

Samedi 10 juin

Mon père avait trente-trois ans quand je suis venu au monde. Marjorie et Clovis avaient respectivement six et quatre ans. L'Ukraine était le deuxième chantier du puisatier. Le succès de sa première entreprise l'avait propulsé à l'avant-scène de l'actualité. On disait des Carvagnac qu'ils étaient les plus grands aventuriers des profondeurs après le professeur Otto Lidenbrock, qui descendit, si on en croit son chroniqueur, monsieur Verne, jusqu'au centre de la terre.

Si l'histoire du grand savant démarre à Hambourg le 24 mai 1863, celle d'Alexandre Carvagnac débuta à Berlin six années avant ma naissance, sur une idée totalement neuve qu'il exposa devant un parterre de sommités politiques et scientifiques au 17e Congrès mondial de l'énergie planétaire. À l'époque jeune marié, bardé de diplômes, il enseignait la sismologie et les techniques de forage au Centre de recherche géologique de l'université de Clermont-Ferrand. Il avait été remarqué par son maître de thèse, le professeur Pacôme Robertson, pour l'originalité d'une étude sur les chambres magmatiques et les fractures rocheuses non comblées de la lithosphère, allant jusqu'à dresser les plans d'un trépan révolutionnaire qui pouvait travailler à des températures avoisinant les mille degrés centigrades pour descendre jusqu'à ces cavités. La décision d'envoyer Carvagnac au congrès de Berlin fut totalement accidentelle. À l'avant-veille du sommet, le vulcanologue Edgar Brichon, qui devait représenter le Centre avec Robertson, fut victime d'un malaise cardiaque. Robertson était déjà à Berlin quand le recteur l'appela en catastrophe.

— Il nous faut remplacer Brichon. Avez-vous quelqu'un à nous conseiller ?

— Comme cela, *a priori*... Je ne vois personne.

— Le congrès a un retentissement mondial. Il constitue une publicité sans précédent pour notre faculté. Un nom, Robertson ! Nous n'allons pas céder notre temps de parole à la concurrence.

— Je pense à...

— Dites !

— Fedor Masdragovitch.

— Soyons sérieux, professeur ! Masdragovitch est touffu, il ne comprend pas lui-même ce qu'il raconte.

— Dans le même domaine que Brichon, nous

avons Alexandre Carvagnac. C'est un élément brillant, doué d'une certaine force de persuasion...

— J'ai eu des échos de son travail. L'idée qu'il défend est séduisante mais relève encore de l'utopie.

— Au stade actuel, elle pourrait interpeller l'auditoire. À notre place, je prendrais le risque. L'occasion est trop belle pour ne pas la saisir.

— Eh bien, puisque tel est votre sentiment, allons-y pour Carvagnac. Je vous l'envoie.

J'imagine le couple filant vers Berlin dans les heures qui suivent. Le géologue camoufle sous une barbe courte un bas de visage qui, dégagé, lui donne un air de garnement espiègle. Son épouse, plutôt pâle, rayonne d'une douceur souriante de madone de cire. Elle est à quelques jours d'accoucher, mais les conseils de prudence de son médecin traitant n'ont pas réussi à la confiner chez elle, en retrait de l'événement.

— Tu vas faire une impression terrible avec ton projet, dit-elle avec toute la charge tendre de sa présence.

Elle adoube son mari de sa confiance et de son amour pour qu'il soit mieux à même d'affronter cet auditoire de savants et d'eurocrates, plus souvent enclins à se répandre en grandes déclarations sur la faillite de notre planète qu'à initier de nouvelles idées. Je la vois sur le qui-vive, glissant par moments sa main dans celle de son époux pour ne pas le départir un seul instant de son soutien.

Le train avance à cadence inégale. Les longues

fenêtres de la voiture offrent des paysages mutilés aux yeux des voyageurs. Par endroits, des étendues d'herbes grises. Ailleurs, des forêts d'arbres lépreux.

— Quelle désolation ! murmure-t-elle.

Alexandre Carvagnac jette un coup d'œil panoramique puis se replonge dans son dossier. La région qu'ils traversent compte parmi les parties du monde qui ont le plus souffert des retombées de brumes rouges. Il aura fallu ces désastres écologiques pour que les hommes freinent leurs émissions d'oxydes de carbone et se décident enfin à utiliser des énergies propres. Le tribut est lourd et certains dommages difficilement rattrapables. Ainsi cette pathologie qui frappe les résineux et transforme des forêts entières en vastes étendues brunâtres. Les feuillus ne sont pas épargnés. Certaines essences importées tombent en déliquescence et sont menacées de disparaître comme ce fut le cas jadis pour les ormes et les merisiers quand la pollution n'en était encore qu'à ses premiers ravages.

— Il faudra trente ans au moins pour rééquilibrer le biotope, lâche Alexandre.

— Tu crois ?

— Disons vingt ans, rectifie-t-il, revoyant sa prévision à la baisse pour ne pas faire le jeu des catastrophistes.

Le regard de Tamara s'échappe. L'enfant qu'elle porte pèse soudain une meule de pierre dans son ventre et sur son cœur.

Cédant à une détestable habitude, Carvagnac

se ronge les ongles. Il est un rien crispé alors qu'il y a quelques heures à peine il faisait des bonds de joie. On le serait à moins ! Avoir comme auditoire tout ce que le monde recèle de compétences en matière d'environnement, d'énergie, de plans de survie de la planète...

— Et s'ils se foutent de moi ?

— On n'en mourra pas, Carvagnac !

Elle se force à sourire.

— T'es ébouriffé comme un plumeau, lance-t-elle.

Elle glisse ses mains souples dans sa chevelure fauve. Elle y met un semblant d'ordre.

— Il faut que tu sois présentable, on va te voir partout !

Le train s'arrête en rase campagne pour un contrôle de radioactivité. Le géologue s'étire.

— Je connais plusieurs collègues qui vont tomber des nues.

Il commence à s'amuser. Sa compagne rit. C'est bon signe.

En gare terminale de Berlin, le professeur Robertson attend dans le froid son ancien étudiant. Il est d'une humeur exécrable. Le coup de fil de la veille a bousculé la métronomie du programme qu'il avait orchestré avec le plus grand soin et il va manquer un rendez-vous pris de longue date avec un confrère à l'autre bout de la ville. Pour ce petit homme tendu comme le jarret d'un marathonien après la course, toute la faculté s'est liguée contre lui dans cette affaire. Brichon pour n'avoir pas jugé bon de différer son malaise cardiaque d'une semaine, le recteur pour l'avoir acculé à prendre une décision à l'emporte-pièce, Alexandre Carvagnac pour s'être rappelé à sa mémoire comme une mauvaise pensée. Même les chemins de fer sont incriminés, car il est sept heures trente-deux et ce maudit train, qui devait arriver à sept heures huit et a déjà outrepassé de douze minutes le retard annoncé, n'est toujours pas là. Tout cela est intolérable et le professeur Robertson pestelle sous sa moustache poivre contre ces employés du rail qui ne respectent jamais les horaires, concluant à la hussarde que sans ponctualité plus rien ne peut fonctionner dans le monde, d'où le chaos, l'apocalypse et pourquoi pas la dissolution du système solaire. Trois fois qu'il prend à partie l'échalas en casquette attaché à la surveillance du quai pour qu'il répercute son mécontentement auprès des autorités ferroviaires. Exaspéré par la mollesse de son interlocuteur, Pacôme Robertson passe ses nerfs sur un distributeur de boissons défectueux, quand le train entre en gare avec force soupirs. Il était temps. Maquillée par quelques neiges ramassées en chemin, la locomotive a des airs placides de vieux reptile. Les Carvagnac descendent de voiture quand Robertson surgit. Après des civilités sommaires, les directives du professeur claquent aux oreilles des deux voyageurs comme un fouet au-dessus des fauves. Entre éructations militaires et injonctions télégraphiques, les recommandations donnent le tournis : ce qu'il faut dire, ne pas dire à la conférence du lendemain, les points troubles à éviter, les questions à prévoir, le ton à prendre, qui est qui, les personnalités à craindre, les alliés à espérer. Tout cela au pas de charge entre la gare et l'hôtel, un établissement somptueux embaumant l'encaustique. Le géologue aurait volontiers révisé une dernière fois sa copie dans ce havre de calme et de confort s'il n'avait pris à Marjorie l'idée saugrenue de venir au monde cette nuit-là, justement cette nuit-là !

Alexandre Carvagnac n'a pas été recoiffé par son épouse pour son allocution au 17e Congrès mondial de l'énergie planétaire. Il apparaît livide, les yeux creusés après cette nuit de piétinements angoissés dans les murs de la clinique Eva-Friedman de Berlin.

Il sort ses papiers et introduit son exposé par ces mots :

— J'ai assisté il y a quelques heures à la naissance d'une petite fille à qui je voudrais offrir l'hospitalité d'une planète regagnée à la vie, décontaminée, lavée de nos souillures. Rien qui ressemble en tout cas à ce champ de désolation que j'ai traversé hier pour venir jusqu'à cette tribune.

Sa voix est ample, graineuse par moments. Elle couvre le monde d'un bout à l'autre de l'horizon, elle rend son verdict sans ménagement.

— Je m'inscris en faux contre ceux qui affirment que la planète est incapable d'assimiler ses déchets. Je désapprouve toutes les solutions de stockage de matières toxiques retenues à ce jour parce que aucune d'entre elles n'est définitive. Je condamne tous ceux qui s'enrichissent au détriment de notre terre...

Passé ces préliminaires incisifs qui enfreignent déjà les recommandations du professeur Robertson, Alexandre Carvagnac développe son idée, cette idée si simple, si évidente que personne n'a eu la naïveté d'y penser. Il faut une sacrée dose d'humilité pour relayer sans sourire une solution d'enfant.

— L'assemblée s'accorde au moins sur un point, celui de dire que la planète est moribonde, voire condamnée. Elle rêve comme moi d'un trou sans fond ouvert sur le néant, d'une bouche d'enfer dans laquelle on pourrait précipiter les résidus inassimilables qui nous détériorent la vie. En quête de ces abîmes, mes recherches m'ont conduit à me pencher sur ce qui se passe en bas, tout en bas, à mi-chemin de la lithosphère qui recèle, comme vous le savez, quantité de failles et de caves qui sont les fruits d'activités éruptives datant de millions d'années, d'explosions souterraines fortuites, de fractures ou de retraits dans les plaques tectoniques. Bien sûr, ces blessures internes se referment au fil du temps géologique mais ça n'empêche pas de trouver, entre six et huit mille mètres de profondeur, des poches spacieuses où nos déchets pourraient être largués sans risque aucun de resurgir à la surface de la terre. Je suis en mesure de creuser des puits qui déboucheraient dans ces cavités providentielles. Nous pourrions éliminer par ces boyaux nos cimetières nucléaires, les produits indésirables stockés dans nos usines désertées, les dépotoirs empoisonnés qui s'amoncellent en lisière des villes, les boues mortes qui pourrissent nos rivières et nos fleuves, les substances toxiques qui réduisent comme peau de chagrin la vie marine. Il est urgent de mettre hors d'état de nuire les excréments de notre confort et de notre consommation. Il m'apparaît que la planète doit s'offrir un grand nettoyage, une chasse à ce qui outrage la vie, celle d'une petite fille qui est née cette nuit dans un faubourg de Berlin, celle des enfants qui recevront de nos mains ce monde en héritage et que je voudrais voir se baigner dans les fleuves ou la mer comme nos grands-parents, boire l'eau des rivières comme le faisaient nos ancêtres...

Un léger remous envahit la salle.

— Ce congrès est une assemblée d'hommes de science. Il existe des tribunes pour les utopistes, clame soudain de sa voix de stentor le physicien Herman Chester.

Le géologue redresse immédiatement le tir.

— Que M. Chester se rassure, j'entre dès à présent, et pour le temps qu'il me reste, dans la partie technique de mon sujet.

L'assemblée se radoucit quand Alexandre Carvagnac expose, projections à l'appui, le principe mécanique de sa « taraudière », cet ingénieux dispositif de forage mis au point pour traverser la croûte terrestre et déboucher sur des chambres magmatiques ou d'autres cavités.

Des questions fusent sur les méthodes de repérage, les composantes de l'outil, la vitesse de rotation des trépans, les problèmes de pression et de sas. Prisonnier de son temps de parole, l'orateur force le débit. Il abrège. Les systèmes antirefoulement sont passés au bleu car il faut à tout prix parler des réservoirs à déchets, qui ressemblent à de grands boulets de trois mètres de diamètre dont la carcasse est une double coque métallique fourrée d'un mélange d'argile irradiée et d'asbeste. Les planches explicatives qui défilent donnent à l'auditoire l'impression d'assister à une partie accélérée de billard géant.

Le président Oscar Glendorf intervient pour décréter que l'idée est ruineuse et impraticable. L'homme a autorité en la matière. Il tient une chaire de gestion des déchets à l'université de Bologne.

— Le professeur Pacôme Robertson va vous donner une estimation d'un forage parachevé à l'explosif et tubé pour une profondeur de six mille mètres dans une roche de dureté moyenne, lance le conférencier.

L'interpellé se racle la gorge et crache des chiffres. Il est vert ! Le voilà impliqué par cet abruti de Carvagnac dans une thèse controversée, qu'il escomptait bien abandonner au sortir du congrès, comme rat fuyant le navire.

— Si M. Carvagnac veut bien nous dire avec quel bureau d'étude il travaille pour la mise au point d'un projet d'une telle envergure ?

La réponse tombe, candide.

— Nous sommes deux jusqu'à présent, ma femme et moi...

La fin de sa phrase est couverte par un rire énorme rebondissant sur quelques bons mots de l'assemblée. Il est entrecoupé d'invectives lancées à l'adresse du farfelu qui est prié par son président de quitter séance tenante cette tribune prestigieuse. Une déclaration d'Oscar Glendorf clôt l'incident.

— Nous sommes confus d'avoir ouvert notre 17e Congrès sur une farce. Nous pouvons d'ores et déjà vous assurer que pareil dérapage ne se produira plus.

Marchant dans Berlin jusque tard dans la nuit, mon père erra sans but des heures durant avant de reprendre le chemin de la clinique où l'attendait le pleur fragile et déchirant d'une petite fille. Les murs de la chambre, peints à l'émail blanc, s'écaillaient de tristesse.

« CARVAGNAC OU LA TERRE
TRANSFORMÉE EN BILLARD À TROUS »
« LE CONGRÈS DE BERLIN S'OUVRE
SUR UNE PANTALONNADE SIGNÉE CARVAGNAC »
« CARVAGNAC POUR UNE DESCENTE
AUX ENFERS DÉSOPILANTE »
« UN EXPOSÉ À RENTRER SOUS TERRE »

Voilà quelques titres que l'on peut lire dans les médias le lendemain et les jours suivants. Inutile de dire que sur le chemin menant de l'hôtel à la clinique et *vice versa,* chaque kiosque à journaux, chaque dépôt de presse brise le cœur du géologue dont le rêve s'est transformé en sujet de risée grimaçante et cruelle. Difficile de feindre, de montrer bonne figure.

— Cela s'est si mal passé ? risque la jeune accouchée.

Le voyant hausser les épaules et soupirer, elle se mord les lèvres.

— On n'en mourra pas, lui dit-il.

La voilà entre rire et chagrin. Il va vers elle, il l'embrasse.

Passe un moment tendre. Elle revient à la charge.

— Tu as vu le professeur Robertson depuis la conférence ?

— Je n'ai vu personne.

Alexandre Carvagnac se garde bien de parler du coup de téléphone assassin qu'il a reçu de Clermont-Ferrand le matin même : au bout du fil, le recteur déchaîné lui annonçant sans préambule sa mise à pied et lui faisant part dans la foulée de son intention de le poursuivre en justice pour le préjudice moral que ses facéties ont causé à la faculté. Furieux, le géologue lui raccrocha au nez.

— Je n'aurais pas dû t'accompagner ! Tout cela est ma faute.

Elle traverse son jour de lac, ce moment de vide où s'abîment les femmes qui viennent d'enfanter. La venue prématurée de Marjorie, l'échec cuisant de leur projet, l'incertitude pour l'avenir qui les attend après ce désastre, tout fait farine au moulin de son désespoir.

Mardi 13 juin

On est à la mi-décembre quand le couple prend place dans le train les ramenant en France avec une Marjorie emmitouflée comme le petit Jésus d'une crèche polaire. Las de ces regards qui le scrutent dans la rue, Alexandre Carvagnac s'est rasé la barbe. À la déception d'avoir été incompris succèdent un mouvement de révolte et des bouffées de colère. Il en veut à certains confrères avec qui il se croyait lié d'amitié de l'avoir laissé tomber et ne pardonne pas à son maître de thèse, le professeur Robertson, d'avoir quitté Berlin sans lui avoir donné signe de vie.

À peine installé dans son compartiment, il recommence à ruminer.

— On n'est pas des pestiférés, nom de Dieu ! Attends que je retrouve ce salopard. Je lui dirai son fait.

Sa compagne est moins excessive.

— Quand l'événement se tassera, il reprendra sûrement contact avec toi. Il s'est toujours montré favorable à ton idée.

— Ça ne l'a pas empêché de m'envoyer au casse-pipe.

— Comment pouvait-il prévoir que ça allait dégénérer ? De nombreux projets échouent non parce qu'ils sont mauvais mais parce qu'ils arrivent à un mauvais moment.

Lui se tait, histoire de ne pas se perdre dans une discussion stérile. Un coup de sifflet et le train part à l'heure, sans tapage, comme on se retire sur la pointe des pieds d'une situation ombrageuse. Coiffée d'un vaste châle qu'elle partage avec son bébé, la jeune maman a des allures de gitane triste. Elle lève un instant les yeux pour suivre un voyageur qui s'installe dans leur compartiment, puis elle se réfugie dans la contemplation béate de la petite. L'arrivée de l'intrus contrarie Carvagnac, qui comptait profiter de ce tête-à-tête avec son épouse pour la mettre au courant de son éviction du Centre géologique de Clermont-Ferrand et de ce procès qu'on veut leur intenter. L'homme qui s'est assis en face de lui est une sorte d'athlète d'une quarantaine d'années à la politesse martiale, au geste précis. Il est brun, rasé de près, nippé comme un mannequin dans la vitrine d'un tailleur chic. Il promène avec lui l'aura parfumée d'un déodorant de grande marque. Sortant d'une valisette une revue allemande de plongée sous-marine, il entame une lecture exhaustive du magazine. Le jeune père oublie ce passager pour se tourner vers sa fille, la réclame, la prend dans ses bras. Sa cueillette est gauche. Il est ému devant ce miracle de fragilité qui s'abandonne à ses grandes mains. La menotte de Marjorie s'enroule autour de son index. Il détaille avec enchantement cette miniature exquise. La mère a vite fait de récupérer la petite. Au bout d'un moment, le voyageur regarde sa montre, range sa revue, puis aborde son vis-à-vis dans un français syncopé.

— Notre groupement me charge de prendre contact avec vous, monsieur Carvagnac. Tadeusz Nielsen est dans ce train. Il souhaiterait vous rencontrer.

L'invitation tombe comme une météorite, laissant le couple totalement interloqué.

— ... Vous voulez dire que Tadeusz Nielsen... ? bredouille le géologue.

— En personne ! Il vous attend dans le wagon de tête. Je vous saurais gré de m'accompagner jusque-là.

Se tournant vers la jeune mère, il lui dit avec courtoisie :

— Je vous ramène votre mari dans une demi-heure au plus tard.

Tadeusz Nielsen voyageant dans le train qui fait la navette entre Berlin et Paris, voilà de quoi faire la une des journaux !

À la tête d'un groupe financier colossal, Nielsen figurerait parmi les vingt plus grosses fortunes du monde. Loin de correspondre à l'idée que l'on peut se faire d'un homme richissime voué à ses profits, ce financier se singularise en n'acceptant que des investissements éthiquement et écologiquement défendables et en faisant campagne contre toute activité, commerciale ou non, dont les effets nuisent à l'environnement. Toujours à l'affût d'idées salvatrices pour la planète, Nielsen s'est fait connaître en prenant part à des émissions télévisées très suivies sur les grands projets d'avenir. Par la poésie de son discours et la qualité de ses propos, ce personnage modeste, profondément attentif au monde, a revêtu pour un large public les traits de l'espoir et d'un renouveau possible. Jugé par certains comme un manipulateur, voire comme un filou, qualifié d'utopiste par d'autres, Nielsen est en tout cas un être d'exception à la recherche d'hommes assez fous ou assez sages pour concrétiser avec lui son rêve d'une terre régénérée.

Sur les pas du commissionnaire, Alexandre Carvagnac avance tel un somnambule. Le beau temps revient un peu vite après l'orage. Ce retour en grâce inespéré lui semble irréel et sa traversée des wagons derrière le dos carré de son guide ne parvient pas à entamer son incrédulité. Ainsi Nielsen est là à l'autre bout du train et l'attend Et si c'était une mauvaise plaisanterie ?

Une dernière porte s'ouvre sur un salon spacieux et cossu. Plusieurs personnes, six ou sept, sont en discussion autour d'une table. Un homme se lève pour accueillir le géologue. Plus âgé que lui, il évolue dans la lenteur. Visage volontaire, mâchoire large, des yeux très clairs qui révèlent une nature prévenante autant que déterminée, Nielsen a le masque d'un homme que les épreuves ont enhardi. Sa chevelure précocement blanche et l'autorité douce qui se dégage de ses traits le feraient prendre pour un quinquagénaire alors qu'il a à peine quarante-quatre ans. Présentations faites, il installe son invité, lui propose une boisson. Sa voix est mélodieuse.

— Monsieur Carvagnac, je vous remercie d'avoir accepté de me rencontrer. J'ai suivi votre conférence depuis Copenhague. Je trouve votre idée remarquable, n'en déplaise à vos confrères et à cette presse imbécile qui a trouvé plus payant de vous lyncher que de vous défendre. Les gens sont sans imagination, sans audace ! C'est affligeant, mais c'est ainsi. Voyez comment votre auditoire a réagi ! Vous voulez connaître mon sentiment sur le sujet ? Eh bien, je vais vous le donner : vous n'avez pas parlé d'eux ! C'est bien là la seule chose qui les émoustille : qu'on parle d'eux, qu'on lustre leur vanité, qu'on se réfère à eux, à leurs travaux, à l'excellence de leurs initiatives, à leur avis éclairé, bref, à leur importance. Leurs noms sur l'affiche, voilà ce qu'ils revendiquaient. C'était si peu de chose. Au lieu de cela, vous vous êtes enfermé tout seul dans votre rêve et vous avez poursuivi vos recherches avec votre épouse sans rien demander à vos pairs. Plus grave, vous êtes arrivé sans aide de personne à échafauder ce que j'estime être un des plus fantastiques défis jamais lancés depuis... la construction des cathédrales. Quelle arrogance ! Quelle démesure ! Quelle naïveté surtout ! Permettez-moi de douter, monsieur Carvagnac, que vous ayez vraiment cru qu'il vous suffirait d'une heure pour rallier le monde à votre idée alors qu'un système comme le nôtre n'a pas assez de dix ans pour bousculer ses habitudes et digérer la moindre innovation.

— J'espérais une marque d'intérêt, sans plus.

— C'était déjà trop ambitieux. Dans notre société, une utopie de haut vol comme celle que vous nous avez offerte est une cause perdue. Pour être prise en considération, elle doit se faire introduire, suivre les filières administratives obligées, s'injecter à petites doses en composant avec les susceptibilités des uns et des autres, en flirtant avec le pouvoir, en créant un calendrier des concessions et des arrosages. Oh ! nous n'allons pas faire ici le procès de la bureaucratie. Ça ne présente aucun intérêt. Tout au plus déplorer cette lourdeur qui pénalise en amont les porteurs de projets comme vous et, en aval, la masse des gens que ces projets peuvent soulager et qui sont condamnés à traîner plus loin le boulet de leur misère. Enfin ! Pour quelqu'un qu'attirent les profondeurs, il ne vous aura pas fallu longtemps pour toucher le fond du puits !

Un mouvement de bonne humeur accueille la saillie du financier.

Après s'être ménagé une courte pause, Nielsen reprend :

— Le professeur Robertson, dont je suis les travaux depuis des années, a été très affecté par l'incident.

— Je me suis laissé emporter par mon sujet. J'étais...

— Ne vous justifiez surtout pas, vous n'en avez pas besoin. Je vous préfère tel que vous êtes. Le monde a ses rois, ses hommes d'État, ses présidents, ses dictateurs, mais il manque cruellement de princes, de poètes, d'innovateurs, de porteurs de flambeaux qui maintiennent sans forfanterie une torchère allumée au-dessus des enfants des hommes. Je vois une lueur dans ce que vous proposez, monsieur Carvagnac. Nous allons faire ce puits ensemble. Nous nous reverrons chez moi avec le professeur Robertson pour en déterminer l'emplacement. J'attends vos propositions pour les mettre à l'étude.

— Vous voulez dire que le professeur Robertson... ?

— Je lui ai proposé de s'associer à nous dans cette affaire. Oui ! J'ai pris les devants. Vous n'y voyez pas d'inconvénient, j'espère ? C'est par lui que j'ai appris votre éviction du Centre. Jugeant cette mesure injuste, j'ai tenu à vous rencontrer immédiatement, vous rassurer, rassurer votre épouse. À propos, monsieur Carvagnac, je vous félicite pour votre petite fille.

Le train ralentit quand Nielsen se lève pour prendre congé du géologue.

— Avant de nous séparer, je voudrais vous offrir un livre qui n'a pas quitté ma table de chevet depuis des années. Une façon de mieux nous connaître.

Tadeusz Nielsen débarque à Leipzig sous l'œil gyroscopique de son garde du corps. Le financier et son équipe s'engouffrent dans deux voitures pour se rendre à l'aéroport où son jet fait gronder ses réacteurs.

Tout va pour le mieux. Il sera à Copenhague à vingt heures pour assister à une représentation du *Vaisseau fantôme*. Il est fou d'opéra et adore Wagner.

Mercredi 14 juin

C'est moi qui possède aujourd'hui *Citadelle* de Saint-Exupéry, qui a scellé cette première rencontre. Souligné par Nielsen au crayon et par mon père au feutre rouge, ce livre de sagesse princière fait la part de leurs différences et accuse leurs ressemblances quand les deux traits se superposent. C'est une histoire de confiance qui s'y raconte et qui m'aura permis de mieux comprendre la correspondance de vue autant que l'amitié indéfectible que ces deux hommes ont toujours éprouvées l'un pour l'autre comme si leurs âmes étaient flammes sœurs ou appartenaient à la lampe du même veilleur.

J'ai moi-même tiré mes lignes dans une encre bleue sous les passages que je préférais. J'ai rejoint ces êtres d'exception à maintes reprises et chaque recoupement m'a ensoleillé le cœur.

Cher Monsieur Carvagnac,

Après examen des trois emplacements que vous nous proposez sur la partie atlantique de l'Europe pour creuser votre puits, nous avons retenu, mon équipe et moi, le site de Hevelig dans le massif de l'Eifel. Nous sommes conscients que ce choix rendra votre tâche difficile en raison de la température élevée du sous-sol, mais la dimension de la chambre souterraine a emporté notre décision tout comme nous a séduits la proximité du delta qui rassemble le Rhin, la Meuse et l'Escaut. Vous savez combien j'accorde d'importance aux fleuves. Ils sont mobilisateurs dans notre action. Notre grand nettoyage doit partir d'eux. Quel est l'homme qui n'a pas dans ses rêves une rivière d'eau claire ? Espérons que nous n'aurons pas à regretter notre implantation. Si tel est le cas nous ouvrirons notre livre et dirons avec le prince : « Il n'est de fertile que la grande collaboration de l'un à travers l'autre. Et le geste manqué sert le geste qui réussit. »

Votre obligé.

Tadeusz Nielsen.

Le couple Carvagnac est invité chez Nielsen dans sa forteresse danoise. Établie sur mille ans d'histoire, cette superbe bâtisse a gagné un sursis de plusieurs siècles grâce au savoir-faire d'excellents artisans.

Pour marquer l'événement, Tamara n'a pas résisté à la tentation de s'offrir une tenue des grands soirs, une robe bleu nuit traversée en biais par une nébuleuse scintillante qui escalade son épaule avant d'enluminer son cou. Nielsen accueille ses invités sous la poterne avec simplicité. Il complimente sa ravissante hôtesse, la fait reine en son palais. Si les grandes salles du domaine sont majestueuses, la partie privée où il abrite ses appartements est d'une sobriété cistercienne. Pas d'épouse ni d'enfants dans cette demeure mais seulement du personnel de maison et une infirmière qui l'enlève à deux reprises pour lui faire une injection.

— Nous finissons tous, un jour ou l'autre, avec un gravier dans notre chaussure, souffle-t-il à ses convives avant de s'échapper la seconde fois.

Les regards du jeune couple se croisent. Leur vie est encore une plage de sable où l'on marche pieds nus. Le maître absent, ils s'embrassent, se taquinent, échangent quelques mots à voix basse. Ils se sentent en confiance auprès de ce personnage qui s'offre à eux tel qu'il est, avec ses failles, sa sagesse, sa faculté d'émerveillement. Évoquant la voix d'une cantatrice, Nielsen cueille dans un enregistrement quelques mesures d'un opéra qu'il respire les yeux fermés comme s'il humait un printemps de roses. Toute la soirée sera comme ce chant : un moment vibrant d'élévation de l'être. Passera le prince avec ces mots :

« Car il n'est d'homme que celui-là que le cantique a embelli ou le poème ou la prière et qui est construit à l'intérieur. »

Chauffé à blanc par Nielsen, Alexandre Carvagnac met l'opération au point sans s'accorder le moindre répit. Un jour il est à Sheffield avec les plans d'un foret. Le lendemain, il rencontre à Budapest l'équipe de chercheurs attachés à la climatisation des réduits souterrains qui jalonneront le puits. Le surlendemain, il s'envole pour Oslo où se conçoivent les portes semi-sphériques destinées à maintenir les sas sous pression. Il multiplie les contacts pour s'allier les compétences dont il a besoin. Son inventivité surprend et stimule. Ses collaborateurs disent de lui qu'il est un tigre qui marche. Ce surnom lui restera.

— Je préfère résoudre les problèmes avant le percement, répète-t-il inlassablement. Une fois le chantier lancé, je n'aurai plus le temps.

Tamara est oppressée. Elle prend conscience avec effroi de l'immensité du projet. Elle traverse une période de fragilité. La naissance de Marjorie, l'aménagement récent d'une maison à Coblence, l'abandon d'un emploi de minéralogiste qui l'épanouissait et surtout l'indisponibilité de son mari, qui vit dans ses problèmes, la minent.

— Nous ne tiendrons pas des années à ce rythme-là. C'est impossible !

— Il faudra bien ! Tant que nous avons le vent en poupe, on ne va pas s'arrêter en si bon chemin ?

Elle compte ses renoncements. Elle souffre d'être la sacrifiée et prie la Patience à genoux. Quand elle est seule, je soupçonne qu'elle pleure.

Les démarches de la Nielsen Depol Foundation en vue d'obtenir l'autorisation d'entamer un forage près de Hevelig prendront des mois. Les eurocrates de l'Union reprochent à ce projet, qu'ils jugent dangereux, de se tester non loin d'une région surpeuplée et d'en modifier gravement la topographie. Des polémiques sur l'implantation amènent des manifestants dans la rue. Comme on peut s'en douter, une telle entreprise ne peut que détériorer la région sur des centaines d'hectares. Nielsen parlemente sans succès avec les défenseurs de l'environnement. Il a beau arguer que cette activité est un mal nécessaire et s'engager à remettre les lieux en état après utilisation du site, ses opposants restent sur leurs positions. En désespoir de cause, Tadeusz Nielsen se présente devant les pouvoirs dirigeants avec une proposition folle qui lui fera obtenir dans les huit jours l'aval qu'il souhaitait. Il fait offre aux États-Unifiés d'Europe de racheter sur le Rhin, la Meuse et l'Escaut trois cents sites irrémédiablement perdus, à charge pour lui de les décontaminer dans les dix ans et cela contre l'autorisation de creuser son puits. D'abord interloquée, la Fédération, trop contente de trouver un preneur pour cette lèpre qui ronge ses rives et nécrose ses eaux, signe avec lui ce marché hallucinant. Le puisatier peut enfin se mettre à l'œuvre.

Alexandre Carvagnac est trop heureux de voir s'ouvrir les barreaux de sa cage. Il déploie sa pleine puissance. Deux mois et le chantier est opérationnel. Le puisatier commence avec des excavatrices un forage oblique destiné à atteindre sous le massif de l'Eifel l'aplomb rigoureusement calculé de la chambre d'Holbein.

Logée dans les batolithes, à sept mille trois cent vingt mètres de profondeur, cette cavité, qui a perdu les deux tiers de son volume initial, reste immense comme une montagne creuse. D'après les estimations du professeur Robertson, cet estomac titanesque est assez vaste pour ingurgiter un flot ininterrompu de boulets pendant vingt ans, soit la bagatelle de sept millions de ces sphères.

La première étape du percement prend une année. Elle conduit un tunnel en pente douce à trois mille cinq cent quarante mètres sous le massif. Mis à part la chaleur qui augmente au fur et à mesure de l'avancement des travaux et rend de plus en plus pénible la tâche des mineurs, l'entreprise ne rencontre pas de difficulté majeure.

Les deux hommes se revoient à l'automne. Nielsen est toujours aussi affable quoique un rien tendu.

Il demande d'entrée de jeu :

— Avons-nous eu raison, monsieur Carvagnac, de prendre cette voie tangente pour atteindre notre but ?

— Le prince dit : « *J'interdis que l'on interroge,*

sachant qu'il n'est jamais de réponse qui désaltère. Celui qui interroge, ce qu'il cherche d'abord c'est l'abîme. »

Nielsen rit de bon cœur, il exulte.

— J'interroge pour cet abîme que je me languis de découvrir.

— J'ai besoin de trois ans pour ouvrir la fosse sur la chambre et rendre le puits opérationnel.

— Autant que vous le sachiez, au-delà de trois ans, je fais la culbute.

Il ajoute :

— Pour tout vous avouer, ça ne me désolerait pas de perdre ma fortune dans l'aventure mais cela me morfondrait de voir notre œuvre inaccomplie.

L'étonnement manifesté par son interlocuteur amène Nielsen à abattre cartes sur table.

— J'ai cédé à l'enthousiasme en achetant d'un seul coup trois cents sites insalubres sur les fleuves. Je ne voulais pas être en reste par rapport à vous. Oh, ne croyez pas que j'aie fait une folie financière. Les eurocrates m'ont vendu ces milliers d'hectares pour une paille. La poutre dans l'opération tient, pour une part, dans ces pénalités que je devrai payer en cas de non-respect du contrat et, pour l'autre, dans le financement du dispositif à mettre en œuvre pour procéder à ce gigantesque travail de nettoyage. Pour ne pas être pris de court, nous devons dès à présent démarrer la fabrication de ces boulets à double enveloppe que vous avez conçus pour envoyer le chancre dans les abysses de la terre. Dans trois ans, il faut être prêt à passer par le fond un demi-million de ces sphères.

Et il ajoute avec un sourire

— J'ai hâte qu'elle débute, notre fameuse partie de billard !

Clovis décide de naître à l'époque où Alexandre Carvagnac entreprend le creusement du puits vertical. Tamara, qui dirige depuis un an le laboratoire d'analyse minéralogique du chantier, abandonne en catastrophe une expérience qui la captive au risque d'accoucher au milieu de ses échantillons. L'arrivée intempestive de ce deuxième enfant amène une diversion dans la vie des géologues. Elle leur fait oublier un trop court instant ce défi dont ils ne sont pas près de voir la fin.

Le délai que le tigre s'est accordé pour creuser son puits vertical lui semble confortable dans les deux premiers tiers du travail. En effet, l'activité roule bon train, passant du stade où le trépan perce la roche à celui où le trou est agrandi à l'explosif par l'équipe d'un remarquable artificier nommé Angelo Vargas. Un allié précieux que ce petit homme agité et assourdissant, dont on dit qu'il est le fruit du mariage d'un marteau pneumatique avec une scie circulaire. Une fois relevée la compacité du sol, cet artiste de la déflagration est capable de doser ses charges avec une précision de grutier. Le puisatier gagne sur ses prévisions six mois, qu'il va progressivement reperdre dans la partie inférieure du puits. Nous sommes aux portes de l'abîme et, malgré les isoloirs conditionnés mis en place et la remarquable résistance des combinaisons, les hommes ne tiennent pas plus de deux heures au fond.

Vient le moment où la « taraudière » conçue par le géologue entre en activité. Jeu de montées et de descentes dans un fourreau réfrigérant, elle permet de progresser là où les trépans n'avançaient plus. Le soulagement est immense. Le tigre est ovationné par sa population de mineurs. Nielsen, à qui parvient la nouvelle, écrit à son ami une belle lettre où il emprunte les paroles au prince pour s'excuser d'être si peu utile au creusement du puits.

« Et moi j'approuve ton travail. Ai-je le temps de tout mesurer, de tout dénombrer ? M'importait que tu juges le monde de la montagne que j'ai choisie. Tu te passionnes à ce travail, tu vas plus loin que moi dans ma direction. Tu m'épaules là où j'étais faible. Me voilà satisfait. »

Tandis que le puisatier et ses aidants s'affairent au fond, une vingtaine d'ouvriers se relaient à la confluence du tunnel et du puits pour terminer les rampes d'accès des boulets. Malgré les mesures draconiennes qui les obligent à rester raccordés en permanence aux tuyaux d'alimentation en oxygène, bon nombre d'entre eux ne suivent pas la consigne. La pièce est bien ventilée et le port du masque est pénible dans la chaleur. À dire vrai, le risque n'est pas bien grand d'avoir une remontée brutale de dioxyde de carbone, mais sécurité oblige tant que les clapets anti-refoulement ne sont pas opérationnels. Nous sommes à deux cents mètres de la connexion avec la chambre de Holbein quand une explosion libère une importante poche de gaz. Le temps d'intervenir, huit ouvriers qui travaillent dans le coude sans équipement respiratoire meurent asphyxiés...

Le tigre rentre vaincu à la maison, le visage noirci, les yeux rouges. C'est Tamara Carvagnac qu'il veut contre sa peine. Elle seule peut lécher la blessure, entendre la plainte du fauve : « Ça ne devait pas arriver ! Je n'ai pas voulu cela ! »

La cavité virginale est atteinte après trois ans d'un combat acharné contre la roche, la chaleur, l'épuisement. Le harassement des hommes s'efface en un éclair. C'est un moment inoubliable, la conquête d'un nouveau monde. Le tigre ressuscite. Il ne résiste pas à l'appel des profondeurs. La voie à peine ouverte, il prend place dans un habitacle individuel membré de nombreux appendices, qu'il a conçu avec deux ingénieurs pour explorer la chambre. De forme ovoïde, ce « spéléoscaphe » tient sa résistance à la chaleur de l'évaporation de la carapace de carbone qui le recouvre. Le tigre n'est pas seul à se lancer dans cette expédition. Trois autres engins similaires au premier accueillent respectivement Angelo Vargas, Ferdinand Chaboteaux et Géti Akito, un vulcanologue nippon imperméable à la peur. Isolés avec leurs instruments dans leur spéléoscaphe respectif, les quatre explorateurs confient leur sort au filin qui les suspend dans le vide. Avec le passage des sas et les changements de treuils, la descente dure deux heures au bout desquelles les pendules débouchent en grappe dans une grotte baignée d'une lumière douce, d'une extraordinaire beauté. En bas, l'exaltation suit un moment d'ébahissement avec, en point d'orgue, Vargas, qui entonne un hymne au Créateur dans une version écourtée. Et pour cause, il n'a pas révisé le cantique. Quant au tigre, il met un long moment avant de se manifester et le court message qu'il envoie est vibrant d'émotion.

— Notre puits a percé la voûte à sa clé. Le spectacle est magnifique. Les parois laissent passer une faible lueur, tantôt verdâtre, tantôt bleue, tantôt jaune. Dans les laves cordées, les effets de réfraction sont saisissants. Avec les fils de lumière colorée qui soulignent chaque arête des roches, on croirait la chambre translucide.

La remontée d'Alexandre Carvagnac est celle d'un homme que l'abîme appelle comme un chant de sirènes. Le puisatier a été happé par la beauté de cet écrin d'étoile.

Incapable de se détacher de cette image de splendeur, il passe dans ses abîmes tout le temps qui précède l'ouverture officielle du puits, à filmer son royaume. Il redescend le jour de l'inauguration et ne revient qu'au tout dernier moment après avoir tenté une expérience périlleuse, dont il ne nous racontera que bien plus tard le menu. Quand il sort du fuselage, il fait quelques pas et s'effondre. Des ombres viennent à son secours, le couchent sur une civière, veulent lui enlever sa combinaison qui a partiellement fondu. Il commande :

— Après le lancement !

Il est brûlé aux mains, aux coudes et aux genoux mais ne sent rien. Le grappin de son spéléoscaphe tient captive une pierre bleue cueillie pour son aimée parmi les fleurs minérales de cet éden de cailloux. Il retournerait bien en bas mais la crémaillère s'est mise en marche emportant une première fournée de sphères vers leur point d'anéantissement. Le coup d'envoi est annoncé pour huit heures, dans trois minutes. L'événement passe sur toutes les chaînes de la planète. Tamara Carvagnac le rejoint, s'inquiète de son malaise. Il connaît ses doigts qui le caressent, démêlent sa chevelure rebelle. Moins une minute ! Le tigre tend une oreille. Il capte la voix de Nielsen qui ravive une braise de leur livre en baptisant selon leur vœu ce premier puits « El Ksour » en hommage au prince. Un peu plus tard, il est ému d'entendre :

« Ceux qui en revinrent les premiers nous dirent : "Le puits d'El Ksour est une fenêtre sur la vie." »

Mardi 20 juin

Alexandre Carvagnac aura été le héros discret de ce coup d'envoi. Pas de grandes déclarations arrachées à ses lèvres par des journalistes surchauffés mais un court plan de son arrivée en surface et le passage éclair de sa photo durant l'allocution de Nielsen. Après avoir été cassé à Berlin cinq ans plus tôt, le puisatier peut enfin redresser la tête. Une revanche attendue, sur laquelle il ne s'appesantit pas. Le revirement est trop tapageur pour mériter de l'intérêt. Certains médias n'hésitent pas à placer Carvagnac sur le même pied que Colomb découvrant l'Amérique. Dans les jours qui suivent, les détracteurs d'hier resurgissent pour faire les doux yeux à leur « cher confrère ». Les politiques se taillent dans l'événement leur part de gloriole, les sceptiques reviennent en masse pour encenser cette entreprise à laquelle, au fond d'eux-mêmes, ils ont toujours cru. Le tigre retient de ce cirque qu'il n'y a qu'un carré de marelle entre l'adulation et le désaveu. Il a tôt fait de reporter son contentement ailleurs, dans la salle de contrôle, d'où il peut suivre la précipitation au plus profond de l'oubli de ces boulets empoisonnés dont les sites contaminés se délivrent. Deux mois après la mise en route de l'installation, notre homme s'ennuie à Hevelig. Il profite d'une communication avec Nielsen pour lui dire :

— J'ai vocation de puisatier, non de gérant de dépotoir. Je trépigne. Donnez-moi un nouveau puits à creuser. N'est-ce pas le prince qui déclare : « *Je hais les sédentaires et dis mortes les villes achevées* » ?

— Dans six mois, monsieur Carvagnac ! Pas avant ! J'ai besoin de ce temps-là pour me refaire ! Faites-moi confiance. Je ne vous lâcherai pas.

Le couple quitte Coblence en mai avec enfants et bagages pour regagner dans leur Poitou natal la propriété de Curzay, une maison chargée d'histoires, qu'Alexandre Carvagnac tient de sa famille. Pendant cette période plus calme, le puisatier tire les leçons de sa première expérience, revoit ses ingénieurs pour perfectionner certains aspects techniques du forage en profondeur, remet, via la Nielsen Depol Foundation, des études et des offres aux quatre coins de la terre sur demande de bailleurs potentiels émoustillés par la réussite d'Hevelig. Il est en passe d'obtenir le creusement d'un puits en Tanzanie, quand le président Marnadou Rubangé est destitué sur un coup de force. Il en est marri car il a à cœur le destin de ce continent sacrifié qui est sur notre terre une blessure ouverte.

À la mi-novembre, ces mots du prince et... de Nielsen :

« Je bénis cet échange entre le don et le retour, qui permet de poursuivre la marche et de donner plus loin encore. Et si le retour permet à la chair de se refaire, c'est le don seul qui alimente le cœur. »

Comme promis, j'ai un travail pour vous et votre équipe, monsieur Carvagnac. Les États-Unifiés me proposent de prendre part au forage d'un puits dans la partie occidentale de l'Ukraine. Cette région recèle de nombreux dépotoirs nucléaires qu'il est urgent d'enfouir avant que la radioactivité ambiante ne dépasse la cote d'alerte comme ce fut le cas par le passé. Les premiers sondages situent la chambre à 7 300 mètres de fond. De la voûte au plancher, nous avons 2 800 mètres. J'aurais préféré vous offrir à vous et votre famille l'hospitalité d'un endroit plus attrayant. La menace qui pèse à nouveau sur les habitants de cette contrée m'a poussé à faire ce choix. J'attends de vos nouvelles. Votre ami.

Tadeusz Nielsen.

P.-S. Je vous aurais volontiers rendu visite à Curzay si ce maudit gravier dans ma chaussure ne m'avait confiné chez moi, à Copenhague.

Nouveau séisme familial ! La maison referme sur elle ses volets bleus et ses grillages forgés. La vigoureuse Irlandaise engagée pour s'occuper des enfants choisit d'abandonner son île plutôt que ses chers petits, décrétant que si le pays peut se passer d'elle, Marjorie et Clovis ont besoin de deux mères : Tamara Carvagnac pour tout ce qui déborde du cadre strict d'une bonne éducation, Brenda O'Hara pour marcher au pas. Sacrée tante Brenda ! Déjà incontournable à l'époque, elle dictait sa loi.

De tous les gens qui peuplent mes écritures, tante Brenda est la seule avec qui je suis encore en contact aujourd'hui. J'ai reçu cet après-midi sa visite hebdomadaire à son heure, l'heure du thé. Cela m'a donné droit au cérémonial du mouchoir et à la ration de biscuits ronds et grenus dont elle me gave depuis que j'ai mes premières dents. Ils sont toujours aussi durs, ces biscuits, et trop caramélisés à mon goût mais, venant d'elle, je ne puis que les croquer avec un semblant d'appétit. Elle m'a longuement parlé du potager de notre maison de Curzay qu'elle a grand-peine à désherber. Le printemps a été pluvieux cette année et elle n'arrive plus à suivre. Quand je lui ai parlé d'engager quelqu'un pour l'aider, elle s'est offusquée.

— Je m'en suis sortie toute seule jusqu'à présent !

Il m'a semblé préférable de ne pas insister.

J'ai de la tendresse pour tante Brenda. Son dévouement me touche. Bientôt trente ans qu'elle est à notre service, six qu'elle tient seule notre maison familiale en attendant le retour de mes parents. Qu'est-ce qui a pu l'attacher de la sorte à notre destinée, la pousser à partager nos moments de bonheur, à supporter le poids des peines que nous avons eues ? Elle aurait pu avoir une vie à elle, avec un sien foyer, des siens enfants. Ce n'est quand même pas faute de plaire à un homme qu'elle a choisi cette voie-là. D'accord, on ne peut pas dire que tante Brenda ait été tirée de la glaise dont on fait les top models mais elle aurait pu former un couple harmonisé voire harmonieux avec Fernand Albuse. Fernand fut attaché à notre famille par la Nielsen Depol Foundation comme garde du corps pendant dix ans. Quand il se défaisait de certains tics de dur à cuire et qu'il rangeait au placard sa gestuelle de flic de série B, il n'était pas mal dans son genre. En tout cas, il avait une gueule. Je me souviens de ses premiers jours à la maison. Il encombrait. Pauvre Fernand, si malmené par tante Brenda à ses débuts chez nous ! Elle l'aurait raclé dehors avec les eaux sales du vendredi. Après, ça s'est calmé. Il a d'abord fait partie des meubles puis, sans qu'on s'en aperçoive, il est devenu une des colorations vives de notre maison. Quand il est mort je me suis senti dévalisé d'une présence protectrice dont j'avais à l'époque grandement besoin. De son côté, tante Brenda, qui ne ratait pas une occasion de le houspiller, a connu avec son départ un réel chagrin.

Je dois la vie à Fernand Albuse. Sans lui, je me serais noyé à l'âge de dix ans. Je me serais aussi retrouvé orphelin de père à treize ans et demi s'il n'avait pas été là.

Fernand a été l'ange gardien des Carvagnac jusqu'à la défaillance du sien. Finalement, c'est peut-être une chance que tante Brenda ne l'ait pas trouvé à son goût. Elle serait veuve aujourd'hui.

Vendredi 22 juin

L'idée m'est venue après la visite d'hier de rechercher dans mes archives un portrait au crayon que j'ai fait de Fernand pour l'offrir à tante Brenda. Comme je parcours mes croquis, plusieurs feuilles glissent de mes cartons et se retrouvent par terre. Je me penche de côté pour les ramasser. Du sol, des yeux de fillette me regardent. Je suis saisi. Je me souviens de ce visage que je dessinai jadis, mais j'avais oublié la caresse tendre que me portait alors son regard. Je ne sais pas au juste ce qui me prend. J'étouffe, je voudrais ouvrir une fenêtre, prendre un peu d'air. « Interdiction de pleurer, Antonin ! C'est bon pour les filles ! » Surtout pour du trois fois rien, une égratignure de fin d'enfance, un chagrin estompé par le temps.

Je me mens ! Rien n'est effacé. Tout est là dans ce dessin qui me revoit et qui me renvoie à un rire, un secret, un regret...

Je dois avoir douze ans. Nous passons cet été-là nos vacances en famille dans notre belle maison de Curzay. Mes parents profitent de cette période de calme pour renouer avec des amis. Un dimanche, les Castelain sont nos invités.

— Venez en famille ! a proposé ma mère. Judith a l'âge de Marjorie et Esther celui d'Antonin.

C'est déjà trop ! Je fais la moue. En fait, je suis gêné d'être la carte cornée dans ce carré d'enfants. Je redoute cette visite et, le jour dit, je m'isole dans un coin de la maison pour dessiner. On sonne ! Les Castelain sont là. Je n'ai jamais vu leurs filles que sur les photos qu'ils nous envoient chaque fin d'année en guise de vœux. Dans le vestibule, la joie des retrouvailles. Puis j'entends mon prénom, une fois, deux fois. Mon père m'appelle. Plus moyen de fuir. On me sort de mon refuge pour m'amener au salon. Autour de moi, tout le monde est très prévenant et très gentil, mais ça n'efface pas mon malaise. Nous buvons l'apéritif. J'entends évoquer ma timidité alors que c'est la honte qui m'écrase. Ils sont tous tellement beaux...

Judith et Marjorie forment la paire que j'imaginais. On dirait deux sœurs. D'ailleurs, elles se reverront par la suite et resteront de très grandes amies, deux inséparables à la vie à la mort... Esther me regarde et je lis dans ses yeux qu'elle est capable de traverser l'écorce de ma détresse, de m'accueillir comme je suis, tout en fragilité entre mes peurs et mes chagrins. Je l'aime sur ce seul regard, immédiatement. Je cherche une contenance. Je me mords les lèvres. J'arrive à lui rendre un sourire mais à quel prix.

— Le dîner est servi, annonce tante Brenda comme si nous étions à la cour d'Angleterre !

Nous nous acheminons vers la salle à manger. À table, je suis plus à l'aise. Abstraction faite du dossier fonctionnel de ma chaise roulante, me voilà comme les autres. Je regarde Esther à la dérobée. Sa perfection me fascine ! Elle se lève pour aider. Elle est souplesse et grâce, une danseuse sur un fil.

Clovis a de grands projets pour l'après-midi. Il propose aux filles une descente de la Charente sur un radeau de sa fabrication. Judith et Marjorie applaudissent à l'initiative, Esther demande à ses parents la permission de rester près de moi. Je tremble.

— Il paraît que tu dessines si bien ! Je peux voir ce que tu fais ?

Maman apporte mes cartons. Fine mouche, elle revient avec mon bloc et mes crayons.

— Regarde comme elle est jolie, Antonin ! Tu devrais faire son portrait !

Esther n'est pas hostile à l'idée mais pour l'instant ce sont mes croquis qui l'intéressent. Elle les feuillette sans hâte. Chacun d'entre eux se trouve plus beau d'être caressé par ses yeux. À la fin de ce ballet soyeux, elle accepte de prendre la pose. C'est moi qu'elle fixe à présent. Quelques traits et ma gaucherie s'estompe. Je suis dans mon élément.

— Tu ne regrettes pas la rivière ?

Elle me certifie qu'elle est mieux dans le jardin avec moi. Je voudrais la croire.

Nous jouons le restant de l'après-midi. Elle s'échappe un moment pour revenir avec une poignée de groseilles. Quand elle partage sa récolte, elle m'effleure. J'ai son visage à proximité d'un baiser. Sa senteur me surprend, m'étourdit. Nous mangeons sa cueillette. Les fruits trop surs me font grimacer et son rire répand des perles blanches...

Si seulement j'avais eu un écrin pour recueillir ton rire de petite fille, Esther.

Je n'ai pas vu venir le soir tellement tu illuminais notre maison, mais j'ai connu une nuit d'abîmes quand tu t'en es retournée sur Royan, une nuit où l'on se vide de ses larmes jusqu'à ce que le puits soit sec, une nuit de pleurs asphyxiés sur un rêve mort-né.

Dimanche 25 juin

— Savez-vous combien de temps il a fallu à la Nielsen Depol Foundation pour essuyer l'ardoise de votre forage de Hevelig ?

Le puisatier regarde le professeur Pacôme Robertson avec le plus vif intérêt.

— Vous voulez me dire que Nielsen a récupéré sa mise ?

— Vous entendez bien, Alexandre !

Cela se passe en Ukraine un an avant ma naissance. Après l'année d'inaction qui suivit le forage de Hevelig en Eifel, la famille Carvagnac a élu domicile à Rostov-sur-le-Don dans une ancienne maison de maître dont le charme rachète à grand-peine l'incommodité. Tout est vétuste dans cette baraque. Une fatigue généralisée. Trois pas dans le corridor et l'on constate que les poignées piquent du nez, que les portes se traînent, que la rampe d'escalier tient par habitude.

Le professeur a vécu un court moment de panique quand, pressant le bouton de la sonnette au septième coup de sept heures, il a vu sa ponctualité piégée par le grésillement d'un mécanisme aphone que personne n'a entendu. Humiliation suprême pour cette horloge sur pied.

Arrivés depuis peu en Ukraine, les Carvagnac vivent au milieu de leurs bagages. L'encombrante collection de minerais et de fossiles s'empile contre un des murs du salon, donnant à la pièce une allure d'entrepôt, ou plutôt d'arsenal, car les boîtes ont servi en leur temps à ranger des explosifs. Tante Brenda a repeint ces caisses dans une couleur de son choix pour les rendre moins agressives. Elle a jeté son dévolu sur un kaki militaire, qui fait presque regretter les inscriptions et les têtes de mort originelles. Il ne manquait plus que l'intrusion de Pacôme Robertson pour changer la place en quartier général d'une armée en campagne. Toujours sur pied de guerre, ce petit homme ne peut s'empêcher de haranguer son état-major comme s'il avait une bataille à livrer le lendemain. Le vocabulaire qu'il emploie pour parler du bon fonctionnement du puits d'El Ksour est celui d'un artilleur.

— Nous avons expédié trois cent soixante mille boulets par le fond en six mois et votre canonnière n'a donné aucun signe de fatigue.

Le puisatier éclate.

— J'avais interdit d'aller au-delà de mille deux cents unités par jour. L'abruti qui est passé audessus de mes ordres aura de mes nouvelles dès demain.

Pacôme Robertson ravale sa salive.

— Pas besoin d'attendre jusque-là. C'est moi qui ai pris cette décision.

— Vous vous rendez compte que vous risquez de provoquer des collisions dans le conduit ?

— Je puis vous rassurer sur ce point, Alexandre. Nous tenons compte du poids spécifique de chaque boulet dans la constitution des chapelets.

Tamara Carvagnac profite d'un moment de silence pour demander :

— Nous avons eu vent que M. Nielsen a eu quelques problèmes de santé. Comment va-t-il ?

Le puisatier se réfugie sous sa barbe et laisse à son épouse le soin de mener son enquête. L'occasion se présente enfin pour elle d'éclaircir tout ce qu'elle brûle de savoir depuis des années. Carvagnac connaît assez les pouvoirs de sa belle compagne pour parier à trois contre un qu'elle arrivera à ses fins avec Robertson. Les rets sont en place. Du champagne français mis au frais pour fruiter l'interrogatoire, une tenue délicieuse qui s'entrebâille sur un décolleté juste assez prononcé pour provoquer chez l'éminent professeur de géologie quelques œillades érosives, un feu nourri de questions ! Difficile malgré tout de canaliser Pacôme Robertson sur le sujet. À la moindre occasion le scientifique revient sur son collègue avec une théorie pontifiante dont la tablée n'a que faire.

— Vous voyez, Alexandre, une bonne idée doit être simple sur le fond, ce qui ne l'empêche pas de prendre toutes les complexités imaginables dans la forme. Voyez la roue...

L'hôtesse remet le raseur sur le fil. Robertson

accuse un moment de surprise, vide sa coupe et lance la machine. Le puisatier salue la manœuvre d'un hochement de tête admiratif.

Le panégyrique du financier est interminable et ne rencontre les attentes de la maîtresse de maison que lorsque l'orateur évoque les déboires sentimentaux du cher homme. On ne peut pas gagner sur tous les tableaux. Ainsi Nielsen n'a pas toujours vécu seul. Il a tenté sa chance en épousant une mezzo-soprano sublime dont il était fou amoureux. Mauvaise affaire ! Après avoir été conquis par la voix et les charmes de la belle, il découvrit ses caprices, encaissa ses entourloupes, supporta ses éclats et ses écarts pendant dix ans pour finalement refermer cette parenthèse conjugale dans l'amertume, sans toutefois rompre avec l'art lyrique.

— Mangez, professeur, votre potage va refroidir, intervient charitablement l'hôtesse.

Robertson écope son assiette avec l'énergie d'un pêcheur dont la barque coule et reprend sur un mode moins doctoral.

— J'ai rencontré Tadeusz pour la première fois à Sydney lors d'un colloque sur l'entreposage des déchets toxiques. C'était peu après sa rupture avec Déborah Leper. Je me souviens de paroles très dures qu'il a émises contre le largage de matières radioactives dans les fosses océanes et contre un projet qui visait à faire de l'Antarctique la poubelle de la planète. « Comment voulez-vous transmettre de l'espoir à nos enfants dans un monde qui est en surproduction de laideur et qui se laisse submerger par elle ? » Il était tarabusté par ce bon fil qu'il fallait saisir pour dénouer la pelote. « Il est là quelque part, professeur Robertson ! Il tient peut-être en trois mots. La terre n'a-t-elle pas été transfigurée par un homme qui a dit naïvement "Aimez votre prochain" ou "Dieu est amour" ? Je suis peut-être un utopiste imbécile mais je veux croire en l'existence d'une idée lumineuse qui serait un levier suffisant pour stopper la dégradation de la planète. Le salut des hommes passe par là. »

Robertson se ménage une pause pour goûter le vin.

— Pour être sincère, j'ai trouvé Nielsen plutôt sympathique mais j'ai accueilli son discours avec une certaine...

— ... condescendance ! souffle Carvagnac.

— C'est vous qui le dites, expédie le professeur en vidant son verre dans le même élan.

Aussitôt resservi, il poursuit.

— Le deuxième contact que j'ai eu avec Tadeusz Nielsen a rapport avec vous, Alexandre. Il remonte exactement à ce jour de triste mémoire où vous avez présenté à Berlin le sujet de votre thèse. À la vérité, je ne m'attendais pas que votre intervention provoque un séisme de cette ampleur. Quand vous êtes descendu de la tribune, je n'ai eu ni l'envie ni le courage de vous assurer de mon réconfort. J'ai pris mes cliques et mes claques et je suis rentré à mon hôtel en vous maudissant. Je m'apprêtais à former le numéro du recteur quand le téléphone a sonné : j'avais Tadeusz

Nielsen en ligne. « Professeur Robertson, vous êtes un cachottier ! me fit-il d'une voix enjouée. Nous la tenons notre idée ! Je vous envoie mon avion à l'aérodrome de Berlin pour vingt et une heures. Faites vos bagages ! Je vous attends à Copenhague ce soir même ! »

Par habitude professorale, l'orateur fait une pause pour regarder sa montre. Bien que son auditoire soit réduit à deux unités, il ne peut s'empêcher de marquer chaque heure d'une ponctuation. La maîtresse de maison en profite pour servir le plat principal.

— J'ai fait un voyage horrible, continue Robertson. En plus, je suis malade en avion. Quand Tadeusz est venu m'accueillir à l'aéroport, j'étais amorphe et verdâtre. Lui, par contre, était surexcité : « J'ai vu votre poulain à l'écran. Il tient un projet formidable. Je veux une estimation de ce que peut coûter son dispositif. — Maintenant ? fis-je dans un sursaut de détresse. — Tout de suite ! Vous ne voulez pas qu'on nous coiffe ! »

J'ai passé la nuit entière devant un écran à rassembler des données dans tous les coins du monde pour faire mes calculs. Un casse-tête épouvantable ! Je m'empêtrais dans les chiffres, ne sachant plus si j'avais pris en compte tel poste ou non, cherchant des éléments comparatifs d'évaluation pour tout ce qui n'était encore qu'une sécrétion de votre imaginaire, Alexandre. Ah oui, je peux dire que vous m'avez fait souffrir !

À six heures du matin, Tadeusz Nielsen recevait tous les éléments du problème en même temps qu'il découvrait la presse. Épuisé par les événements de la veille, mon voyage surprise et ma nuit blanche, j'ai gagné ma chambre sans demander mon reste. Je me suis assis une minute dans un fauteuil pour faire le point. Je m'y suis endormi tout aussitôt pour me réveiller aux environs de midi. J'avais à peine quitté mes appartements que Nielsen venait à ma rencontre. Il était aux anges : « C'est tout bon pour nous, la presse est unanime. Le projet Carvagnac n'a trouvé aucun défenseur ! » Je crus défaillir quand je vis mon nom associé au vôtre dans toute une série d'articles ignominieux...

La voix du professeur Robertson faiblit à l'évocation de ce souvenir.

— Je reprendrais bien un doigt de cet excellent bourgogne, Alexandre... Merci ! Votre magret est délicieux, madame Carvagnac, lance-t-il dans la foulée alors qu'il s'agit d'autruche.

Le puisatier se doute que Pacôme Robertson, qui déteste l'avion, n'a pas fait le voyage de Copenhague à Rostov dans le seul but de ressasser le passé. Il attend de savoir ce qui amène ce visiteur chez lui. Le professeur profite du cauchemar d'un enfant et du départ précipité de la mère pour dévoiler le motif de sa visite.

— Le succès des travaux de décontamination entrepris sur un gros tiers des trois cents sites rachetés par la N.D.F. amène aujourd'hui ses effets pervers. La campagne lancée par Nielsen pour dépolluer l'Europe atlantique en nettoyant les fleuves et leurs affluents tourne à la foire d'empoigne. Vous avez lu comme moi que des affrontements sanglants opposent aujourd'hui défenseurs de l'environnement et entreprises pollueuses ?

— J'ai appris qu'il y a du grabuge à Düsseldorf et que des usines rebelles aux consignes de propreté sont occupées dans le bassin liégeois.

— Nous perdons le contrôle de notre action et les messages pacificateurs de Nielsen ne parviennent plus à calmer les esprits.

— Cette violence était prévisible, professeur. Elle est le résultat d'un changement trop radical.

— Il y a pire, Alexandre ! Nous avons frisé la catastrophe dans la nuit de mardi à Hevelig. Un boulet a explosé dans le second sas, un peu avant le puits vertical, et il faut à tout prix que vous nous aidiez à remettre l'installation en route.

— Nom de Dieu !

— Une chance pour nous que la bombe ait eu un vice, sans quoi l'attentat faisait des centaines de morts et mettait le puits hors d'usage pour des mois, voire des années.

Le professeur se penche vers le tigre.

— Que ceci reste entre nous, Alexandre. Des déchets hautement radioactifs se trouvaient dans le chapelet au moment de l'explosion. Une douzaine de boulets ont été endommagés. Il faut décontaminer au plus vite le conduit. Nielsen ne voit que vous pour mener cette opération qui devra se passer dans le plus grand secret et en un temps record.

Le visage du puisatier se durcit.

— J'exige qu'on stoppe toute activité jusqu'à ce qu'un système de contrôle infaillible soit mis sur pied.

— Impossible ! Une mise à l'arrêt du puits éveillerait les soupçons. De plus, avec le demi-million de sphères pleines qui attendent leur enfouissement, nous devons absolument remettre la chaîne en route dans les jours qui viennent. Pour que pareil incident ne se reproduise plus, nous avons commandé un désactivateur à protons auquel aucun dispositif électronique de mise à feu ne résiste. Nous recevrons l'équipement dans deux mois. En attendant, la Nielsen n'a d'autre alternative que de poursuivre le largage en contrôlant la provenance des boulets.

— Vous êtes conscient que le travail que vous me demandez met ma vie et celle de mes hommes en péril.

La réponse du professeur tombe dans sa froideur.

— Vous connaissez suffisamment le métier pour vous en sortir.

Lundi 3 juillet

Hier, nous étions dimanche. Je ne sais au juste quelle folie m'a pris mais je suis descendu de mon appartement, j'ai sorti ma voiture du garage et j'ai pris la direction de Paris. Il fallait que je revoie Clovis. Voilà trop longtemps que nous n'avons plus eu le moindre contact l'un avec l'autre. Six ans ! Nous sommes quand même frères, après tout !

La route m'a semblé courte sous ce beau soleil de juillet. J'ai juste eu un problème avec mon tableau de repérage, qui m'a amené dans un sens interdit. Il n'est plus à jour ! À onze heures, je suis rue Guillaume-Hazard, devant l'immeuble où il habite. J'hésite à débloquer mon fauteuil roulant et à rabattre derrière moi le hayon basculant pour sortir à reculons de mon véhicule. Ce manège est voyant et peut me faire repérer par une patrouille. Cela fait deux fois que je me rends jusqu'au pas de sa porte et que je me dérobe pour m'en retourner chez moi. Aujourd'hui, l'envie de braver l'interdit est plus forte que les autres jours. Je finis par m'extraire de l'habitacle. Je me déplace jusqu'à la sonnette et j'appuie. Pas de réponse ! Je n'ose insister. Peut-être est-il dans son atelier qui se trouve quelques rues plus loin. Je regagne ma voiture et je vais jusque-là. Un battant de la porte cochère est entrouvert. Il en sort un miaulement de petit moteur. C'est bon signe. Je m'aventure dans le local en contournant les obstacles. Campé de profil au fond de la pièce, Clovis mortaise à la défonceuse un départ de rampe sculpté en bois clair. Mon frère est charpenté comme un bûcheron. Son dos est puissant. Son geste se conduit en nonchalance autant qu'en précision sur une matière en passe d'apprivoisement. L'opération terminée, il pose sa machine comme s'il s'agissait d'un animal domestique pour se saisir d'un bédane et d'un maillet, car il doit rectifier les deux extrémités de l'entaille. C'est en se retournant qu'il m'aperçoit. Il reste un court moment interdit. Son beau visage d'homme mûr me rappelle douloureusement mon père. Les copeaux clandestins qui font mèches dans ses cheveux et la sciure claire qui saupoudre ses sourcils et sa barbe accentuent cette ressemblance. Suit une accolade où je peux dissimuler mon trouble.

— Tu sens bon le bois, Clovis.

J'ai déjà mal de ce reproche qui m'attend quand il se redressera. Je suis tellement heureux de me trouver là.

La réaction ne tarde pas.

— Tu n'aurais pas dû venir, Antonin ! La police me tient à l'œil. Ils ont fouillé de fond en comble mon appartement la semaine passée.

— Je ne resterai pas longtemps mais j'avais très envie de te revoir.

— Le jour où les soupçons se dirigent vers toi...

Je lance un coup d'œil circulaire pour m'assurer que personne n'est dans les parages.

Clovis me rassure de sa voix sourde.

— Il n'y a pas de danger ici. J'ai des brouilleurs dissimulés dans les moteurs de mes machines à bois. Nous pouvons parler sans crainte.

Mon frère s'en va refermer la porte cochère. Il s'assure en même temps que rien ne détonne dans la rue. Il revient plus détendu. On peut converser un peu, évoquer le passé, envisager l'avenir. Campé sur un haut tabouret, Clovis manipule distraitement son double mètre tout en me parlant de sa femme et de leur petite fille Philippine dont il est fou. Il envisage d'installer quelque part sur la côte bretonne un atelier de sculpteur quand tout sera rentré dans l'ordre. Il ne supporte plus la ville ni son boulot d'homme d'entretien au Majestic Palace Hôtel, ce cinq-étoiles prestigieux qui accueille en ses salons et ses suites princières le plus beau linge du monde en visite d'affaires ou d'agrément à Paris.

— J'étouffe dans cette boîte ! Je n'en peux plus de réparer des chasses d'eau, de consolider des chaises, de changer des moquettes, de refixer des lambrequins dans des murs pourris ! Tu appelles ça une vie !

Je ne dis rien. J'ai de la peine pour mon frère. Il est tombé de si haut. Ses créations de mobilier contemporain avaient fait le tour du monde et, sans tous nos problèmes, son activité serait florissante aujourd'hui.

— Tu fabriques encore tes meubles ?

— Disons que je bricole quand j'ai un peu de temps libre. Que veux-tu faire de sérieux ici ! Quand j'ai une planche de trois mètres à raboter, je dois ouvrir la porte à deux battants et bloquer la circulation dans la rue.

Il pose son mètre derrière lui.

— Et toi, Antonin, à part tes traficotages d'images, qu'est-ce que tu fais de beau ?

J'attendais sa question.

— J'ai entrepris l'écriture d'un journal. J'y raconte l'histoire de notre famille... toute l'histoire.

Sa réaction claque.

— Tu es complètement fou !

Je m'empresse de dire :

— J'écris tout à la plume, dans un cahier.

Clovis est blême. Il persiste à dire que j'ai perdu la tête.

— Tu dois faire disparaître tout ça immédiatement, Antonin. C'est beaucoup trop dangereux. On n'a pas pris toutes ces précautions pendant six ans pour risquer de se faire prendre sur une connerie.

— À part toi, personne n'est au courant.

— Il y a bien des gens qui viennent chez toi !

— Tante Brenda, ma femme de ménage, qui

ne lit pas le français, épisodiquement la coiffeuse, une kiné ou un docteur quand je suis malade.

Mon frère n'est guère rassuré.

Je cherche désespérément son approbation.

— J'ai besoin de m'épancher, de me vider de tout ce que j'ai pu voir et vivre depuis l'enfance, depuis les événements. Je suis tellement seul. Tu peux comprendre ?

Mes yeux implorent. Lui soupire. Autant Clovis me semblait serein quand il s'est relevé de son travail tout à l'heure, autant je lis à présent dans ses traits le harassement d'un homme moralement épuisé.

— Fais très attention, Antonin ! Ces gens-là sont plus déterminés que jamais, me lance-t-il en désespoir de cause.

Il a soudain hâte de me voir partir.

— Ça m'aurait plu de t'inviter à l'appartement. Mais, dans les circonstances...

Je cache mal ma déception.

— Ce n'est pas grave.

— Tu sais, même avec les voisins, on peut avoir des surprises...

— On a patienté six ans. On attendra encore bien les six mois qui restent !

Il me raccompagne à la porte. Sur le point de sortir, je fais toutefois machine arrière, une foucade !

— Clovis, j'ai besoin du mot de passe qui donne accès au site de la N.D.F. C'est pour la séquence.

— Je croyais que tu l'avais ?

Saisissant ma chance d'obtenir enfin ce renseignement que la Nielsen ne m'a jamais communiqué, je lui mens effrontément.

— Je n'arrive plus à remettre la main dessus.

Un geste d'agacement et Clovis remonte jusqu'à son établi, déchire nerveusement un bout de papier sur lequel il écrit le code avec son crayon de menuisier.

— Ne fourrage pas trop dans notre merdier, cela ne te fera aucun bien, me dit-il en me tendant l'information.

Je cherche quelque chose à lui dire pour ne pas le quitter sur ce mouvement d'humeur. Je ne sais pas ce qui me prend de lui lâcher :

— Encore pardon pour le char à voile !

Mon frère part dans un éclat de rire, me prend la tête dans ses grandes mains et m'embrasse.

On en reste là.

Le chemin du retour est morose. Je ressasse cette trop courte entrevue, qui n'a fait que me lester le cœur. Je ne m'attendais pas à trouver tant de lassitude et d'amertume chez Clovis. J'ai été surpris de le voir aussi inquiet quand je lui ai parlé de mon journal. Je vis sans doute trop à l'écart du monde pour me rendre compte du danger que je cours. J'aurais voulu voir son appartement, rencontrer sa compagne, sa petite Philippine. Tante Brenda me dit qu'elle est le portrait craché de mon père. Et puis il y a tous ces amis dont je n'ai pas demandé de nouvelles.

Quand j'ai rentré ma voiture, l'idée m'a traversé

que quelqu'un avait pu s'introduire chez moi pendant mon absence. Je me suis mis à paniquer dans l'ascenseur. J'ai mis du temps avant de pousser la porte du studio. J'ai fait le tour des pièces une à une avec une peur d'enfant qui s'imagine un loup.

Finalement cette visite à Clovis ne m'a fait aucun bien. Je n'aurais jamais dû me rendre à Paris.

Mardi 4 juillet

Mme Raminez est montée faire le ménage chez moi ce matin. Elle a accès à l'entièreté de l'appartement à l'exception bien sûr de la pièce où je fabrique mes montages, qui est du ressort de tante Brenda. Le local est toujours bouclé quand elle vient travailler. Pour désamorcer sa curiosité, je lui ai raconté le jour où je l'ai engagée que j'avais loué cette chambre à un ami, en partance pour le Sénégal, qui cherchait un local pour remiser ses meubles. Cela fera bientôt cinq ans qu'elle me prépare mes repas pour la semaine, s'occupe de mes lessives, brique mon studio. C'est une âme simple que la vie éprouve injustement. Elle vit seule avec un fils qui est atteint d'une maladie incurable. De quoi ai-je à me plaindre !

Jeudi 6 juillet

Il y a des semaines qui sont placées sous le signe de la maladresse. Après avoir été secoué par Clovis dimanche, j'ai rencontré un nouveau problème jeudi avec tante Brenda.

Cherchant à lui faire plaisir, je lui ai offert le

portrait encadré de Fernand Albuse, notre regretté garde du corps. J'estimais qu'après une douzaine d'années il y avait prescription de la chamaillerie et je pensais que, paix à l'âme du modèle, ce cadeau ravirait sa destinataire. Je m'attendais à une marque de reconnaissance, j'ai eu droit à un transport entrecoupé de spasmes et d'invectives contre ce malheureux Fernand, qui cumulait les emplois de bon à rien, coureur de jupons, tapeur de cartes, mâchonneur de mégots, ivrogne, pervers... J'en suis resté abasourdi. Voulant rattraper ma gaffe, j'entrepris de récupérer mon présent, en jurant mes grands dieux à tante Brenda que je laisserais désormais le dessin du défunt garde du corps à la discrétion de mes cartons. « I'll keep it ! » fit-elle en glissant le cadre dans son cabas. Quand elle a pris congé, elle avait le chignon oblique et les yeux rougis. La façon dont ses bras enveloppaient mon cadeau était une étreinte.

— Sorry, Antonin, j'ai manqué de self-control, me dit-elle, confuse.

— Et moi de feeling, m'empressai-je d'ajouter.

Qui aurait pensé qu'il existait entre ces deux êtres attachés à notre famille autre chose qu'une simple proximité de travail. Je n'en reviens pas de ma cécité !

Pauvre tante Brenda ! Si j'avais seulement perçu votre peine enfouie, votre veuvage clandestin, je me serais montré plus consolateur. Pourquoi diable n'avez-vous rien dit ? Je vous en aurais aimée davantage.

Samedi 8 juillet

Je me suis réveillé en sursaut cette nuit dans mon premier sommeil. Des gyrophares éclaboussaient ma chambre. J'ai pensé immédiatement à un coup de force de la police de Borganov. Je me suis vu embarqué, questionné, traîné devant la justice. Un indicateur m'avait aperçu à Paris, ou pire, les agents du potentarque avaient intercepté ma conversation avec Clovis. Je restai à l'affût du moindre bruit pendant un temps qui me parut infini. Il était une heure et demie quand le quartier est rentré dans le calme. Je n'ai plus fermé l'œil. Dans l'hypothèse d'une arrestation, il me faudrait du poison à portée de main. Je n'aurais jamais la force de résister à un interrogatoire.

Dès mon lever, j'ai appelé Mélanie, qui tient le salon de coiffure en face de chez moi, pour l'interroger sur l'intervention nocturne des forces de l'ordre.

— On a cambriolé à deux maisons de la tienne, chez les Delanois. Les voleurs sont entrés par l'arrière. Ils ont réussi à forcer un coffre blindé comme un char d'assaut. Les gendarmes n'en reviennent pas !

J'en ai des sueurs froides. Si pareil déboire m'arrivait, ce serait un désastre. Il y a dans ma pièce de montage une chambre forte où sont remisées mes transformations d'images. Elle est munie d'un écraseur magnétique destiné à effacer tous mes enregistrements au cas où quelqu'un tenterait de forcer le coffre sans passer par la combinaison. J'ai beau me raisonner, me dire que l'appartement regorge de systèmes de protection soigneusement mis au point par Clovis au moment de mon installation à Niort, je ne suis pas tranquille. Je passe et je repasse d'une pièce à l'autre. Je n'ai pas d'endroit vraiment sûr où cacher ce cahier qui s'alourdit de mon secret. Pourquoi ai-je si peur tout à coup ? Je voudrais m'enfuir. Je n'ose plus bouger de chez moi.

Je repense à cette nuit. Il faisait venteux comme aujourd'hui. Un temps d'automne qui retient ses pluies comme une meute de chiens.

Oh, mes chers parents, rentrez à la maison, rentrez vite ! J'ai tellement froid.

Jeudi 13 juillet

Le bout de papier déchiré que m'a remis Clovis est abandonné près de mon clavier depuis une dizaine de jours. Le courage me manque de m'immerger dans ce qu'il appelle crûment « notre merdier ». La simple idée qu'avec un mot de passe je puisse accéder à ce procès ignoble qui a entaché l'œuvre de mon père et le nom des Carvagnac me glace. Le congrès de Berlin n'est rien à côté de cette pantalonnade judiciaire d'ampleur internationale qui a mis hors la loi l'action profondément humanitaire que menait la Nielsen Depol Foundation depuis un quart de siècle sur notre continent. Ce qui s'est produit alors est tout simplement ignoble : une sombre machination à rapprocher de ce que l'histoire a sécrété de plus injuste. Je pèse mes mots.

Les faits remontent à six ans. Fraîchement élu président des États-Unifiés d'Europe, Aristide Borganov fit voter une loi qui permettait au pouvoir dirigeant de confisquer l'outil et les biens de toute entreprise privée reconnue coupable de délits fiscaux ou d'opérations financières sciemment menées pour ébranler l'équilibre économique de la Fédération. La manœuvre visait la Nielsen et les profits faramineux qu'elle tirait de l'enfouissement des déchets. Victime d'une campagne de calomnies, la Nielsen Depol Foundation invita immédiatement la communauté internationale à s'élever contre ces procédés déloyaux. Les réactions furent molles, démissionnaires, voire absentes : un déni de solidarité et de gratitude à l'égard d'un projet qui la veille encore était considéré par tous comme providentiel. La loi soigneusement mise au point fut assortie de mesures populaires, diminutions d'impôts, renforcement du parrainage social, détaxation de l'énergie : une façon éprouvée d'endormir les consciences. Pendant que la Nielsen préparait sa retraite vers les cieux plus hospitaliers de Cuba, où elle avait une succursale, Borganov eut recours à la force pour arrêter les têtes pensantes de l'entreprise. Alexandre et Tamara Carvagnac furent interceptés à Copenhague avec trois personnalités du groupement. Nielsen échappa miraculeusement à ce coup de filet. Traînés sur le banc des accusés comme de vulgaires malfaiteurs, dix-sept hommes et femmes à qui on reprochait d'avoir développé des activités mafieuses aux fins de déstabiliser les États-Unifiés d'Europe subirent l'affront d'un simulacre de procès monté de toutes pièces par Borganov et ses sbires. Humiliation ultime pour les inculpés, les débats eurent lieu à Nuremberg. Après avoir condamné jadis des criminels de guerre, cette ville se réveilla pour juger des criminels de paix.

En l'absence de Nielsen, cette mascarade judiciaire se centra sur les époux Carvagnac et plus particulièrement sur le tigre. Pour le puisatier, qui avait atteint les points les plus bas du globe, commença la plus perfide descente vers les abîmes de toute sa vie, une dégringolade orchestrée à coups de faux témoignages, de mensonges et de trahisons. Si Clovis fut appelé à la barre, la cour, informée de mon état, préféra m'oublier. Ce fut un bienfait. J'étais sans forces à l'époque, incapable de faire face tant physiquement que moralement à cette épreuve qui nous frappait. Complètement ébranlé, j'ai passé les six semaines du procès en me traînant de mon lit à mon téléviseur pour suivre par bribes un réquisitoire scandaleux, qui n'était qu'un tissu d'ignominies et de contrevérités. J'étais hospitalisé quand le verdict tomba. J'ai encore la sentence du juge dans l'oreille.

« Tadeusz Nielsen est condamné par contumace à douze ans de réclusion.

« Alexandre Carvagnac et sa complice Tamara Carvagnac sont condamnés à une peine d'emprisonnement de dix ans... »

J'entends la réaction indignée de la salle. Je revois le visage immobile de mon père, puis ma mère incrédule dodelinant de la tête : une volière versée.

Oh, j'aurais tant aimé que rugisse le tigre à ce moment-là, que sa voix puissante s'élève contre ses juges comme Jacques de Molay, le dernier maître du Temple, le fit jadis quand il assigna ses persécuteurs avant l'année écoulée devant le tribunal de Dieu.

Le dernier signe que j'ai reçu de mes parents est une lettre qu'ils réussirent à me transmettre par l'intermédiaire de Clovis. Cette lettre, je l'ai lue, relue, pliée, dépliée, rangée, ramenée sur ma table pour en saisir toutes les subtilités, en décoder les consignes tacites. Je la connais par cœur.

Mon Antonin,

Ta mère et moi imaginons sans mal la peine qui t'accable en ce moment. Il ne faut à aucun prix que nos épreuves mettent en péril ta santé et ta propension à créer. Nous n'avons pas tout perdu dans la tourmente. Le monde que nous avons entrepris de refaçoner avec une foule de gens généreux ne peut plus rétrograder. C'est dans cette certitude que nous puisons tous notre courage en ce moment difficile ! Il faut que cela te réconforte aussi. Tadeusz est toujours vivant. De deux mois en deux mois tu pourras le voir faire le point sur notre action dans les courtes séquances dont il a le secret. Reste attentif à son discours sans te laisser atteindre par les accusations menssongères qui nous atteignent aujourd'hui. Au-delà de notre condamnation, le projet qui fut notre vie, doit être poursuivi coûte que coûte. Ce rêve que j'ai partagé avec mon ami Nielsen ne peut s'éteindre. Garde-nous présents dans ta mémoire et, surtout, ressussite les moments de bonheur que nous avons connus ensemble. Nous serons vite de retour. En attendant de te retrouver, nous res-

tons à tes côtés par le cœur et l'esprit. Nous t'aimons. Prends soin de toi

Ton père.

P.-S. Tu trouveras sur ma table de chevet mon livre de sagesse princière. Fais-en ta nourriture. Sa lecture t'aidera tant que mère et moi serons absent.

Je me souviens du malaise qui m'a gagné quand Clovis m'a apporté ce billet de notre père et que je l'ai lu pour la première fois. Je lui ai jeté un regard inquiet.

— Je n'ai jamais vu de fautes d'orthographe dans ses écrits ! Comment est-ce possible ?

Il s'est penché par-dessus mon épaule et a décrété :

— Il n'a pas eu le temps de se relire, c'est tout

— L'écriture n'est pas fluide.

— Tu ne vas pas demander à une petite bafouille, griffonnée à la va-vite sur un banc avant une audience, de rivaliser avec un discours d'académicien !

Sans quitter le texte des yeux, j'écoute d'une oreille mon frère m'expliquant le périple de cette lettre. Remise en fin de séance par l'inculpé à un greffier pour être donnée à Clovis présent dans la salle, elle passa entre les mains d'un vérificateur, qui l'éplucha longuement, escalada la tribune des juges pour une supervision supplémentaire assortie d'une moue, avant d'arriver jusqu'à son destinataire.

— Pas possible qu'il écrive « séquences » avec un a et « refaçonner » avec un seul n...

J'énerve mon frère. Je le sens bien.

— Qu'est-ce que tu vas encore chercher, Antonin ! Un message codé ?

Je sens mon cœur battre tout à coup. Je saisis un crayon, une feuille et j'écris à la queue les mots erronés. Je tends ensuite le papier à Clovis.

— Lis-moi cela !

Un moment d'étonnement et il énumère :

— « refaçoner, séquances, menssongères, ressussite, absent ».

Je réentends les mises en garde de mon père le jour où il me rendit un document filmé que j'avais transformé. « Tu détiens la clé des mensonges ! »

— S'il parle de ressusciter l'absent, c'est sans doute que Nielsen est mort, lâche Clovis.

Je sais que cette rumeur circule, mais je ne veux pas de cette nouvelle. Je crois même que je m'esquiche les oreilles pour ne pas entendre.

— Non ! ne dis pas cela ! Pas Nielsen ! Ce serait une telle perte pour nous tous.

J'ai rencontré Tadeusz Nielsen une dizaine de fois. Je l'ai vu à la maison à des moments forts de joie ou de détresse. J'ai été invité chez lui à Copenhague. C'était pendant les vacances d'été. Nous devions déménager et Nielsen proposa à mes parents de me prendre chez lui pendant quelques jours. Je n'avais jamais quitté le nid jusque-là. Timide comme j'étais, je me demande encore comment j'ai osé accepter l'invitation. Ce personnage m'a toujours fait une très forte impression. Son aura médiatique et la place cruciale qu'il tenait dans ma famille y sont évidemment pour une grande part. Mais il y a une autre raison qui, j'en suis de plus en plus persuadé aujourd'hui, dépasse la première. Nielsen m'est toujours apparu comme un homme dont la bonté rayonnait. Je ne dis pas gentillesse ni amabilité, j'emploie délibérément le mot bonté. Certains trouvent un arrière-goût sucré, bondieusard à cette vertu. D'autres la considèrent carrément comme une tare, le monde appartenant, comme on sait, aux malins et aux séducteurs. Chez Nielsen, cette qualité m'a toujours fait l'effet d'une force suprême, hautement respectable, conférant à ses jugements, parfois très durs, une autorité supérieure. J'ai toujours été attentif à l'attitude qu'avait cet ami important de notre famille vis-à-vis de nous et de moi particulièrement tant m'aurait affecté un désaveu de sa part. De même, je n'ai jamais manqué une seule de ses allocutions télévisées, par lesquelles il réussissait si bien à maintenir du côté du courage cette génération sacrifiée d'éboueurs, qui rêvaient comme lui d'offrir à leurs enfants une terre reconquise à l'harmonie. Nielsen était un magicien du verbe, un génie de l'image. Posant le levier de sa pensée sur l'enseignement du prince, il a déplacé des montagnes par de simples métaphores intelligibles par tous.

« Dans ce monde qui s'est asphalté le cœur, disait-il, je veux être avec vous de ceux qui fendillent le bitume par le dessous, un craqueleur. Ma victoire est la graine de cèdre dans la lézarde. » Ces mots ne valent-ils pas mille marteaux piqueurs à l'ouvrage ?

J'ai aimé ces vacances chez ce musicien de l'âme,

qui prenait le temps de quitter sa partition cosmique pour écouter les notes grésillantes modulant le chant timoré de ma vie. Alors qu'au moment de mon départ pour Copenhague je pensais que c'était uniquement l'amitié pour mon père qui avait poussé Nielsen à me prendre un moment sous son aile, je revins avec la conviction qu'une part de ma détresse entrait en résonance avec une peine qu'il masquait. Notre point d'ancrage se trouvait-il dans ce que j'appellerais les limbes de l'amour, cet espace de solitude pour âmes reléguées dans leur trop-plein de tendresse ? C'est probable.

En cherchant moins loin, il est aussi possible qu'il se reprochât d'avoir rappelé le puisatier à Hevelig pour nettoyer le puits des matières hautement radioactives qui l'obstruaient et d'être la cause indirecte de mon infirmité.

Durant mon séjour, j'ai dessiné à sa demande tous les gens de sa maison, depuis le jardinier jusqu'à la cuisinière.

— Tu rends tes sujets attachants, me disait-il. Je les retrouve embellis de l'intérieur.

Et il ajouta même :

— Tu es un véritable puisatier des âmes.

Quand j'ai fait son portrait, j'ai dû m'y reprendre à trois fois, n'arrivant pas à magnifier d'un scintillement l'humanité de son visage, dont le bleu regard dépassait de trop loin mes horizons.

En un premier temps, je n'ai pas cru ou je n'ai pas voulu croire en la mort de Nielsen, m'attendant à le voir resurgir un jour ou l'autre sur les écrans. J'étais persuadé que mon père me demandait de faire revivre en images le disparu pour le cas improbable où un malheur le frapperait, et que j'aurais rapidement la bonne surprise de voir réapparaître l'absent en chair et en os dans une de ses merveilleuses allocutions.

Il fallut l'insistance de Clovis pour que je me plonge dans mes archives et repasse les deux cents courtes séquences que Nielsen avait enregistrées de six semaines en six semaines pendant vingt-cinq ans pour emporter les hommes dans son rêve de décontamination de la terre, amener réconfort et espoir aux artisans de son projet, tenir les rênes de la patience dans cette traversée du désert qu'une génération de travailleurs avait entreprise. Véritables joyaux de sensibilité adressés aux êtres et aux éléments, chefs-d'œuvre de poésie et de sagesse, ces deux cents messages télévisés, loin de tout discours sectaire ou de toute volonté d'endoctrinement, ont toujours eu pour terreau ce précepte énoncé par le prince : *« Car je veux vous guider de la main vers vous-mêmes... Je suis la bonne saison des hommes. »*

Clovis profita de la période de flottement où je me trouvais pour se mettre en rapport avec Loïc Cohen, qui avait repris la direction intérimaire de la Nielsen à Cuba. Ils convinrent d'un plan pour passer ma séquence de l'autre côté de l'Atlantique une fois qu'elle serait réalisée. Pour ne pas éveiller les soupçons de la police de Borganov sur notre trafic, mon frère, qui faisait l'objet d'une surveillance serrée depuis le procès, jugea préférable de jouer la carte de la mésentente et de couper les ponts avec moi aussi longtemps qu'il y aurait des documents en circulation. Mise dans le secret, tante Brenda devint notre commissionnaire. C'est elle qui m'apporta le livre de mon père, que je parcourus dans la ferveur comme on le fait d'un texte sacré. La phrase que je choisis pour ouvrir l'allocution m'a semblé convenir au monde autant qu'à mes parents incarcérés. Elle était soulignée de gris et de rouge. Le prince y disait : « *Qui est fidèle est toujours fidèle. Et celui-là n'est point fidèle qui peut trahir son camarade de labour. Moi j'ai besoin d'une cité forte et je n'appuierai pas sa force sur le pourrissement des hommes.* »

J'ai écrit de longues pages dans la continuité de cette pensée pour ne retenir que trois minutes d'une réflexion entièrement filtrée par le verbe de Nielsen. Je suis ensuite passé à l'image. J'ai jeté mon dévolu sur un fragment d'interview où on le voyait parler dans un bois de bouleaux. Je remplaçai mon fond par la vue d'un parc dans lequel on venait d'inaugurer une statue, en prenant un soin infini à ce que la lumière soit identique. Je passai des jours et des nuits à corriger chaque plan au moyen de mes calames électroniques. Après cette étape suivit un travail très méticuleux de décomposition harmonique du texte puis de reconstitution, au départ de fragments parlés que je possédais, du timbre de la voix de Nielsen, du débit et des inflexions qui lui étaient propres. Enfin arriva le moment où je modifiai son visage et son geste pour y accorder le texte de l'allocution. J'étais là comme un metteur en scène de théâtre à l'affût de la justesse absolue du jeu. Je mis vingt-deux jours pour peaufiner mes trois minutes d'un Nielsen aussi vrai que nature. Chaque point coloré, chaque émission sonore, fut vérifié dix fois et, malgré cela, je restai tenaillé par la peur que des experts ne découvrent dans mes images maquillées une imperfection qui me trahisse. Enregistré sur une pastille à peine plus grande qu'une pièce de monnaie, mon document passa de tante Brenda à Clovis qui, dans l'intervalle, avait mis au point un stratagème aussi délicat qu'astucieux pour acheminer mon enregistrement jusqu'au siège cubain de la Nielsen Depol Foundation. Après l'envoi, nous connûmes tous les trois quelques jours d'attente crispée. J'ai espéré jusqu'au bout que la société ne ferait pas usage de ma séquence. À l'annonce du passage de l'allocution de Nielsen sur les chaînes, je croyais encore qu'il était en vie et que je ne verrais pas mon document. Tante Brenda se trouvait près de moi quand mes images sont passées. J'étais tellement désemparé qu'il m'a fallu rompre le silence pour vérifier si je n'étais pas le jouet d'un mauvais rêve.

— Nielsen est mort ! dis-je la gorge nouée.

Comme si elle ne l'avait pas compris !

Je n'ai pas eu besoin de regarder dans sa direction pour savoir que nous pleurions ensemble.

Samedi 15 juillet

J'ai traité à ce jour trente-six séquences pour garder en vie Nielsen et son pari. Je me suis imprégné à longueur d'années de la pondération du prince pour me retrouver hier hurlant d'indignation et d'impuissance devant la monstruosité du réquisitoire mené contre mon père. Quelle mauvaise idée j'ai eue d'extorquer à Clovis ce mot d'accès au site occupé par la Nielsen. Ce procès est un tissu de mensonges, une machination scandaleuse de Borganov et des eurocrates de son parti pour reprendre à leur compte une activité prospère dont ils voulaient encaisser le profit. Du vol pur et simple, voilà le mobile ! C'est limpide et répugnant ! Ce que je comprends moins c'est la résignation des inculpés dans cette affaire. Pourquoi cette passivité généralisée ? Comment ont-ils procédé pour faire taire mon père ? Ils ont dû le droguer. Je ne m'explique pas son apathie autrement.

Je me suis plongé de longues heures dans ce

torrent de boue, j'en suis sorti barbouillé avec des haut-le-cœur, des envies de tuer. Ah ! si je pouvais échapper, ne fût-ce que quelques heures, à ces misérables crapules qui me pendent sous la ceinture comme un pantalon vide pour sauter à la gorge d'une de ces ordures, faire la peau à ce fumier de Borganov. J'écume de rage ! J'injurie les murs ! Je crache des insanités à la face camuse de cet écran qui m'a déversé sa mémoire pourrie. Je ne sais pas ce qui me retient de le jeter par terre. Je n'en peux plus d'avoir les fers aux pieds, de croupir dans une prison sans geôlier. Personne ne m'entend quand j'injurie les maîtres. Personne ne se retourne sur moi pour me gifler. C'est bien la preuve que je ne suis rien. Je préférerais encore encaisser des coups plutôt que de demeurer cet handicapé inoffensif que les vivants contournent ou traversent à la hâte comme un relent d'égout. Ah qu'il me plairait d'être ce rat malade qui contamine le navire, ce breuvage empoisonné versé dans la coupe du tyran, ou, plus sournoisement, quelque image trafiquée qui amène les loups à se dévorer entre eux.

Lundi 17 juillet

Il fallait que je sorte, que je change d'air. J'avais besoin de voir du monde. N'importe qui, à l'exception malheureusement d'amis et de connaissances mêlés de près ou de loin à mon passé familial. La consigne vient d'en haut, dictée par Cohen. La Nielsen Depol Foundation m'interdit formellement tout contact, même téléphonique, avec d'anciens protagonistes du procès pour ne pas attirer les soupçons de la police de Borganov sur mes activités de faussaire. Autant dire que je ne vis plus depuis des années. La recommandation est la même pour Clovis et pour tante Brenda. Je pense à eux ainsi qu'à mes parents chaque fois que la solitude me désespère. Qui de nous tous est le plus seul, le plus à plaindre ? Peut-être mon frère qui a abandonné une activité qui le comblait pour un emploi d'homme à tout faire au Majestic Palace, cet hôtel international dont il utilise à leur insu les clients pour passer mes séquences à Cuba ? Peut-être mon père ou ma mère ? Sous régime de haute surveillance, cela fait des années qu'ils sont totalement coupés de nous et du monde extérieur.

J'ai eu l'envie de descendre la basse Loire en bateau. Ses eaux et ses rivages n'ont pas encore atteint le niveau de propreté des régions du Rhin et de la Meuse mais la métamorphose est saisissante. Les abords du fleuve ont été reconquis par les hommes et son courant par les poissons. On assiste à une renaissance spectaculaire de certains complexes industriels du siècle passé, qui se sont transformés en véritables petites villes à vocation maraîchère, plus ou moins autonomes. C'est Mose, un grand ami de mes parents, qui est l'instigateur de ce mouvement. Mose est mon parrain, une force de la nature. Fernand, notre garde du corps, me disait, quand il voyait arriver le colosse à la maison, que j'entrerais deux fois à l'intérieur de sa carcasse. Il exagérait à peine. Mose a été un des premiers à réinvestir les sites à haut risque rachetés par Nielsen, les « friches ». Il a commencé à les récupérer avec une vingtaine de marginaux il y a trente ans. Aujourd'hui, les exclus qui lui doivent indirectement le vivre et le couvert se comptent par millions. Mose tient une part importante dans mon cœur. Il habitera cette écriture. Mon souhait profond serait qu'il me lise un jour et relève sur le papier la tendresse que mes mots ont toujours été incapables de lui transmettre.

J'ai été placé sur le bateau à côté d'une aveugle. Je lui ai raconté la Loire : tout ce que je pouvais communiquer de mon émerveillement sans monter trop haut en amont du côté de Nielsen ni descendre trop loin en aval du côté paternel. Elle m'a parlé de la fascination qu'exerçait sur elle le puisatier des abîmes. J'ai été stupéfait ! Je l'ai amenée à me faire part de tout ce qu'elle savait sur lui en me gardant bien de lui souffler qu'il s'agissait de mon père. Je l'ai écoutée les yeux fermés pour la suivre dans son ombre éblouie. J'ai été ému plusieurs fois, notamment quand elle m'a dit :

— Une flamme se réveille dans la nuit des hommes à chaque puits qu'il ouvre.

Je me suis gardé de citer cette phrase du prince qui donnait un écho douloureux à la mise à l'arrêt des forages du puisatier : « *Au fond de l'une de ces cheminées verticales, qui ne reflètent, tant elles sont profondes, qu'une seule étoile, la boue même s'était durcie et l'étoile prise s'y était éteinte...* »

Depuis que je vous ai vue, madame, je tiens les yeux fixés sur cette lueur placée aux confins de votre cécité. Avec ce que vous m'avez donné de lumière, j'ai fait provision d'espérance.

Mercredi 19 juillet

Retour à mon quotidien imbécile. J'ai eu mon lot d'imprévus aujourd'hui. Cela a commencé à neuf heures avec la venue de Jérôme, l'apprenti coiffeur de chez Mélanie. Trois fois qu'elle me l'envoie pour me couper les cheveux. Le personnage m'agace. Je ne supporte pas la manière dont il virevolte autour de mon chef comme s'il s'agissait d'un plâtre. Quant au détaché arrogant de son petit doigt... Pour parler franc, je suis contrarié de ce que Mélanie ne soit pas montée elle-même pour me coiffer. C'est elle que j'ai demandée, après tout ! Enfin, je ne vais pas faire un monde de ce petit drame domestique. Le stagiaire ne s'en est pas mal sorti et il m'a donné les nouvelles que je souhaitais avoir. C'est ainsi qu'on a reparlé de cette bande de voleurs qui sévit dans le coin. Outre l'inquiétude qui me ronge de retrouver ma pièce de montage cambriolée, je suis de plus en plus encombré par mon journal. J'ose à peine imaginer la déflagration que provoquerait son épluchage si la police de Borganov venait à s'en saisir. Cela dit, même si c'est imprudent, le fait de désobéir aux consignes de la Nielsen me fait du bien ! J'ai toujours été trop docile et d'un naturel trop craintif, et j'éprouve une véritable jouissance à courir ce danger. Et tant pis pour les mises en garde de Clovis !

En fin d'après-midi, j'ai eu la surprise de voir débarquer tante Brenda. Son jour de visite est le jeudi et non le mercredi. J'ai pensé que son passage anticipé avait un rapport avec ma virée sur Paris. Eh bien non ! J'ai imaginé d'autres raisons en liaison avec nos activités ou nos déboires familiaux, il n'en était rien. Pour une fois, la venue de la brave femme avait trait à une préoccupation qui lui était strictement personnelle.

— Je ne veux pas vous ennuyer avec mes soucis, Antonin, mais...

Que tante Brenda évoque un problème qui lui soit propre m'a tout bonnement surpris. Au fond, je suis un sombre égoïste. J'ai toujours trouvé normal d'être un sujet d'empressement ou de compassion pour le monde, comme si mes peines ou mes tourments avaient priorité sur tout ce qui pouvait atteindre autrui. C'est une détestable habitude que je tiens sans doute de mon handicap. À l'avenir, je me surveillerai.

— Lisez, me fit-elle en me tendant, ouvert à une page choisie, un magazine qu'elle avait fiévreusement retiré de son cabas.

— Mazette ! m'écriai-je stupidement en découvrant sur la photo jouxtant l'article la ravissante Astrid Galaxy émergeant, telle une sirène de l'écume des vagues, d'un décolleté subtilement vaporeux.

— Je ne suis pas sûr de bien comprendre ? fis-je en passant du cliché suave de la Vénus au regard chagrin de tante Brenda.

Astrid Galaxy est sur toutes les chaînes du monde ce que la Vierge Marie est sur les images pieuses. On ne peut pas zapper sans tomber sur sa délicieuse frimousse, sa féminité exacerbée, sa bouche d'une exquise sensualité qui dévide, comme s'il s'agissait de la plus tendre déclaration d'amour, les fils de nos destinées. Tout le monde a vu dans ses œuvres cette reine de l'astrologie, cette divine divinatrice qui lève le voile sur nos beaux et nos moins beaux jours, cette papesse zélée d'une science aussi prisée qu'incertaine, qui catégorise l'humanité en douze signes et décrit pour chaque humain, avec une longueur d'avance et plus ou moins de bonheur, les avatars ou les conquêtes du lendemain. Voilà ma vision du phénomène, une réprobation basique qui ne m'empêche pas de jeter chaque matin un rapide coup d'œil sur mon horoscope et de m'y conformer pour la durée de la prédiction en me défendant bien sûr d'y accorder le moindre crédit. Telle est la nature de l'homme en général et la mienne en particulier, pétrie d'incohérence.

Quelque peu surpris, je me suis concentré tant bien que mal sur l'interview de la belle astrologue, sans découvrir tout de suite ce qui contrariait tante Brenda. Il y avait quelque chose de cocasse dans cet exercice. À un moment donné, j'ai failli céder à un fou rire.

— C'est cette histoire de Gémeaux qui vous met le cœur à l'envers ? lui demandai-je.

Elle opina de la tête tandis que j'enchaînais :

— Les journalistes écrivent n'importe quoi !

Je repris ma lecture avec plus d'acuité.

Les propos prêtés à l'adorable prêtresse étaient peu charitables : quelques perfidies lancées contre un signe et ses tenants, des critiques acerbes qui me parurent davantage le fruit d'un mouvement d'exaspération que de l'occultation par Jupiter des bons influx de Saturne ou de quelque autre dissonance planétaire défavorable aux Gémeaux.

— Ne vous tourmentez pas avec cela, tante Brenda ! Il n'y a là derrière qu'une saute d'humeur. Je veux bien parier avec vous que cette jolie brune a essuyé quelques revers sentimentaux avec un Gémeaux et qu'elle règle ses comptes sur son terrain en jetant l'anathème sur tous les ressortissants du signe. Il s'agit d'une réaction classique.

Épluchant l'article, je n'eus aucun mal à en tirer quelques inepties qui lui enlevaient tout semblant de crédibilité.

— Je la trouve un peu légère d'affirmer qu'Attila était Gémeaux. On n'avait pas de registres à l'époque, que je sache.

Je mis en pièces de façon expéditive cette attaque anti-Gémeaux devant ma visiteuse de plus en plus prostrée. Pas moyen de la rasséréner. Mes ripostes les mieux menées contre les allégations d'Astrid Galaxy décontenançaient davantage ma brave gouvernante qu'elles ne la rassuraient. N'arrivant pas à la convaincre, j'en vins à élever le ton. Je crus diplomatique de la blâmer pour sa crédulité. L'erreur était grossière. Elle éclata en sanglots.

— Vous seriez Gémeaux comme je le suis ! Vous trouveriez cela choquant !

Elle se moucha et ajouta douloureusement :

— Je ne m'attendais pas à cela de sa part. Je suis déçue.

Mes yeux quittèrent le visage larmoyant de tante Brenda pour s'écarquiller sur un cliché de l'admirable panthère de papier glacé qui s'alanguissait sur mes genoux. À court d'arguments, je tournai machinalement la page du magazine. À côté d'une nouvelle photo hautement suggestive de l'intéressée, je tombai sur un sondage de popularité qui la concernait. Les chiffres me parurent à peine croyables : un enthousiasme généralisé tant du côté des hommes que du côté des femmes. Si l'adhésion des premiers ne m'a pas surpris, celle des secondes m'a laissé interdit. À quelques exceptions près, c'est toute la gent féminine qui plébiscite cette créature de rêve. D'après cette étude prétendument sérieuse, Astrid Galaxy ferait la quasi-unanimité auprès des adolescentes, jeunesses en fleur, belles au seuil du déclin, pas belles nostalgiques, femmes mûres en quête enjolivante du passé, vieilles dames superstitieuses, ce qui, si l'on ajoute l'inclassable tante Brenda, représente un score exceptionnel. Quelque chose m'échappe dans ce phénomène. D'un côté, je ne résiste pas à l'envie d'ironiser sur le sujet. Si je creuse plus loin, je me pose de sérieuses questions sur les raisons qui poussent des gens sensés à porter aux nues cette gardienne de leur destinée, cette annonciatrice du meilleur comme du pire avec une marge d'erreur de cinquante pour cent dans l'hypothèse la plus favorable. L'être humain doit être sacrément déboussolé sur cette terre pour préférer le nord astrologique d'une extralucide à l'étoile polaire des navigateurs.

Cela mis à part, je ne peux qu'applaudir le bon goût des astrophiles et de tante Brenda d'avoir élu une si jolie représentante des planètes pour dorloter nos incertitudes. Autant de grâce mêlée à autant de charme, ça ne se refuse pas.

Après plusieurs tentatives visant à relativiser l'événement et à tourner en dérision les dérives de l'astrologue, je parvins à consoler tante Brenda en lui promettant que j'approfondirais le sujet. Je lui ai demandé la permission de conserver la revue jusqu'à sa prochaine visite. Nous avons pris le thé ensemble. Le climat resta morose. Les biscuits m'ont paru plus sablonneux que d'habitude. J'avais dans la tête une curieuse impression de machine aux rouages grippés. Sur la table du salon la photographie d'Astrid Galaxy continuait à me vamper, mais sans succès.

— Au fond, vous avez raison, tante Brenda, les propos tenus par cette astrologue sont inadmissibles. J'y ferai allusion dans la prochaine allocution de Nielsen.

J'étais gagné par un sentiment de danger et je lui racontai, comme si elle venait de moi, la fable du *diseur de légendes* dont le talent était à ce point extraordinaire qu'il rassemblait toute une cité en cercle autour de lui quand il partait dans ses histoires. Un jour où il tenait la foule accrochée à ses lèvres, il se leva et, entraînant les hommes, les femmes, les enfants derrière lui, leur fit incendier la ville.

Elle écouta la parabole du prince.

Je ne suis pas sûr qu'elle en ait saisi la portée.

Lundi 24 juillet

J'arrive à me replonger dans le dossier Carvagnac avec davantage de sérénité. Mes cris d'indignation et de colère n'ont plus ébranlé la quiétude de ma salle de montage depuis une huitaine de jours. C'est une première victoire ! Je m'étonne moi-même d'avoir pu mettre ma révolte en veilleuse pour me concentrer sur la machinerie phénoménale mise en place par Nielsen. Les documents que j'ai consultés sur l'activité du groupe sont édifiants. Cet homme a glissé le doigt au cœur de la plaie qui minait le monde il y a trente ans. Il a réussi un pari totalement révolutionnaire. Je trouve regrettable que la N.D.F. n'ait pas jugé bon de me donner accès à son site informatique interne. J'aurais pu me hisser plus tôt dans les hautes sphères de son projet et les séquences que j'ai réalisées jusqu'à présent en auraient été renforcées.

J'ai reconstitué une bonne partie de l'histoire des fleuves : l'opération « eau claire » qui conduisit à la dépollution du Rhin, de la Meuse et de l'Escaut. Je savais que cette entreprise d'envergure avait commencé avec le rachat par le groupe de trois cents lieux irréversiblement condamnés. Ce que je connaissais moins, c'était la stratégie mise en place par le financier et ses collaborateurs pour reconquérir ces endroits désertés par l'homme. Fournissant les équipements de protection et la quantité de boulets nécessaires à la remise en état de chacune des aires contaminées, la Nielsen Depol Foundation lança une campagne de nettoyage qui promettait à chacun des volontaires d'acquérir sa part de propriété sur le domaine réaffecté avec son aide. Le projet plut à certains idéalistes qui entraînèrent derrière eux un petit nombre de désœuvrés. Le succès des premiers chantiers fit tache d'huile et, en quatre mois, les trois cents friches rachetées par Nielsen avaient trouvé preneurs. Les eurocrates, qui suivaient l'aventure sans trop y croire, décelèrent dans cette idée une manne à emplois providentielle et peu coûteuse. Reprenant à leur compte le défi de l'homme d'affaires, ils étendirent le mouvement vers un millier de zones sinistrées en prenant à leur charge l'achat des sphères et en supportant les frais d'enfouissement. Remarquablement conseillé par des personnalités de première force, comme le professeur Robertson, Elias Potsanis, Margaret Allister... Tadeusz Nielsen laissa aux politiques le soin d'étendre son initiative et à ses collaborateurs la gestion des bénéfices plantureux que l'entreprise rapportait. Son énergie, il la concentra à relier les actions entre elles pour que, d'éparpillées qu'elles étaient, elles deviennent la voix puissante du fleuve qui appelle les hommes à reconquérir la clarté de ses eaux et la verdoyance des rives, à redonner un élan à la vie. Soucieux de ne pas relâcher la tension de l'arc, il est devenu l'incarnation d'un rêve pour une foule de gens sans projet. Tous les discours, toutes les interventions de Nielsen (et je sais ce dont je parle) ont toujours tiré les êtres vers le haut de façon qu'ils regardent notre terre du sommet d'une montagne, voire d'une autre planète. Son unité de temps n'a jamais été celle des sabliers ni des chronomètres mais celle des générations qui marchent et se renouvellent.

« Tu crois qu'ici une caravane se hâte ? Laisse couler vingt siècles et reviens voir ! » dit le prince.

L'immense réussite de cette entreprise acharnée tient dans la vision d'altitude que Nielsen a insufflée au monde en partant de trois fleuves pour gagner une portion d'Europe, puis un continent, puis un autre. Rares sont les hommes dont le regard épouse la courbure de l'horizon, sème de la belle démesure, propose aux gens un défi planétaire : « Prenez une mappemonde et auscultez l'empire ! Regardons ensemble où est le chancre ! Éradiquons-le ! »

Comment ai-je osé, pauvre infirme, me substituer à Nielsen pendant six ans ? Par quel prodige ai-je accepté de m'élever avec le prince, moi qui ai une telle peur du vide ? Certainement à cause de la requête de mon père, à laquelle se mêla le refus de voir partir cette âme de grand calibre que j'aimais. Sans doute aussi, et c'est moins glorieux, à cause de cette difformité incurable que je cherchais à fuir en appelant la beauté à la rescousse et en donnant aux humains, pour ne pas paraître rancunier, un sursis de mille ans.

Mardi 25 juillet

Ainsi, un an après la percée du puits d'El Ksour à Hevelig, trois mille quatre cent douze sites sont en voie de décontamination. Les boulets s'accumulent, attendant leur enfouissement. La Nielsen récupère sa mise sur les poubelles sphériques à double enveloppe qu'elle fournit à la machine étatique. Chaque projectile passé par le fond lui rapporte une jolie somme. J'ai fait le compte, le profit devient astronomique au bout de vingt mois. Nombreux sont les envieux qui enragent de voir le financier reprendre aussi aisément du poil de la bête, mais personne ne bronche. On préfère attendre. Il faut dire que la popularité de Nielsen est devenue mondiale. Tout le monde suit avec plus ou moins de bienveillance la progression de ce raz de marée qu'il a généré. Des chiffres tombent selon lesquels un quart de la population riveraine des trois fleuves est inscrite dans la reconquête des friches. C'est phénoménal ! Une véritable armée en campagne avance d'une façon aussi inexorable qu'immaîtrisable. Gare aux pollueurs qui contournent les mesures draconiennes édictées en matière de déjections, gare aux fraudeurs qui se débarrassent en douce de matières toxiques. Ils sont remis au pas par des fanatiques du mouvement. Sur la Meuse, la virulence de cette milice de la propreté conduit à des affrontements sanglants, opposant les habitants des friches à certaines entreprises peu soucieuses de l'environnement. Le fleuve charrie des cadavres. Nielsen déplore ces excès de violence, mais il sait qu'il mène une bataille et qu'elle a un prix. Le Rhin apporte à son tour son lot de victimes. Toujours ce même conflit opposant nettoyeurs et encrasseurs impénitents. Certains estiment les mesures trop onéreuses. « La victoire sera pour nos enfants, répète le financier. Il faut tenir ! » Le prince poursuit par sa bouche : *« Si nos hommes délaissent les charges de l'empire, c'est qu'ils s'amollissent. Nous leur ménagerons des embuscades et ils se durciront et l'empire sera sauvé. »*

La N.D.F. est la cible d'attentats à maintes reprises. Elle combat le fléau en développant autour de ses installations un système sophistiqué de surveillance. Certains membres du groupe jouissent d'une protection rapprochée. Ces coups portés au projet n'intimident pas Nielsen qui continue à gagner du terrain et qui multiplie les forages tant qu'il a le vent en poupe et l'argent en cale. Alexandre Carvagnac le suit dans cette frénésie. Après Hevelig en Eifel, après ce creusement scélérat au nord de la mer d'Azov en Ukraine, il repart sur trois chantiers simultanés, l'un sous le massif Armoricain, l'autre sous les monts Sudètes et le troisième sous la sierra Moreno. Les études géologiques préalables et les implantations sont confiées à l'équipe que dirige le professeur Robertson. Le tigre arrive sur les lieux de forage pour le dernier tronçon, celui que les hommes appellent « la descente aux abîmes » et qui mène aux chambres magmatiques. J'ai six ans quand nous partons pour les Amériques, où mon père ouvre avec Angelo Vargas, Elias Potsanis et Walter Bexley, deux fosses dans le Montana et le Nouveau-Mexique. À huit ans je découvre le Mékong puis les fleuves Jaune et Bleu. Nous quittons l'Asie dix-huit mois plus tard sans mon père. J'apprendrai ses déboires dans le Kamtchatka quand il nous reviendra au bout d'une longue période d'absence. Les grands lacs africains, la sierra de Goias au Brésil, le plateau de Malva en Inde, attendent à son retour un puisatier chauffé à blanc. Le tigre relance Nielsen et *vice versa*. Le Vivarais, les Vosges, les Cornouailles titillent les deux hommes. Je les imagine à Copenhague devant la mappemonde éclairée du salon bleu à rêver, l'un d'abîmes inexplorés, l'autre de fleuves limpides. Je perçois dans leurs regards une jouissance d'enfants en ribote buissonnière. Un jour, je peindrai cette scène.

Mercredi 26 juillet

Que s'est-il passé à Copenhague quand Borganov a ordonné l'assaut de la résidence de Nielsen ? Quels ont été les derniers mots échangés entre les deux amis ? Et surtout, pourquoi le tigre s'est-il tu toute la durée du procès ? Il suffisait qu'il ouvre la bouche et Borganov pouvait trembler. Je voudrais tant comprendre. Encaissant sans broncher les accusations de la partie adverse, personne ne s'est défendu, pas même Angelo Vargas, qui n'avait pas son pareil comme grande gueule. J'ai cherché du côté du prince une réponse. Rien ne m'a satisfait. J'ai juste trouvé un peu de réconfort là où il dit : *« Ne cherche point à ce que l'on comprenne tes actes. On ne les comprendra jamais et il n'est point ici d'injustice. Car la justice poursuit une chimère qui contient le contraire d'elle-même. »*

Jeudi 27 juillet

Je n'apprends rien de véritablement neuf sur cet accident malheureux qui coûta la vie à huit soudeurs dans les derniers jours du forage d'Hevelig. Ou plutôt, je découvre une autre partition des faits, celle des juges. Elle est criarde, stridulante, elle met les tympans à sang. À l'entendre, Alexandre Carvagnac est un esclavagiste et un assassin. Je sens qu'à ce moment précis du procès, le tigre contient à grand-peine sa colère. Je lis sur son visage qu'il est à deux doigts d'exploser, de briser les mordaches de cet étau de médisances qui le comprime. L'inquiétude se lit dans les yeux de son épouse. Elle connaît mieux que personne le point de rupture. Elle semble lui dire : « Respecte la consigne, Carvagnac ! Il en va de notre projet. » Le puisatier est excédé. Il tordrait le cou à ce plastronneur d'avocat que Borganov a acheté pour dégurgiter des monstruosités contre lui. Maître Rockwell a de l'éloquence. Il a appris avec les corbeaux comment battre des manches et où frapper du bec pour faire mal mais, ici, il ne décolle pas. En restant muet, le tigre parle plus fort que cet oiseau écourté qui s'égosille. Le faraud brasse sa toge et ses feuilles. Il a gardé pour la fin son coup le plus hideux : « Que doit-on penser d'un homme, messieurs les Jurés, qui, dans le seul souci de s'enrichir et d'assouvir les rêves hégémoniques qu'il partageait avec Tadeusz Nielsen, a exposé, lors d'une réparation à Hevelig, ses hommes à des radiations nucléaires d'une intensité telle que nombre d'entre eux sont morts ou s'en trouvent aujourd'hui irrémédiablement diminués... »

Un incident se produit à ce moment du procès, car l'image se trouble soudain et la retransmission s'interrompt. Je compte les secondes, puis les minutes. Le tigre est certainement sorti de sa réserve. Je revis ! Je l'imagine aux prises avec ce suppôt de Borganov. Un coup de patte pour l'assommer, un autre pour l'évacuer du prétoire. Que pèse ce tout petit monsieur, arrivé par voie de pistonnage et de compromissions, contre un homme de la trempe d'Alexandre Carvagnac. Dieu, que j'aurais voulu être là pour assister à cette passe d'armes. Je reviens en arrière pour chronométrer précisément la durée de l'interlude.

Nous sommes à environ un quart d'heure quand l'image resurgit sur le visage livide de maître Rockwell concluant sa plaidoirie avec un entrain forcé. Deux jurés ont quitté la salle d'audience. Aucun plan sur mon père. Quant à ma mère, elle apparaît fugacement à l'écran. Je lis dans ses traits qu'elle a pleuré.

Vendredi 28 juillet

J'aimerais entrer en contact avec Elias Potsanis, cet ingénieur ami de mon père. Il était dans la salle aux côtés d'Angelo Vargas et de Robertson quand le tigre s'est réveillé. Arrêté à Copenhague avec mes parents, il est sorti de prison il y a quatre ans, un an après le professeur Robertson qui a écopé d'une peine plus légère. Quant à Vargas, l'artificier, il se serait suicidé deux mois avant sa libération. C'est du moins ce qu'on prétend du côté officiel. Tout cela est d'une tristesse ! Je profiterai de l'envoi de la prochaine séquence pour passer un nouveau message à la Nielsen en bout d'enregistrement. Ce ne sera jamais que la trente-sixième fois que je demande un rendez-vous. Je voudrais certains éclaircissements sur cette affaire, même si on est à cinq mois de sa résolution. C'est la moindre des choses. Voilà six ans que je fais revivre Nielsen, il serait peut-être temps que les responsables de la N.D.F. se bougent un petit peu pour moi. Je ne comprends pas d'ailleurs comment ils n'ont jamais pensé à me faire simplement plaisir en me donnant des nouvelles de mes parents. Pas possible qu'ils n'aient pas infiltré la prison où ils sont détenus sous haute surveillance. La Nielsen est très puissante, elle a des antennes dans le monde entier et je suis certain qu'Elias, qui la dirige actuellement avec Robertson et Cohen, pourrait m'éclairer sur bien des points qui me tarabustent depuis longtemps. Ainsi, je soupçonne Borganov d'avoir employé mon père au creusement d'un puits sur la Baltique. Ils doivent savoir et pourraient me tenir au courant. Ce n'est pas cela qui mettrait en péril notre petit commerce. À doubler un mort dans la plus stricte clandestinité, je suis traité comme son reflet ou, pire, comme son ombre. Je trouve cela blessant.

Mercredi 2 août

J'ai donné suite à ma promesse d'enquêter sur Astrid Galaxy. Si mes relations avec l'astrologie ont toujours été distantes jusqu'à présent, je dois reconnaître que j'ai bien du mal à rester de marbre devant ce chef-d'œuvre de féminité. J'ai trouvé sans difficulté une foule de renseignements sur Astrid Galaxy, de son vrai nom Aurore Brocardier. Ma première surprise est de taille. Nous sommes nés tous les deux la même année, le même jour du même mois à la même heure. Nos ascendants sont de même signe. Si incroyable que cela puisse paraître, je suis donc le jumeau astrologique de cette ravissante personne. Ce n'est pas pour me déplaire. À part ce point commun entre nous, le reste n'est que disparité.

Aurore Brocardier est la fille d'un trapéziste renommé et d'une danseuse qui navigua sur les plus prestigieuses scènes d'Europe avant de sombrer corps et biens dans l'alcool et la drogue. La pauvre enfant perd ses parents dans un accident alors qu'elle a un peu plus de six ans. L'histoire se passe à Atlanta lors d'une tournée du cirque Calvero en Géorgie. Stella Brocardier, qui avait appris que son mari la trompait avec une partenaire, but un soir plus que de raison, se rendit sous le chapiteau et grimpa complètement ivre tout en haut de l'échelle qui menait aux agrès. Son soliloque entrecoupé d'invectives alerta un garçon de piste, qui courut prévenir Jean-Baptiste Brocardier. Quand il arriva sur les lieux et qu'il vit que les filets n'étaient pas montés, l'acrobate ne fit ni une ni deux. Il escalada l'autre mât et, sans l'ombre d'une hésitation, se lança avec son trapèze vers la plate-forme où se trouvait son épouse. Déséquilibré par un mouvement de rejet de celle-ci, il tomba à la renverse et se tua sur le coup. Devant l'abomination de son geste, Stella Brocardier se précipita à son tour dans le vide, la tête la première. Un vrai mélodrame ! Victime d'un tel coup du sort, je ne m'étonne plus que cette petite orpheline se soit tournée vers les astres et les chemins divinatoires pour tenter d'exorciser un destin aussi tragique.

Mes courtes investigations m'ont fortement éclairé sur cette déesse que, par un vieux réflexe machiste dont j'ai honte aujourd'hui, j'avais d'emblée jugée sans cervelle. Les quelques interviews d'elle que j'ai visionnées me révèlent une personnalité de première force et démentent cette idée communément admise selon laquelle une très grande beauté cache une aussi grande vacuité. J'ai vu cette femme aux prises avec un parterre d'éminents scientifiques. Pour un peu elle les aurait convertis à ses idées ! J'ai pu me rendre compte de sa pugnacité dans un débat l'opposant à un journaliste qui l'avait traitée de fumiste. Je n'aurais pas voulu être à la place de ce malheureux.

Tour à tour redoutable ou brillante, fine jouteuse ou charmeuse universelle, notre voyante extralucide me paraît, par contre, totalement dépourvue de jugeote dans tous les domaines touchant de près ou de loin à sa vie sentimentale. Souscrivant sans doute au proverbe selon lequel les cordonniers sont les plus mal chaussés, la vie amoureuse d'Astrid Galaxy n'est qu'une suite ininterrompue de ratages magistraux. À se demander si elle ne le fait pas exprès !

Mercredi 2 août en soirée

Je mettais le dernier point à cette réflexion quand, huit heures approchant, je me suis enquis des nouvelles du monde. Ce que j'ai vu m'a stupéfié. Astrid Galaxy, que je venais tout juste de quitter entre les bras puissants d'un lanceur de javelot, m'est apparue enlacée par le président Borganov en personne. Je suis consterné ! Je veux bien tout accepter, mais la seule idée que ce type... Comment peut-elle se donner à cette ordure ? Quand j'ai vu la face couperosée, le nez tavelé, le menton barbichu du grand potentarque à côté du charmant minois de la devineresse, j'ai noyé mon indignation dans une demi-bouteille de cognac.

Ce couple est une injure à la nature. Il est aussi incongru que le viol d'une gazelle par un orang-outan. Cet exemple va perturber nos enfants, leur donner des cauchemars et, qui sait, amener dans les rangs des générations futures une légion de vieilles filles traumatisées et de célibataires sexophobes. Il faut avoir une sacrée vocation de martyre pour se faire couvrir par cet amas de chair flasque, suant, éructant, bavant. Non ! Pas cela ! Je demande grâce ! Il s'agit d'une mésalliance désapprouvée par les astres, un cas d'incompatibilité zodiacale qui pourrait nous mener à la désatellisation des lunes de Jupiter.

Jeudi 3 août

Je me suis réveillé avec une solide gueule de bois.

« L'homme inférieur invente le mépris », m'a soufflé le prince.

Samedi 5 août

J'ai pris mes dispositions pour rendre mon journal indécryptable par un autre que moi. Cette décision m'en coûte, car j'ai perdu ce rapport à la plume et au papier, que j'aimais, pour revenir à des touches et à des lettres lumineuses. Je regrette le climat frondeur de mon entreprise, ce danger permanent d'être démasqué avec lequel j'arrivais finalement à faire bon ménage. Clovis peut être tout à fait rassuré à présent. Mes états d'âme et mes secrets sont redevenus volatils et je peux les exprimer sans frein sur mon portable. Je ne m'inquiète pas actuellement de la manière dont je laverai ma famille de toutes les accusations qui nous ont avilis. Je me contente d'écrire, d'engranger, d'abattre sans retenue mon histoire, d'extraire de la glaise des médisances cette vérité hurlante que je ferai éclater un jour. Cela n'effacera rien des souffrances que nous avons endurées, mais le monde a besoin de ce témoignage comme il a besoin de la sagesse du prince.

Samedi 12 août

Je mets la dernière main aux deux cents secondes de Nielsen garanti véritable de ce mois. J'ai passé en revue tout ce que j'ai fait jusqu'à présent. À chaque fois, je veille à accentuer imperceptiblement le vieillissement de l'homme d'affaires. Cela se joue sur des détails infimes, qui ont tous leur importance. Entre le visage du début et celui de maintenant, les différences deviennent substantielles. Le financier est censé avoir soixante-dix-sept ans. Ce travail sur l'usure du temps est particulièrement délicat, car il touche à tous les détails de son corps : ses cheveux, ses yeux, le ridement de sa peau, son maintien. Il recouvre aussi la modification de sa voix, le flux ralenti de son parler. Tout l'art consiste à garder à mon personnage sa force vitale et morale sans le séniliser ni le présenter comme un être souffrant. Tel que je l'ai façonné, Nielsen est un merveilleux et solide vieillard, embelli par l'âge autant que par la noblesse de son combat.

J'ai une tendresse particulière pour cette séquence que je peaufine. Elle développe une pensée du prince qui entre fort en résonance avec ce que je vis depuis ce jour où je me suis mis à écrire ce journal : *« Si quelque chose s'oppose à toi et te déchire, laisse croître, c'est que tu prends racine et que tu mues. Bienheureux ton déchirement qui te fait t'accoucher de toi-même. »*

L'arrière-plan que j'ai choisi pour Nielsen est l'intérieur d'un kiosque à journaux dans l'artère d'un grande ville qui pourrait être New York, Baltimore ou Boston. Parmi les photos chocs exposées, celles du tremblement de terre qui a secoué les Balkans la semaine passée. Des morts, des disparus, des milliers de gens appelés à reconstruire.

Je ne sais jamais à l'avance quel thème je vais aborder. Je marche à l'intuition. C'est tantôt l'actualité qui me fournit mes sujets, tantôt des réflexions issues de mon quotidien. Ma liberté n'a jamais été entravée par des directives de la Nielsen Depol Foundation. Le seul retour que j'aie de mes séquences est mon passage ou mon non-passage sur les chaînes. Jusqu'à présent, j'ai connu trois fois le désagrément d'être censuré par le groupe, pour des raisons qui m'ont paru pertinentes après coup. Il est difficile sinon impossible quand on travaille en solitaire de rester bon juge de ce que l'on produit. Ainsi, l'année passée, ils ont enlevé treize secondes à un de mes sujets. J'avais inclus dans l'image des vues d'un immeuble qui situait ma prise sur une esplanade de Buenos Aires en effervescence continuelle. Le moindre appel à témoins aurait établi que Nielsen n'avait jamais été filmé là-bas.

Quand je sors du mitonnage d'une séquence, je passe toujours par une période d'angoisse qui dure plusieurs jours. Je dors mal, j'ai des nausées. C'est tout le mensonge inhérent au processus qui me remonte d'un seul coup. Six ans que je berne le monde avec les directives d'un mort. Il viendra bien un jour où quelqu'un percera mon secret. J'imagine ces millions d'admirateurs à qui Nielsen a rendu l'espoir et qui ont besoin de ses encouragements saisonniers pour continuer leur action. Quelle déception serait la leur s'ils apprenaient que toutes ses apparitions depuis une demi-douzaine d'années sont l'œuvre d'un infirme confiné à Niort dans un appartement de quatre-vingt-quatre mètres carrés. Combien de fois n'ai-je pas réfléchi à ce que j'invoquerais pour ma défense dans l'hypothèse où je serais démasqué. J'arguerais bien que l'Espagne a refoulé les Maures en 1099 en mettant à la tête de son armée le cadavre du Cid lié sur son cheval, mais ça ne convaincra personne.

Vivement le retour de mes parents que je puisse boucler ma dernière séquence, celle où Nielsen appellera Alexandre Carvagnac à sa succession. J'attends ce moment comme une délivrance. Je vivrai ma propre libération autant que la leur. Quel bonheur ce sera de les revoir, de se trouver réunis ! Je pourrai enfin m'inviter chez Clovis en toute quiétude, faire la connaissance de sa compagne, de sa petite princesse, simplement regarder mon frère quand il sculpte. J'irai rendre visite à Mose et à d'autres amis. Je fréquenterai de nouveau les théâtres et, qui sait, j'irai faire un tour sous d'autres latitudes pour voir à quoi ressemble ce monde convalescent que d'aucuns disaient irrémédiablement condamné il y a un peu plus de trente ans. J'ai une de ces fringales de bouger, à telle enseigne que je ne refuserais pas aujourd'hui de descendre avec mon père dans une fosse magmatique ou de me faire porter au-dessus de l'Everest par des alpinistes tibétains pour goûter à la virginité des cimes et surplomber le monde. Moi qui n'ai jamais voyagé autrement que dans l'espace cadré d'une image insipide et inodore, me voilà rêvant de descendre la Meuse en chaland, l'Orénoque en pirogue, le Mékong sur un radeau de bambou. Ah ! que j'aspire à ce large !

Mercredi 16 août

Mon appartement donne sur un petit parc ombragé par de vieux arbres et fort joliment agrémenté d'arbustes à fleurs dont les tonalités se succèdent au fil des saisons. Il ne fait pas trop chaud ce matin. J'ai ouvert ma porte-fenêtre et j'ai pris un peu de soleil sur le balcon. Un délice à goûter les yeux fermés ! J'ai mis un point final à mon trente-septième montage. Dans la continuité du document, je demande à la Nielsen Depol Foundation de me mettre en rapport personnel avec Elias Potsanis. Je la menace de tout laisser tomber si elle ne satisfait pas à mon exigence. J'espère être enfin entendu ! Tante Brenda emporte la pastille demain. Sauf imprévu, la séquence arrivera à Cuba mardi dans la soirée.

Des piaillements d'oiseaux entremêlés de cris d'enfants arrivent jusqu'à moi. La joie est estivale. À quelques mètres en contrebas, une dizaine de garnements en vacances se dépensent sur une aire de jeux. J'entends le grincement cadencé d'une balançoire, exactement comme dans notre jardin jadis. L'enfance reste le lieu de tous mes regrets. Je l'ai observée du haut d'un balcon comme je le fais aujourd'hui. Je ne l'ai pas vécue. C'est ma faute ! Je n'osais pas. On ne se console pas d'avoir manqué son enfance. Aujourd'hui encore, quand j'entends les mômes du quartier qui jouent à cache-cache, je tends l'oreille dans l'espoir de saisir un prénom de fillette dont je ne me suis jamais défait. Capter ne fût-ce qu'une intonation qui me rappelle l'absente et je serais comblé de bonheur !

J'ai passé le restant de ma journée à dessiner le visage d'Esther tel qu'il doit être aujourd'hui. Je suis parti du portrait que j'ai fait d'elle enfant. J'ai battu le rappel de mes souvenirs pour actualiser ses traits. Ce n'était pas simple.

Notre dernière rencontre remonte à treize ans, le jour où on a enterré Marjorie. L'ai-je seulement regardée alors ? Je ne pense pas. J'étais accablé d'un tel chagrin que je n'ai vu personne. Toute cette période de ma vie me laisse d'ailleurs les images troubles d'une vitre frappée par la pluie. Nous n'avons rien pu nous dire non plus. Qu'est-il possible de communiquer dans ces moments de détresse ? Comment échapper au caniveau des formules toutes faites, des accolades maladroites, des expressions forcées ?

Esther m'a écrit peu après. Tout ce qu'elle disait dans sa lettre était sensible et réconfortant. J'ai rangé ce courrier comme un bien précieux, avec amour. Je ne lui ai jamais répondu.

Le départ de Marjorie fut pour moi la première vraie rencontre avec la mort. J'ai du mal à évoquer ce deuil. Je suis même incapable de parler de ma sœur sans que ma voix se voile et, même lorsque je repense à des moments heureux que nous avons partagés ensemble, je garde toujours en fond, nimbant les images heureuses, le halo violacé de son basculement.

On m'a raconté qu'Esther a suivi des cours d'art dramatique et qu'elle s'est mariée avec un metteur en scène important. Je dis « on » pour ne pas dire « l'écran ». C'est ce maudit rectangle qui m'a appris l'exode de mon amour d'enfance.

Il y a quatre ou cinq ans, je suis allé la voir. Elle jouait dans un Marivaux au grand théâtre de Poitiers. Je ne me souviens plus de la pièce. Par excès de timidité, je m'étais installé dans un coin sombre. Elle n'a pas pu s'apercevoir que j'étais là. Elle portait une robe allant du sanguine au saumon clair, qui soulignait divinement la finesse de sa taille et donnait à sa poitrine l'ampleur d'un bouquet épanoui. Ses cheveux longs dévalaient en boucles brunes sur ses épaules nues. Elle était belle et inaccessible comme une peinture d'infante. Je me suis enfui avec mon trouble à la tombée du rideau. Pendant le trajet qui me ramenait à la maison, je fondis en larmes, ne sachant que trop où cet épanchement prenait sa source. Je ne suis plus jamais retourné au théâtre depuis.

Dimanche 10 septembre

J'en aurai usé des roues de charrette avant que la Nielsen Depol Foundation ne se manifeste. Ainsi, j'ai dû attendre le début de ce mois pour obtenir l'entrevue que je réclame depuis six ans. Elle a été fixée dans un centre de thalassothérapie de Saint-Nazaire. J'aurais préféré un autre endroit. J'ai en horreur ces cinq-étoiles de la remise en forme, tout comme je déteste d'ailleurs les hôpitaux et les hospices. On ne se sent jamais plus infirme que lorsqu'on est pétri, bichonné, encouragé par ces soigneurs qui sont à l'entrain ce que nous sommes à la décrépitude. Raison oblige, je me suis inscrit aux dates convenues pour une cure — algues, bains de boue et autres saloperies — en poussant des soupirs de marmite.

Une fois sur place, l'atmosphère détendue qui émanait autant du personnel que des pensionnaires me rendit l'épreuve supportable sans toutefois me donner envie de renouveler l'expérience. Comme je m'y attendais, mon rendez-vous avec la Nielsen fut programmé dans les derniers moments de mon séjour. Alors que je m'étais préparé à l'idée de rencontrer Elias Potsanis, quelle ne fut pas ma surprise de voir apparaître à sa place l'infernal Pacôme Robertson. Petit vieillard à moustache blanche, le professeur s'est rappelé à mes souvenirs par la façon convulsive dont il dialogue avec sa montre de quart d'heure en quart d'heure. Toujours monté sur ressorts, il m'accosta dans un couloir désert.

— Sortons, nous serons mieux dehors pour discuter.

Dans sa robe de chambre chinoisante aux dominantes rouge et or, le professeur a aujourd'hui des allures de vieux châtelain. Avec un monocle, il trouverait facilement place dans un roman de Maurice Leblanc. J'admire sa ligne juvénile. Robertson dévale les marches comme une poignée de billes tandis que je m'aventure en lente circonvolution sur le plan incliné qui mène au jardin.

— Allons jusqu'à la plage, propose-t-il quand je le rejoins sur le premier palier.

J'approuve l'idée. Il me devance en tricotant des quilles comme s'il avait un métro à attraper d'urgence. La soirée s'annonce douce. L'océan invite au recueillement. Sa rumeur presque liturgique ne désexcite pas mon interlocuteur, qui tire un transat près de ma chaise roulante en sifflotant une marche militaire, se met à l'aise, suit la trotteuse de sa montre pour une ultime rotation avant de prendre la parole.

— La N.D.F. a bien enregistré votre demande, monsieur Carvagnac, mais a jugé imprudent de vous mettre en rapport avec Elias comme vous en avez manifesté le souhait. Nous sommes trop près de la remise en liberté de vos parents pour risquer le moindre faux pas. Je suis sûr que vous comprenez notre décision.

— Je vous fais confiance.

— Elle a toutefois accepté que je profite de ma cure annuelle à Saint-Nazaire pour vous rencontrer. C'est une grande faveur qu'elle vous fait. Alors, j'attends vos questions.

— Comment vont-ils ?

— Les dernières nouvelles que nous avons recueillies sont rassurantes. Évidemment, la détention reste la détention. On ne passe pas plus de six ans en captivité sans en subir des séquelles. Alexandre a accusé le coup au début. L'inactivité, à laquelle s'ajoutait la culpabilité d'avoir entraîné Tamara dans sa culbute, le minait. Par la suite, il s'est ressaisi. Vous connaissez votre père. Vous lui parlez de creuser et il repart.

— Il a foré ce puits sur la Baltique ?

— Pas seulement sur la Baltique, il perce en ce moment dans les Hébrides. Il a accepté de travailler pour Borganov en échange d'un contact hebdomadaire avec Tamara. Une bien maigre faveur pour sa peine.

— Et elle ?

— Elle tient le coup. Votre mère est une femme courageuse.

La brièveté de ce propos m'en dit suffisamment

long pour que je devine le désarroi maternel. Je réentends le verdict. Je revois son visage incrédule, les mouvements dénégatoires de sa tête : la dernière image que j'ai gardée d'elle ! Ma respiration se fait courte. J'éclate.

— Cette condamnation était injuste et vous n'avez pas bronché, professeur Robertson, aucun de vous n'a bronché. Que ce soit Elias, Angelo, Fabien, Bradley, Margaret Allister... personne n'a réagi !

Ma voix s'étouffe à chaque prénom que j'énonce.

— Vous pouvez ajouter Alexandre Carvagnac à votre liste.

Cette réflexion me transperce comme un sabre. Je m'exclame.

— Qu'est-ce que vous voulez dire par là ?

Prenant une attitude professorale, Robertson enchaîne.

— Pour répondre à votre question, Antonin, il est nécessaire de remonter plus haut dans le temps, à quelques heures du siège de la forteresse de Copenhague, où nous avions été appelés en catastrophe par Elias. Cette convocation surprise était moins liée aux manœuvres suspectes de Borganov qu'au simple fait que Nielsen se mourait. Nous nous sommes retrouvés à quatre à son chevet, cinq avec son infirmière. Dans le carré, il y avait le couple Carvagnac, Elias et moi-même. De ma vie, j'ai rarement vécu un instant d'une telle intensité. Le mourant était plus inquiet de nous abandonner à une tâche inaccomplie que de passer.

Le professeur relate l'événement et derrière le ton sec de son discours se réécrivent dans mon cœur les derniers moments de la vie de Nielsen, les paroles du prince qu'il a gardées pour la fin de son règne : *« Nous sommes quelques-uns à veiller sur les hommes, auxquels les étoiles doivent leur réponse. Nous sommes quelques-uns debout avec notre option sur Dieu. »*

J'imagine Nielsen donnant ses dernières consignes : « L'œuvre doit se poursuivre dans la ferveur, elle ne gardera sa force que si elle demeure pacifique et n'a d'autre cure que d'embellir l'âme humaine. » Il exhorte jusqu'au bout ses fidèles à ne jamais briser la continuité de leur action. Je le perçois comme un vieil architecte qui vérifie les assises de sa cathédrale et jette une pierre en l'air pour matérialiser le reste de son rêve.

La tiédeur du sable emmitoufle un moment de recueillement. Au loin, des baigneurs éclaboussent d'une volée de rires et de cris la quiétude vespérale.

Un raclement de gorge et Robertson poursuit.

— Le mourant nous annonça qu'il remettait la direction du projet entre les mains de votre père. Nous nous attendions tous à ce choix. Il nous demanda ensuite de le laisser seul avec son successeur. Nous avons regagné l'antichambre pour suivre sur nos écrans la progression de Borganov. À vingt-deux heures dix-sept, Cohen est arrivé en hélicoptère avec Vargas. Alexandre Carvagnac nous rejoignit peu après. C'est par une courte phrase empruntée au prince qu'il nous annonça le décès de Nielsen.

— *Je n'aime que celui-là dont la mort m'est déchirante,* fis-je avec émotion.

— Tout juste !

Distrait par mon intervention, il met quelques secondes avant de reprendre son récit.

— Nous étions tous effondrés. Je vois encore Tamara s'approcher d'Alexandre pour lui prendre la main. Je n'ai pas perdu un mot des instructions étranges qu'il nous donna alors : « Il faut que Nielsen parte d'ici le premier, que le monde le croie vivant. Il peut continuer à s'adresser aux hommes, les épauler dans leur tâche si, par malheur, nous étions arrêtés et emprisonnés. Il en va de la survie de notre projet. Nous sommes sept à savoir. À nous de garder le secret. Je veux que Cohen décolle sur-le-champ avec la dépouille. Le mort doit disparaître. Nous nous envolerons à notre tour dès que nous aurons la certitude que l'hélicoptère est hors de danger. »

— Vous n'avez pas pu vous enfuir ?

— La milice de Borganov est arrivée au moment où nous embarquions dans l'avion.

— Mon père vous a donné d'autres directives ?

— Laissez-moi vous raconter, Antonin ! Comment voulez-vous que je sois complet si vous m'interrompez sans arrêt, rouscaille le professeur.

Robertson en arrive aux dernières recommandations de Nielsen dont mon père est porte-parole. Il les énonce point par point, en bon pédagogue. En substance, il faut entendre : « Nous ne nous opposerons pas à ces gens. On ne se bat pas contre la mauvaise foi. Tout ce que nous gagnerions en montant au front n'est qu'une flambée de violence qui mettrait immanquablement l'outil en danger. L'important n'est pas qu'on nous dépouille mais que les puits et les sphères continuent à avaler le chancre, que l'élan des hommes ne soit pas brisé. Le projet doit traverser cette épreuve sans dommage. Alors, de grâce, jouez leur jeu et passez sous le joug sans donner corps au vent de leurs paroles. »

Les cris et les rires ont cessé au lointain et la mer semble oppressée d'un sombre grondement, presque un râle.

— Mon père est sorti de la partition ? dis-je à dessein pour mettre le professeur sur les rails des sacro-saintes consignes.

— Ça vous étonne ? Alexandre a toujours été un impulsif. Sans la promesse faite à son ami Nielsen de rester docile quoi qu'il arrive, je suis sûr qu'il se serait battu contre nos détracteurs, qu'il aurait entraîné derrière lui la foule de nos sympathisants et que le sang aurait coulé. Oh ! ce n'est pas cela. Je dois reconnaître qu'il a été parfait dans les premières semaines du procès. C'est sur une accusation particulièrement blessante que le naturel est remonté au galop. Et quel galop ! Nous qui l'avions trouvé admirable de flegme et d'abnégation, nous avons assisté alors à un réveil tonitruant du fauve. Sur le moment, ce coup de colère nous a fait du bien. Cela faisait des jours que nos juges nous traînaient dans la boue si violemment qu'on en serait arrivés à douter de nous-mêmes et du bien-fondé de notre action. Ce formidable cri d'indignation éclata quand maître Rockwell plaida la responsabilité de votre père dans l'affaire des ouvriers morts par radiations sur le chantier de Hevelig. C'était une infamie de trop. Alexandre riposta en évoquant votre cas et à travers vous celui de toutes les victimes de nos jachères nucléaires. Oh ! cet éclat n'a pas apporté grand-chose. Les juges étaient achetés et des dispositions avaient été prévues par la police de Borganov pour brouiller toutes les images qui eussent pu desservir nos accusateurs.

— Et ces deux jurés qui ont quitté la salle d'audience ?

— Deux alliés qui ont pris sa défense et que le tribunal a récusés.

Je soupire tandis que Robertson déplore cet écart qui, à son avis, a grevé de quelques mois, voire de plusieurs années la sentence rendue contre les Carvagnac. Je préférerais ne pas entendre.

— Pourquoi les deux peines de mes parents ont-elles été alignées, professeur ? C'est de la cruauté pure.

— De la cruauté ou du calcul ? Il n'est jamais entré dans les intentions de Borganov de mettre le puisatier au chômage durant sa détention. Pour tenir l'un, il suffisait de tenir l'autre. Ce n'est pas plus compliqué que cela.

Robertson a réponse à tout mais je n'arrive pas à me satisfaire de ses explications, un peu comme un grand malade que des médecins rassurent d'un ton trop convaincu. Je regrette que la Nielsen ne m'ait pas envoyé Elias comme je l'avais demandé. J'aurais moins froid à l'heure qu'il est.

Le professeur se lève pour se dérouiller les membres. Il a des fourmis dans les jambes.

— Même si la page est en passe d'être tournée, je vous recommande la plus grande prudence, lance-t-il. Plus le château de cartes gagne en hauteur, plus il devient fragile.

— Je prends toutes mes précautions.

— C'est comme cela que vous vous êtes présenté le 3 juillet chez votre frère une semaine après qu'il s'est fait perquisitionner.

M'ayant laissé un instant à ma surprise, Robertson poursuit.

— Je vous conseille d'éviter Clovis jusqu'à l'arrivée à Cuba de votre dernière séquence. La police de Borganov le soupçonne d'avoir renseigné la Nielsen sur un dossier confidentiel. Il serait stupide d'achopper à sept mois de l'échéance.

Je rectifie.

— Quatre mois, professeur !

— Sept mois si Borganov garde les Carvagnac jusqu'aux présidentielles d'avril.

— Vous insinuez qu'il pourrait les retenir jusque-là ?

— D'après nos prévisionnistes, Borganov ne se privera pas du bénéfice électoral de cette libération. Il aura besoin de toutes ses voix pour vaincre Boris Carell qui se présente contre lui.

Je reçois un coup de massue avec l'annonce de ce report et il me suffit de penser au pedigree des deux candidats pour que s'annihile en moi ce qu'il me reste de courage. Serai-je jamais au bout de mon attente ? Nous sommes tous exténués de manigancer dans l'ombre.

— Cette supercherie a assez duré, professeur. Je n'en peux plus.

— Nous n'avons pas le choix. Il faut couvrir les trois mois supplémentaires. Cela revient à dire que vous devez nous fabriquer deux séquences en plus de cette finale qui était prévue pour la fin décembre. Cette troisième et dernière émission où Nielsen annonce son intention de se retirer ainsi que le nom de son successeur sera doublée. D'un côté, la passation se fera en faveur d'Alexandre Carvagnac, de l'autre, en faveur de Tamara Carvagnac. J'ai bien dit trois sujets avec une variante pour le finale. Me suis-je bien fait comprendre ?

Le soupir accablé qui m'échappe amène Robertson à me rappeler :

— Vous pouvez vous estimer heureux que nous ayons obtenu leur libération anticipée après six ans et demi au lieu de dix ans.

Fort de cet argument qu'il croit persuasif, il conclut :

— Je vous transmettrai d'ici peu des prises récentes de vos parents pour vous aider à bien négocier ce passage crucial qui va du factice au réel. Votre Nielsen virtuel doit passer le relais à un

Carvagnac vivant. Toute la difficulté est de bien réussir cette transition. Une fois ces séquences terminées, je compte sur vous pour détruire toute trace de votre activité.

— Vous me cachez quelque chose en prévoyant ces deux issues !

— Nous prenons nos dispositions. Rien de plus.

— Vous vous méfiez de Borganov ! Vous pensez qu'il peut suicider ou débiliter ses prisonniers. Qu'en disent vos fameux prévisionnistes ?

Le professeur se réfugie au carrefour de ses aiguilles. On dirait qu'il consulte non pas sa montre mais une boussole pour retrouver son cap. Après cette hésitation, il lâche :

— Autant jouer franc jeu, Antonin. Avec l'arrivée de Carell dans la course aux présidentielles, nous ne savons pas à quoi nous attendre.

Cet aveu d'impuissance de la part d'un haut responsable de la Nielsen m'atteint si profondément que j'arrête là mon interrogatoire et laisse Robertson regagner le centre de thalassothérapie avant de remonter à mon tour pour boucler mon bagage. La nuit tombe quand je repars pour Niort avec un flot d'idées noires dans la tête. Je retournerais bien à Saint-Nazaire pour tisonner davantage le professeur, qui s'est cantonné dans le cadre strict de sa leçon. Avec Elias, l'entrevue se serait déroulée différemment, j'en suis sûr. J'en crève de n'avoir obtenu aucun écho de mon travail de faussaire. Non que je cherche à tout prix des compliments, mais j'aurais aimé avoir une appréciation sur cet ouvrage cyclopéen, qui n'en finit pas de requérir mes forces vives et mon imagination et sur lequel je n'ai jamais reçu le moindre retour. Moi qui me croyais au bout de mes peines, il me reste une douzaine de minutes de faux Nielsen à fabriquer. Pas le droit à une erreur si infime soit-elle, pas le droit à un mot de travers. J'aurais donné dix ans de vie ce soir-là pour être quitte de cette mission harassante et des recommandations métronomiques de Robertson.

Passant par une bourgade animée, j'ai fait une halte pour aller à la rencontre de quelque homme de chair qui ne découpe pas son temps en quartiers d'heure, d'un être qui soit, comme moi, pétri de terres multiples, caillouteuses, glaiseuses, sablonneuses et pourquoi pas irradiées. Voyant âmes en vie par une fenêtre, j'ai jeté mon dévolu sur un café moche qui m'offrait l'avantage d'être de plain-pied. Je passai une partie de la nuit à boire et à deviser avec l'un ou l'autre habitué du lieu avant de me retrouver accaparé par un couple de poivrots en déliquescence conjointe. La femme était particulièrement avinée. Elle riait à contretemps et à rebrousse-poil comme une ânesse. Son compagnon avait les yeux humides et bonasses d'un vieux bouvier des Flandres. Il cachait un menton fuyant sous le rideau d'alcôve d'une énorme moustache grise. Tous les deux connaissaient Nielsen mais quand j'ai parlé de Carvagnac, l'homme m'a demandé s'il s'agissait d'une boisson alcoolisée.

— Seriez pas Gémeaux par hasard pour nous questionner de la sorte ? me lança la drôlesse avec une agressivité soudaine.

Il y avait de l'Astrid Galaxy dans l'air vicié de l'estaminet. J'ai préféré payer la note et passer mon chemin.

Jeudi 14 septembre

Tante Brenda m'a remis le reportage filmé que m'avait promis le professeur Robertson. Avant d'envisager ces images comme un matériau nécessaire à l'harmonisation de mes dernières séquences, j'ai pris cet envoi comme un élixir de courage, un viatique pour m'aider à prendre mon mal en patience les quinze ou vingt-huit semaines qu'il me reste à attendre. J'étais fou de joie quand j'ai reçu la pastille. Je n'ai pu faire autrement que de mettre tante Brenda dans le secret. Elle m'est tombée dans les bras tant ça lui faisait plaisir d'avoir, après tant d'années, des nouvelles de mes parents.

— Il me plairait de voir comment vont Monsieur et Madame !

— Tout de suite ?

— Why not, Antonin ?

Moi qui, en enfant gâté, voulais m'arroger le privilège d'un solitaire visionnement, j'ai cherché une parade.

— C'est que la mise en lecture de la pastille nécessite toute une préparation...

— Je ne suis pas pressée, me fit-elle en nous resservant du thé.

À court d'arguments, je n'avais plus qu'à allumer mes écrans.

Je passe sur l'émotion suscitée par ces retrouvailles. Nous formons, tante Brenda et moi, une telle paire de cœurs d'artichaut qu'il nous a fallu trois visionnements pour sortir l'image du flou. J'ai repris le document à mon aise après son départ.

Au jugé de la pigmentation, les prises ont été faites avec un appareil miniaturisé du type Lilliput SV3. On y voit pendant deux minutes zéro quatre mon père en discussion avec deux détenus dans une cour enneigée. À première vue, il ne me semble ni affaibli ni malade. Par contre ses traits me paraissent nettement plus creusés que dans mon souvenir. La forte réfraction de la lumière y est sûrement pour une bonne part. Son poil tresse or et argent. Ses tempes ont blanchi. Quelle belle tête ! Je retrouve dans un gros plan de son visage la détermination de son œil, la trempe du puisatier. Ça me rassure.

Une fraction de seconde et c'est ma mère qui occupe l'écran. Elle est absorbée dans ses pensées. J'essaie vainement de deviner son occupation. Le cadrage est trop serré et ne descend pas en dessous de ses épaules. Que fait-elle ? Sûrement une tâche routinière comme de la couture ou de l'étiquetage d'échantillons. Ni heureuse ni malheureuse, elle a le regard flottant, presque absent. Je suis frustré d'être à la fois si proche et si loin d'elle. Je rumine : « Pourquoi diable ne l'ont-ils pas filmée dans un contexte animé ? »

Quand je suis au bout du document, je reviens en arrière, et comme cela des dizaines de fois. J'ai une telle pratique de la falsification d'images que j'imagine mal un détail m'échapper. Ainsi cette courte cicatrice que je découvre derrière son oreille droite. Je ne me souviens pas qu'elle avait rien de pareil ! Ma mère est belle et recueillie comme l'Asie qui prie. Je lui trouve une minceur de l'être que je ne lui connaissais pas. Par délicatesse je voudrais tellement écrire qu'elle n'a pas vieilli.

Ouvrant mon coffre, je ressors les images que j'ai conservées de mes parents pour m'en renourrir. Ils sont jeunes, moins jeunes, heureux, éprouvés. Je reste toute la nuit en leur compagnie. J'ai besoin de capter des regards, des attitudes, des expressions pour que le discours que je vais mettre dans la bouche de Nielsen soit habité par leur présence, en prise directe sur leur âme. Par intermittence, je repasse le document que la N.D.F. m'a envoyé. Ce va-et-vient dans le temps me grise. Je recopie des moments de vie, je descends, je remonte, j'arrête un instant la course des ans sur un cliché. Tout se passe au galop des images accélérées. D'arrière en avant, d'avant en arrière, quatre machines emballées servent mes jongleries.

Des visages passent d'un moniteur à un autre tandis que je me répète : « Une demi-heure, Antonin ! Pas plus d'une demi-heure pour chacun ! »

J'ai trop de matière. C'est long une vie. Je me drille : « Resserre, Antonin ! Le suc et rien d'autre ! » Pour ne pas me laisser vaincre par la fatigue, je m'abrutis de musique : des tangos argentins. Correspondance d'un visage jeune avec un visage plus marqué, je grimpe en vingt secondes jusqu'au mûrissement. Douze secondes décomposent le vieillissement. À l'endroit, à l'envers, je n'ai plus qu'à redessiner avec mes calames électroniques les parties manquantes. C'est un travail d'artiste où j'excelle. Je n'en peux plus. Le sommeil m'abat vers six heures du matin. Je dors affalé sur ma table de montage quand des coups de sonnette intempestifs me sortent de la frénésie d'un rêve syncopé. Mme Raminez attend sur le pas de ma porte avec mes provisions pour le week-end.

Quand ma femme de ménage est chez moi, je n'ai plus d'espace où me réfugier. Devançant l'offensive de cette vigoureuse Portugaise, je me retranche sur mon balcon en attendant le passage de la tornade. L'endroit est paisible, la vue sur les vieux arbres du parc m'est agréable et il fait bon rester dehors sous ce gentil soleil de septembre. J'ai pris de la lecture : quelques magazines, le livre du prince. Au bout d'un quart d'heure je m'endors. Quand je me réveille, j'ai le regard attiré par la fenêtre d'une des maisons d'en face. L'idée m'effleure que quelqu'un m'épie. Mon sentiment se renforce quand je vois bouger très nettement le bas d'un rideau et que je devine à tort ou à raison l'embout circulaire d'un télescope. Suis-je une fois de plus victime de mon imagination ? Je ne sais pas. Je ne sais plus. Je ne suis plus tranquille. Me voilà à nouveau avec mille raisons d'avoir peur. Je suis sans défense, si démuni. Ce ne sont ni tante Brenda ni Clovis qui vit à Paris qui pourraient me venir en aide. Je m'épuise d'angoisse et de solitude. Cette quarantaine est interminable.

Mardi 31 octobre

Six semaines que j'ai abandonné mes écritures.

Je ne retrouverai la paix que lorsque mes quatre dernières séquences seront bouclées. C'est pourquoi je m'abrutis de travail depuis quelque temps. Il m'arrive de rester seize heures d'affilée devant mes écrans et, si j'arrête, c'est que mes yeux n'en peuvent plus de vérifier point après point chaque image. Que j'aspire à ce moment où je détruirai tous les indices compromettants, y compris les passages de mon journal où je parle de mes manipulations.

Pour développer mon trente-huitième sujet, je me penche avec le prince sur ses roses et je m'assieds à ses côtés à l'ombre des grands cèdres qui ramifient sa sagesse.

« La mort du jardinier n'est rien qui lèse un arbre. Mais si tu menaces l'arbre, alors meurt deux fois le jardinier. »

À chacun son temps ! Le vieux Nielsen peut préparer doucement son repli. Après lui subsistera le chant limpide des fontaines et il se trouvera des bras neufs pour servir l'oasis dans la reconquête du désert, car les fontaines autant que l'oasis se sont reforgé une âme séculaire grâce à sa voix.

« Si tu veux sauver ton empire crée-lui sa ferveur. Il drainera les mouvements des hommes. »

Voilà une recommandation qu'il aura fidèlement suivie.

Je ne suis pas encore décidé sur la phrase du prince qui fermera mes séquences. Je trouverais beau toutefois que cette passation d'empire en faveur de l'un ou l'autre de mes parents se fasse sur fond d'arrosoir et de sécateur. Ni sceptre ni couronne pour cette succession. Pour quoi faire ? Entre la parure et l'outil, j'anoblis l'outil.

Vendredi 3 novembre

J'ai acquis la certitude que quelqu'un me guette. Après m'être inquiété de ce nouveau problème, j'en viens à le gérer avec sang-froid. Le manège débute en soirée. Je n'arrive malheureusement pas à savoir s'il se poursuit une fois la nuit tombée. Je veille à éclairer une pièce puis une autre pour donner à mon espion l'image la plus routinière possible de la vie d'un handicapé. Je me passerais bien de ce souci, même si je trouve un malicieux plaisir dans ce jeu de cache-cache, tout comme m'amusait, il y a quelques mois d'ici, la mise à plat de mes états d'âme et de mes secrets dans un cahier de toile grise. Si curieux que cela paraisse, il s'est établi, depuis les six semaines que dure le cérémonial du rideau et du télescope, une sorte de complicité entre mon observateur et moi-même, à telle enseigne que je serais désappointé aujourd'hui si cette surveillance s'interrompait brusquement. Je me garde de mettre Brenda au courant. Totalement intoxiquée par cette histoire de Gémeaux qui lui revient comme une crise d'urticaire chaque fois qu'elle me rend visite, elle dépérirait à coup sûr si j'ajoutais cette nouvelle préoccupation à la sienne.

Vendredi 24 novembre

J'ai travaillé ces derniers mois comme un enragé. Il ne me reste plus qu'un seul sujet à traiter : le trente-neuvième. Je préfère attendre d'être fixé sur la date de libération des Carvagnac avant d'entamer la séquence. Je suis content de mon épilogue. Ce n'est pas à moi de le dire, mais j'ai le sentiment d'avoir terminé mon ouvrage en beauté, peut-être même en apothéose. J'ai eu, comme je le pressentais, d'énormes difficultés à vitaliser les deux dernières émissions. Il est plus facile de parler à la foule des hommes que de donner de l'authenticité à un message adressé à des êtres choisis que l'on aime. Les images fournies par Robertson m'ont beaucoup aidé à construire ce montage où Nielsen appelle l'un ou l'autre de mes parents à lui succéder. Je me serai battu pendant des semaines contre l'éclat trop vif d'un œil, contre une inflexion trop sourde qui altérait le naturel de cette passation. J'ai respiré des centaines de fois le texte du vieil homme au rythme de son cœur. L'être humain est une symphonie tellement complexe de mouvements, d'émissions et de vibrations. Pour être juste, chaque plan doit respecter un dosage rigoureux d'autorité, de tendresse, d'hésitation... Ainsi, avec le même nombre de mots, il a fallu davantage de secondes à Nielsen pour inviter ma mère à prendre la relève que pour y appeler mon père. J'irais même plus loin. En passant l'image sans le son, je suis convaincu qu'un néophyte peut déterminer sans se tromper quelle est la partition féminine ou masculine dans mes montages, quels sont le degré et la qualité d'attachement du vieil homme à ses interlocuteurs.

J'ai repassé en continuité mes séquences. Quelle gageure ! Ce que j'ai fait là tient du tour de force et de l'inconscience. Comment ai-je réussi à insuffler à l'esprit d'un mort un sursis de six ans et cinq mois sans qu'on détecte la moindre trace de falsification dans mes images ? Je demeure surpris que personne n'ait éventé la supercherie, surtout Borganov et sa police qui cherchent plus que jamais à arrêter l'homme d'affaires. Cela fait des années qu'ils n'ont plus vu Nielsen ailleurs que sur leurs écrans.

Jeudi 30 novembre

L'échéance se rapproche. Tante Brenda vient de me quitter avec le trente-huitième de mes sujets. Les deux volets du finale suivront incessamment la filière. Je serais soulagé de sortir de ce tunnel avant l'année écoulée. Je garde, en effet, un fond d'espoir que Borganov ne nous traînera pas jusqu'aux présidentielles d'avril comme l'augure Robertson. Quel bénéfice peut-il espérer d'une pareille manœuvre ? Un regain de popularité ? Rien n'est moins sûr.

Mis à part quelques vérifications de principe, je ne suis pas loin de tirer un trait sur mes activités de faussaire. La Nielsen a sa matière. Du moins, je l'espère !

En tout cas, j'ai fait monter du champagne que j'ai mis au frais pour trinquer avec tante Brenda. Elle a avalé de travers la première gorgée, faute d'habitude. Au bout de trois verres, elle était un rien pompette et affichait des rougeurs de framboise.

— J'ai retapissé tout le rez-de-chaussée pour le retour de Monsieur et Madame, m'a-t-elle annoncé avec fierté.

— Pardon ? gloussai-je, en toussant à mon tour.

Connaissant les goûts de notre gouvernante, j'ai tout lieu de m'attendre à un désastre. Bien que cela me démangeât, je me suis gardé de briser son élan de générosité avec des considérations esthétiques.

Elle m'a proposé de lui rendre visite à Curzay. Comme j'hésitais, elle précisa :

— Ne venez que si cela vous fait plaisir.

J'ai proposé le 5 décembre, jour de nettoyage de Mme Raminez, pour faire ce pèlerinage au berceau familial. Depuis que quelqu'un m'épie, je n'ose plus laisser l'appartement vide.

— Je n'ai plus eu le cœur de passer la grille de la propriété depuis les événements.

— Moi, cela fait six ans et demi que je vis seule dans cette grande maison et ça commence à peser. On n'est plus toute jeune.

Tante Brenda se mit debout. Après un pas de guingois vers le portemanteau, elle rassembla ses sens pour franchir à la militaire le court espace allant du salon au vestibule. Nous avions fait un sort à la bouteille.

Vendredi 1er décembre

Je ne reverrai pas mardi prochain notre maison familiale si amoureusement rafraîchie par les bons soins de son occupante et pour cause : tante Brenda a été agressée par une bande de voyous alors qu'elle rentrait chez elle. La malheureuse a été rouée de coups. On lui a arraché son sac, sa broche, ses boucles d'oreilles. Je l'ai retrouvée à l'hôpital. Elle était méconnaissable : fracture du crâne, côtes cassées, contusions. Il lui faudra des mois pour récupérer. Je me suis installé près d'elle. J'ai tenu sa main dans la mienne pendant tout l'après-midi. Je n'ai pas eu le cœur de lui parler. Puis Clovis est arrivé. Sitôt dans la chambre, il m'a amené à l'écart pour me demander si les voyous avaient pris la pastille.

Oh ! Clovis. Qu'est-ce que je me fichais de l'enregistrement, de la police de Borganov, de Nielsen et de ses sociétaires à cet instant-là. J'avais besoin de toutes mes forces pour retenir mes larmes, mes grosses larmes d'enfant inconsolable, dont tu te moquais quand j'étais petit.

J'ai surpris la même fragilité dans ton regard. Tes yeux bleus allaient se rendre. Toi, si dur, si sec, si pleinement homme, tu étais à un cillement de basculer.

— Ne me fixe pas comme ça, Antonin, me lanças-tu agacé.

Je me détournai.

L'âme de Marjorie passait et repassait entre nos deux abîmes.

Marjorie. Tous les souvenirs que je garde de toi sont rieurs, enjoués, attentionnés. Il est des êtres qui ont le don d'estomper les différences, tu étais de ceux-là, véritable magicienne.

Avec Marjorie, je ne me suis jamais senti de trop quand nous avions des invités à la maison, tant elle prenait soin de m'associer à tous les jeux, à toutes les conversations. À chaque ami ou amie de passage, il fallait qu'elle me valorise, vantant mes qualités d'artiste, ma sensibilité, ma gentillesse. Malgré les six années qui nous séparaient, on nous disait soudés comme le doigt et l'ongle. Je ne compte pas les heures que nous avons passées ensemble, elle à m'entraîner dans de longues promenades, moi à la dessiner tout aussi longuement. Sans doute cela lui pesait-il par moments de s'occuper de moi, mais personne n'en a jamais eu le moindre écho. Du moins, je le pense. Nous nous aimions beaucoup. Il y avait de Marjorie à moi un secret naïf et touchant, une confidence des astres ou de quelque bonne fée qui lui avaient prédit ma guérison.

— Il faut y croire très fort, me disait-elle.

J'y ai cru ! Puis j'ai fait mine de ne pas douter parce qu'il me plaisait d'entretenir cet espoir innocent qu'elle offrait à ma crédulité, comme ce veilleur attribuant à la flamme de sa lampe la mise à feu de l'aurore.

Marjorie a illuminé notre maison de sa présence, de sa délicatesse et de son rire pendant vingt ans. Son départ reste un arrachement si vif, si douloureux que je me dérobe encore aujourd'hui chaque fois que nous nous croisons dans mes écritures.

Dimanche 3 décembre

Mon espion est toujours à son poste. Nous nous guettons l'un l'autre, avec la différence qu'il ne sait pas que je l'ai repéré. J'ai préparé le téléobjectif puissant que j'emploie pour suivre les oiseaux du parc et les photographier. En me camouflant, je pourrais peut-être le surprendre quand il passe dans la cage d'escalier. Je mettrais un visage sur mon voyeur que ça me rassurerait déjà. N'ayant personne qui puisse me venir en aide, j'ai laissé un mot en bout de séquence pour mettre la N.D.F. au courant qu'un type me surveille. C'est par mes seules pastilles que je communique avec elle. Une panne de matériel, une carence documentaire et la Nielsen trouve un moyen de me dépanner. Sûr qu'elle fera diligence. En attendant, je ne peux rien faire d'autre que de donner l'impression à mon observateur que je ne bouge pas de chez moi. J'ai programmé à cet effet l'éclairage de l'appartement sur plusieurs jours. J'espère par là masquer mes allées et venues. Je ne peux pas laisser tante Brenda toute seule dans l'état où elle est. En plus, je dois refaire une copie de la pastille égarée. J'ai tout à coup très peur que la police ne retrouve la séquence. Ce serait catastrophique. Je comprends mieux maintenant pourquoi Clovis était si paniqué vendredi.

Lundi 4 décembre

J'ai été surpris de recevoir ce matin une lettre de Mose. Ce courrier ne pouvait arriver à un moment plus approprié. À croire que certains êtres sont sourciers de nos vagues à l'âme !

Quel souffle chaud traverse cet homme ! Trois mots jetés en en-tête et la tendresse de Mose arrive jusqu'à moi et m'enveloppe. Je le lis, je le relis. J'entends sa voix. À quoi ressemble-t-il maintenant ? Cela fait des années que je ne l'ai plus revu, peut-être huit ans. Il fut un temps où il venait souvent à la maison. Je me souviens de discussions mémorables entre mes parents, Elias et Angélique Potsanis et lui. J'adorais ces soirées autour du puisatier. Le monde s'y refondait pour une nouvelle coulée de mille ans et rien dans les propos ne fleurait les envolées de salon. J'étais subjugué par la démesure active de ces visionnaires, qui se resserraient en fin de dîner sur la grande mappemonde comme des généraux en campagne pour faire le point de leurs victoires et préparer les batailles du lendemain. Alexandre Carvagnac était le prince des sapeurs, Elias le tacticien, Mose le phare en apesanteur éclairant la nuit des pauvres. Apôtre de la première heure, il avait commencé par reconquérir pied à pied les friches de la Mosanie, puis de la Rhénanie. Rejoint dans son combat par tout ce que les abords des fleuves comptaient de rebutés, d'inutilisés, de largués du système, il était devenu la dignité retrouvée d'un peuple. Mose pour Meuse ou pour Moïse.

— Quarante ans, Antonin ! C'est qu'il a eu quarante ans pour atteindre la terre promise, me dira-t-il un jour en parlant du personnage biblique.

Comme mon père, Mose vit avec la hantise d'être culbuté dans sa course en pleine croissance de son projet.

— Dans la construction d'une cathédrale, ce sont les fondations qui gratifient le moins les bâtisseurs, car elles disparaissent sous terre. La ferveur naît avec la levée des murs et des colonnes. Je verrais déjà quelques pierres sortir du sol, cela me rassurerait.

Mose est pétri des Saintes Écritures et le Moyen Âge est son époque de prédilection dans l'histoire. J'ai reçu de lui quelques beaux livres sur cette période de foi et de folies plus ou moins nobles, ainsi qu'une plaquette qu'il a écrite sur l'aventure templière et la mise en chantier des cathédrales. Comme je l'ai signalé plus haut, Mose est mon parrain, un parrain hors norme que j'accueillis, paraît-il, en hurlant quand j'étais petit. À en juger au nombre de fois où, par la suite, il s'est amusé à éprouver ma peur, nos premiers rapports ne l'ont pas découragé. Je garde ainsi en mémoire les moments de frayeur exquise où il me prenait sur ses épaules pour me hisser à hauteur de géant. Moi qui ai toujours eu le sol à portée de mes mains, j'aurais rendu l'âme. Je me vois encore emporté au trot de sa marche, mes doigts agrippés à ses boucles blondes. J'ai conservé dans l'oreille mon rire d'enfant paniqué mais radieux de ce vertige qui m'enivrait.

Je dois avoir reçu cinq ou six lettres de Mose, pas davantage. Par contre, je ne compte pas les petits mots qu'il a laissés sur mon écran postal. Rarement plus qu'une ou deux lignes ! Assez pour m'ensoleiller le cœur. Il y a une constante dans tout ce que cet homme m'a écrit. Je la retrouve dans le courrier de ce matin dès les premiers mots : « Bel Antonin, t'es-tu enfin glissé sous l'aile de l'amour ? » Cette question fait écho à une réflexion qu'il m'a faite maintes et maintes fois : « Le jour où tu décideras de t'aimer... ! » Sacré Mose ! Si je te disais que les chemins qui vont vers l'acceptation de moi-même passent par un labyrinthe sans fin. Tu sais bien que j'ai trop d'attirance pour la perfection pour pactiser avec la partie difforme de mon corps. Que ce soit toi, mes parents, tante Brenda ou Marjorie, vous avez toujours espéré pour moi des bonheurs inaccessibles.

— Avec ta tête d'ange, tes yeux noirs, tes superbes mains..., rêvait ma sœur.

La description doit s'arrêter là pour ne pas prendre en compte, crapules, fauteuil roulant, pneus alvéolés...

— Ne sois pas cynique, Antonin.

Mardi 5 décembre

Brenda se rétablit doucement. Je suis resté deux heures à son chevet. Je lui ai parlé du courrier de Mose que j'ai reçu hier et qui m'a fait tant plaisir. Elle m'a rappelé qu'il a été un jour poignardé par un proche, quelqu'un qu'il hébergeait. J'avais oublié. J'ai changé de sujet de conversation pour ne pas céder à cette détestable habitude qui veut que, face à une personne accidentée, on éprouve le besoin de se réconforter avec quelques faits divers bien saignants. Je supporte mal la violence. Du vivant de notre garde du corps, je détestais déjà, contrairement à Clovis, les récits jalonnés de cadavres déchiquetés, de gorges tranchées, de membres arrachés que Fernand nous servait par le menu avec la délectation d'un gourmet. Avec l'activité de père, notre vie a été suffisamment éclaboussée de sang et d'actes de barbarie. À se demander de quoi les humains sont capables pour préserver des intérêts purement matériels. Je pense malgré moi à l'attentat sur le puits de Valbec qui coûta la vie à trois ouvriers et en mutila huit autres. Tout cela parce que certains groupes financiers jouissant de protections politiques ignorèrent les mesures qui les obligeaient à investir dans des systèmes agréés de filtrage et de reconditionnement de leurs eaux usées pour ne plus empoisonner la Seine. Ce conflit opposant la Nielsen et ses sympathisants à ces gros pollueurs fut le plus violent de tous. Au jugé des menaces et des manœuvres d'intimidation dont le groupe fit l'objet, beaucoup d'argent était en jeu. L'agressivité passa la cote d'alerte quand une charge d'explosif détruisit la centrale électrique qui alimentait les équipements de Valbec. Cet attentat dirigé contre la Nielsen aurait tourné à la catastrophe si les ouvriers qui travaillaient au versement des boulets n'avaient fait preuve d'un sang-froid extraordinaire. Je ne voudrais pas vivre une seconde fois cette période. Mon père, tendu mais intraitable, répétait sans arrêt : « Céder à ces criminels, c'est leur donner raison. » Ma mère tremblait pour nous. Le seul à rester serein dans cette affaire était le grand Fernand. Enfin sur pied de guerre, il pouvait déjouer les traîtrises de l'ennemi. Inspectant le courrier, les moyens de locomotion du puisatier, contrôlant les allées et venues, il guettait le piège.

— Mon sixième sens ne me trompe jamais, me disait-il hâbleur.

Je fus bien forcé de le croire le jour où, à Valbec, il débusqua une calculette suspecte sur le bureau de mon père. Bien lui en prit ! Cette bombe miniature aurait réduit son utilisateur en charpie. Suite à cette tentative d'assassinat, nous fîmes l'objet d'une protection on ne peut plus rapprochée, tant du côté des forces de l'ordre que de la Nielsen, le temps pour la police de tirer l'affaire au clair. Un homme fut interpellé. Il devait mourir d'une hémorragie cérébrale dans les heures qui suivirent son arrestation. Un regrettable accident qui en arrangea plus d'un !

La Nielsen mena une enquête parallèle qui donna, semble-t-il, les résultats escomptés. Je ne connais malheureusement pas les tenants et les aboutissants de celle-ci. Toujours est-il que mon père nous annonça un jour la fin momentanée de nos « agacements ». Le terme me parut léger eu égard au cauchemar que nous venións de vivre. On se déshabitua de la peur ainsi que de la prudence. Par contre, Fernand ne désarma pas. Continuellement sur le qui-vive, il semblait marcher sur un terrain miné, multipliait les rondes, continuait à passer au crible tout objet qui rentrait dans la maison. Son infaillible sixième sens le titillait. Son comportement et ses mises en garde quotidiennes avaient le don d'exaspérer Clovis. Âgé de dix-huit ans, mon frère n'avait d'autre désir que de mordre à belles dents dans l'existence sans avoir ce chaperon à ses guêtres. C'était l'époque de la grande camaraderie, des danses endiablées, des discussions qui se savourent jusqu'au petit matin. Marjorie et lui fréquentaient une bande d'amis étudiants qui avaient coutume de se retrouver à chaque fin de session dans un endroit insolite choisi par l'un d'eux. L'année d'avant, c'était une église en ruine qui les avait accueillis dans ses murs. Cette année-là, rendez-vous fut donné dans une bergerie perdue au fin fond de l'Auvergne. Au départ, je ne devais pas être de la partie, mais ma sœur en décida autrement. Elle alla trouver ma mère puis, permission accordée, s'en vint plaider ma cause auprès de Clovis. La réaction fut immédiate.

— Je n'ai pas envie de jouer les nounous !

Marjorie était furieuse.

Je me suis tout de suite glissé dans la conversation pour dire que je ne demandais rien et qu'il valait mieux que je reste à la maison. Comme la discussion se poursuivait, je me suis retiré sans bruit dans ma chambre. Je n'ai jamais supporté d'être au centre d'un conflit. Quand ma bonne fée vint me rejoindre pour m'annoncer qu'elle avait eu gain de cause, c'est moi qui devins réticent.

— Je n'ai que quatorze ans. Ce sont tous des grands !

— Judith sera là !

Ménageant ses effets, elle ajouta :

— Et, peut-être même, Esther !

Mon cœur se mit à battre. D'un seul coup, toute la pièce, la maison, le jardin gagnèrent en chatoyance. Un vitrail ensoleillé éclaboussait la pierre grise.

— Esther sera là ? Tu crois ?

Elle me mit l'index sur la bouche en murmurant :

— C'est une surprise.

Marjorie était radieuse. Du faite de sa jeunesse, elle riait du bonheur qu'elle avait allumé dans mes yeux. Elle avait la candeur d'un drap immaculé disposé pour un premier amour. Quelque chose me disait qu'elle entrevoyait un voyage.

J'étais gagné par sa joie, conquis par son charme frais comme un frémissement du matin à l'heure où la rosée colle ses gouttes sur chaque brin d'herbe.

Mercredi 6 décembre

Clovis peut dormir tranquille et moi aussi. J'ai récupéré la pastille. Elle était restée tout bêtement chez moi sur la table basse. Le champagne agissant, tante Brenda l'avait déposée par distraction dans le panier à biscuits. Je m'en suis aperçu hier en faisant du rangement. Il y a, dit le proverbe, un Bon Dieu pour les ivrognes. Je gage qu'il existe aussi un bon ange pour les éméchés. Quel soulagement !

Brenda a aussi laissé chez moi un paquet de magazines qui rapportent en long et en large les élucubrations de sa prêtresse favorite. Curieux que le petit doigt d'ébriété qui a provoqué l'oubli de la pastille ne lui ait pas fait reprendre la littérature de salon de coiffure qu'elle avait apportée pour l'avancement de mon enquête.

Pauvre femme ! Je devrais avoir honte de me moquer d'elle comme je le fais après ce qui lui est arrivé. Une fois de plus, je m'étonne de la facilité avec laquelle l'être humain s'accommode des malheurs réversibles. Nous sommes vraiment d'insolentes machines. La semaine passée son agression m'arrachait le cœur, aujourd'hui la vie reprend son cours et seul m'inquiète le temps qu'elle prendra pour se rétablir. Je retourne à la clinique demain matin. De visité, me voilà visiteur. Cela ne me déplaît pas de changer de rôle.

Jeudi 7 décembre

J'ai passé une nuit blanche dans des étoiles bleues à arpenter les territoires éthérés et sentimentaux de ma jumelle astrologique. Je me suis gavé de photos, de larges extraits filmés, d'interviews que j'ai tirés du cellier informatique de la Nielsen Depol Foundation. J'ai approfondi la matière du côté des parents Brocardier. Ainsi, je sais maintenant que le beau Jean-Baptiste s'envoyait en l'air par des voies moins aériennes que le trapèze avec tout ce que le cirque Calvero comptait de femmes consentantes, et que son épouse Stella, qui avait sacrifié une carrière de danseuse pour se lancer dans la cartomancie, n'a pas été secourue par son fluide pour détecter l'inconstance de son mari, mais bien par une lettre anonyme. Coïncidence étonnante, la double chute qui mit fin à cette union tumultueuse eut lieu à Atlanta, non loin de l'endroit où nous habitions à l'époque. À part cela, rien de neuf à signaler. Aurore avait six ans et demi quand le drame eut lieu, moi de même. Bien qu'étant tous deux Taureau ascendant Balance, je n'ai pas trouvé, à mon grand regret, d'autre dénominateur commun entre nous. Sans parler du physique, je dirais même que nous sommes plutôt aux antipodes l'un de l'autre. À moins que je ne sois, à mon insu, passionnel jusqu'à l'impulsivité, démonstratif jusqu'à l'outrance et irréfléchi jusqu'à l'aveuglement, je ne me reconnais pas en cette femme. En plus, ce goût qu'elle affiche pour le morbide ne me correspond pas. Pour exemple, Aurore, ou plutôt Astrid Galaxy, est une passionnée de phrénologie. Au dernier inventaire, elle ne posséderait pas moins de sept cent vingt-quatre crânes de personnalités célèbres. Autant vivre dans des catacombes ! Le clou de sa « céphalothèque » est le crâne authentifié de Danton. Il paraîtrait même que Jean Calvin, sans chair et en os, a les honneurs de sa chambre à coucher. Il a de quoi se rincer les orbites, le veinard !

Je me garderai bien de faire état ici, sous peine d'être taxé de médisance, de cette collection plus charnelle dont Borganov est le dernier spécimen en date.

Curieux, les sentiments que m'inspire cette nymphe diabolique. D'un côté elle me fascine et de l'autre elle m'effraie, un peu comme si elle était l'incarnation confondue d'Ève et du Serpent. J'irais même plus loin. Il y a des moments où je jalouse l'amant de cette Vénus et d'autres où je plains ce chevalier servant d'être tombé entre ses griffes.

Pour en finir avec ce pitoyable feuilleton, j'avouerai que je ne sais plus où j'en suis avec ce bel oiseau volage qui a tourné au-dessus de ma tête toute cette nuit et qui hante, j'en suis sûr, l'imaginaire lubrique d'une foultitude masculine.

Si seulement Astrid Galaxy pouvait mettre Borganov sous quelque bonne influence planétaire dans les mois qui viennent, mon espoir croîtrait de voir les Carvagnac revenir sains et saufs de leur captivité à la date prévue et non pour les élections d'avril, comme l'augure le professeur Robertson. Au fond, la promotion de notre astrologue au rang d'égérie du potentarque va peut-être réorienter le cours des astres en notre faveur.

Jeudi 7 décembre en soirée

Brenda a meilleure figure. Elle se plaint toutefois de maux de tête et de troubles de l'odorat. Le médecin traitant est passé dans la chambre. Il s'est montré rassurant sur le fond, sans faire preuve de beaucoup de délicatesse dans la forme.

— Vous êtes du métal dont on fait les cloches, lui a-t-il dit d'une voix nasillarde.

J'ai failli lui répondre que ses propos étaient du bois dont on fait les crécelles.

Je suis resté l'après-midi auprès d'elle, à attendre un moment d'intimité pour lui annoncer que j'avais retrouvé la capsule et pour lui faire part du résultat de mes recherches nocturnes. Mais on nous dérangea sans arrêt pour des ablutions, une piqûre, une séance de rééducation et, pour corser le tout, un repas auquel tante Brenda m'associa en m'offrant de grand cœur l'abjecte pâtisserie qui en était la péroraison.

— Mangez, Antonin, vous adorez tout ce qui est *sweet*.

Vingt-sept ans que je cherche à lui avouer que j'ai une aversion viscérale pour tout ce qui est douceurs et sucreries. Voilà ce qui arrive quand on est comme moi incapable de réorienter la gentillesse spontanée des gens dans le sens de ses désirs et de ses goûts. Si Brenda savait seulement le sort que je réserve à ses biscuits hebdomadaires. J'ose à peine l'écrire ! Cela fait des années que j'en réduis systématiquement les trois quarts en miettes et que je les balance par mon balcon aux oiseaux du parc. Au moins, ils ne sont pas perdus pour tout le monde !

J'ai failli m'en retourner sans lui remettre ma trente-huitième séquence, tellement j'étais frustré de n'avoir pu arpenter avec elle les chemins galactiques de la belle Astrid. C'est que je me prends de curiosité pour le sujet. Brenda a été soulagée d'apprendre que la pastille avait été retrouvée et m'a envoyé chercher sa trousse de toilette. Elle en a tiré sa vieille brosse à picots métalliques avec laquelle elle carde sa volumineuse toison rousse et a introduit le document sous la membrane hérissée.

— Bien malin celui qui irait la chercher là-dedans !

En comparaison avec la haute sophistication des moyens employés par Clovis pour passer mes séquences à Cuba, ce système tout simple m'a laissé rêveur.

Vendredi 8 décembre

Je suis resté toute la journée en connexion satellaire avec la papesse des étoiles. Du rejet abrupt de l'astrologie, je suis passé à une attirance que j'espère passagère. C'est ainsi que j'ai trouvé des documents sur l'adoption d'Aurore Brocardier par la sœur de sa mère, qui tenait avec son mari, un certain Marius Pigeolet, une officine dans la région parisienne. Le ménage avait deux enfants de l'âge d'Aurore, deux garçons. L'histoire ne nous dit pas comment s'est passée cette prise en charge. Après avoir imaginé que la cohabitation entre ce couple rangé de pharmaciens et cette fillette fantasque arrachée tragiquement à son monde du cirque n'avait pas dû être de tout repos, je me suis ravisé quand j'ai eu sous les yeux le curriculum vitae de la petite Brocardier. La collection de diplômes et de distinctions en sciences occultes qu'elle a décrochés rivalise avec sa céphalothèque. Il y a vraiment de quoi être impressionné. Je tire mon chapeau aux apothicaires qui ont financé, sans apparemment rechigner, la passion singulière et certainement ruineuse de leur enfant adoptive. Mon étonnement ne devait pas s'arrêter là. La liste des ouvrages que ma jumelle astrologique a publiés à ce jour est stupéfiante. J'ai parcouru quelques-uns de ses articles pour aller à la rencontre de personnages comme Bérose de Thrasille, Manilius ou Ptolémée. J'ai survolé son étude sur Nostradamus, dont on a enterré les prédictions désertifiantes sous quelques généreuses pelletées de terres fertiles. Quant à sa thèse de maîtrise en prévisiologie, intitulée « De la lecture des abats de poulet au décryptage du marc de café », j'y ai fait une rapide incursion. Pour parler franc, j'ai capitulé au bout de trois pages. Ce travail est totalement indigeste.

Passant en revue d'autres ouvrages produits par Astrid Galaxy, je suis tombé sur un petit livre dont l'intitulé m'a glacé le sang. L'opuscule porte le titre révélateur de *Gémeaucide* et traite sur le mode de la satire d'une société d'où les Gémeaux seraient purement et simplement éliminés. Cette fable sur les mécanismes du racisme est terrifiante. J'ai froid dans le dos en repensant à l'interview de l'autre jour et au traumatisme que cette poussée d'agressivité à l'encontre d'un signe a provoqué auprès d'une personne simple et crédule comme tante Brenda. Ce pamphlet est machiavélique. D'une mécanique implacable, il m'a envahi d'un véritable sentiment de dégoût.

J'ai fui cette mauvaise blague comme la gale pour me perdre ou me retrouver dans la superficialité de clichés grisants exhibant le beau fruit dans les déshabillés les plus suggestifs et sous tous les angles admissibles. À force de contempler ce ballet affriolant et de funambuler d'une posture à l'autre dans les zones frontalières de la pudeur, j'enviais, faut-il le dire, les bienheureux qui avaient croqué à loisir et sans oripeaux cette poire juteuse.

J'éteignis la lumière en mâle hébété avec le sentiment honteux autant qu'exquis d'avoir outrepassé mentalement les limites de la bienséance.

Samedi 9 décembre

Tel fut pris qui croyait prendre. Je m'attendais à étonner tante Brenda avec l'histoire des Brocardier et du cirque Calvero. Le compte rendu de mes recherches ne fit pas plus d'effet qu'un détournement de fonds dans les caisses de l'État.

— Je suis au courant, Antonin. J'ai tout cela dans mes articles.

— Vos articles ?

— Oui ! Je découpe dans les magazines toutes les pages où on parle d'astrologie. Je les range dans des boîtes à chaussures. Ça m'occupe.

— Vous faites cela depuis longtemps ?

— J'ai commencé après la mort de Fernand. Il croyait à toutes ces choses. Même qu'il avait prédit pour Marjorie.

Je fis semblant de ne pas entendre.

Je suis rentré chez moi le ventre lesté de deux gâteaux spongieux surnuméraires et d'une crème renversée en liquéfaction brunâtre qu'elle m'avait généreusement réservée.

J'aurais dû invoquer mon horoscope du jour pour échapper à ce gavage. Il m'annonçait des problèmes dentaires et me conseillait d'éviter les sucreries.

Dimanche 10 décembre

Je patientais cet après-midi dans le couloir de la clinique pendant que les infirmières faisaient la toilette de tante Brenda quand je vis Clovis arriver sur moi à grandes enjambées. Il venait de Paris pour réceptionner un double de la pastille et, accessoirement, pour prendre des nouvelles de notre gouvernante. Surpris de me trouver là, il m'amena à l'écart dans une salle d'attente vide. Je pus le rassurer de vive voix sur la séquence égarée. Il me lança sans ambages :

— Quand seras-tu en mesure de me remettre les derniers documents ?

— Fin décembre comme prévu.

Je sentis à nouveau chez lui la lassitude de l'homme traqué en même temps qu'un fond de colère. Je n'eus pas le cœur de lui faire part des inquiétudes du professeur Robertson quant à la date de remise en liberté de nos parents.

— On est au bout, Clovis ! Ce n'est plus qu'une affaire de semaines.

— Toi, peut-être, mais pas moi.

Joignant le geste à la parole, il sortit de son pardessus une photo qu'il regarda avant de me la montrer.

— Tu reconnais ce visage, me lança-t-il en me mettant le cliché sous le nez. Il s'appelle Eugène Spavlesky.

Je suis tombé en vrille dans un cauchemar. C'était comme si j'avais reçu un coup de trique en pleine figure.

— C'est bien lui ? insista-t-il.

Quel pauvre acquiescement je lui rendis quand il réitéra sa question. Sûr que c'était lui ! Gravé à la pointe sèche dans mon regard, comment oublierais-je cet homme ?

— Il est descendu à l'hôtel la semaine dernière. Je ne le lâcherai plus.

Je balbutiai :

— Tu ne vas quand même pas...

Toute la charge de sa haine explosa alors en quatre mots :

— Je vais le tuer

Lundi 11 décembre

Nous sommes trois sur la route, Clovis, Marjorie et moi, lâchés dans la nature comme un torrent de printemps. La voiture dans laquelle nous voyageons est une Mercedes du siècle passé, entièrement retapée par mon frère. Notre hiver fut long de deux ans, deux années de peur et de surveillance serrée, insupportables, dues aux attentats de Valbec-sur-Seine. Au sortir de cette période d'étouffement, j'ai l'impression que l'horizon s'ouvre comme un soufflet d'accordéon. Je respire. À part le grand Fernand qui reste sur pied de guerre, tout le monde s'accorde à dire qu'on n'est plus en danger. Titillé par son fameux sixième sens, il nous suit quand nous partons retrouver nos amis dans cette bergerie perdue d'Auvergne. Nous rions quand Clovis prend un chemin de traverse pour semer notre garde du corps.

— Enfin libres ! lance-t-il. Plus d'ange gardien !

Fernand doit enrager d'avoir été largué par un

bleu. Moi, je ne doute pas une seconde qu'il va nous retrouver.

— Il peut toujours essayer. Il a une fausse adresse. En plus, j'ai démonté le mouchard qu'il a placé sur la bagnole pour nous localiser.

Ce n'est plus drôle du tout !

Je vois ma sœur se retourner. Une pointe de culpabilité et d'inquiétude perce dans son regard. Je voudrais qu'elle invite Clovis à ralentir. À un moment donné, c'est moi qui prends mon courage à deux mains.

— Papa sera fâché quand il apprendra...

Mon frère casse ma sortie en me rappelant que je suis un intrus et que j'ai juste le droit de fermer ma gueule.

La région que nous traversons nous amène de vallon en vallon. La route serpente. Nous entrons dans des zones ombrées pour déboucher un peu plus loin sur des coteaux enflammés d'une luminosité rousse. Sous les pinceaux de ce soleil déclinant, les paysages flamboient. Clovis jure. À jouer au gendarme et au voleur avec le grand Fernand, il a fini par s'égarer. Marjorie cherche à repérer notre position sur l'écran de bord. La nuit tombe quand nous retrouvons notre chemin. Je suis de plus en plus fébrile. La musique que Clovis diffuse m'indispose. Elle est trop sauvage. J'appréhende mes retrouvailles avec Esther. Elle sera peut-être ennuyée de me voir. Je m'enfouis dans mes pensées, je n'ai plus rien dit depuis tout à l'heure. Marjorie se retourne pour me prendre la main.

— Ça va aller, me souffle-t-elle. Nous serons là dans une grosse demi-heure.

Nous nous sourions, puis son regard me quitte pour s'échapper par la lunette arrière.

— Une voiture nous suit. Ce doit être Fernand qui nous a rattrapés, dit-elle.

Je vois les yeux perçants de Clovis dans le rétroviseur.

— Ce n'est pas lui !

— Tu es sûr ?

— Puisque je te le dis !

Le véhicule se rapproche de nous, nous colle un long moment.

— Qu'est-ce qu'il attend pour nous doubler, ce connard !

Nous sommes éblouis par les phares.

— Ralentis, Clovis ! Laisse-le passer.

L'auto décélère en même temps que nous puis soudain déboîte et nous dépasse pour disparaître au loin. On a à peine le temps d'entendre les invectives de Clovis à l'adresse du chauffard que des feux nous prennent dans leurs faisceaux. La voiture a fait volte-face et nous barre le chemin. Une petite route s'offre à nous sur la droite, une petite route qui se resserre, devient sentier cahotant étouffé de verdure, se referme sur notre fuite comme un filet d'oiseleur. Des phares se plantent derrière nous. Je meurs d'effroi quand quatre hommes cagoulés surgissent et s'avancent dans notre direction. Clovis est sorti. Il se jette sur l'un deux. Il n'a que ses poings et ses injures pour résister. Il est vaillant. Il démasque un de ses agresseurs. Je vois un visage. La seconde qui suit, le pare-brise vole en éclats. Une main passe, un cri, la portière s'ouvre et Marjorie est vidée de la voiture. Le temps de reprendre ma respiration, me voilà happé à mon tour, je hurle. On me cogne. Ils sont deux à s'acharner sur moi. Je ne sais pas si les coups m'atteignent. J'ai trop peur pour avoir mal. À un moment donné, je fais le mort. En l'absence de répondant, la brutalité de mes agresseurs s'émousse et ils me laissent là. Dans le flou, je vois qu'ils emportent Marjorie dans sa robe claire. Quatre ombres lointaines autour d'un cri bâillonné qui se débat. Où est Clovis que je n'entends plus ? Je me mets en mouvement. J'ai l'épaule cassée mais cette souffrance m'assaille moins que les gémissements qui me reviennent et m'incendient les oreilles. Je pleure. Mes larmes sont brûlantes. Chaque cri de Marjorie explose en mon cœur. C'est notre père et notre mère qu'elle invoque, qu'elle supplie. Si seulement le tigre était là. « Antonin ! » Elle m'appelle et je pars en rampant vers elle, pauvre larve. Je suis trop faible pour lui répondre, trop faible même pour cela.

Puis je ne l'entends plus et je prie le ciel, les anges, le Bon Dieu d'exister, de nous venir en aide, de faire en sorte que rien de tout cela ne se soit produit. Les quatre hommes passent à quelques pas de moi sans me voir. Ils lâchent prise. L'un d'eux donne ses ordres.

— Vous récupérez le dispositif de repérage sur leur bagnole, vous la mettez hors d'usage et on se taille.

Trouvant peu d'empressement chez ses complices, il gueule :

— Grouillez-vous, l'excité peut rappliquer avec du secours !

Du grabuge encore, le bourdonnement d'un moteur puis, dans la nuit déchirée, nos plaintes qui se cherchent. Une forme claire titube dans ma direction sur fond de ciel livide. Elle n'a plus d'équilibre. Je la vois tomber, se relever, reprendre sa marche sur les genoux. Je ne peux pas croire que c'est elle qui s'affale près de moi. Ses mains forment un nœud sanglant sous son ventre.

— Marjorie ! Tu dois tenir bon ! Clovis a réussi à leur échapper. Il va revenir avec du secours.

Elle comprime les pans de sa robe en lambeaux entre ses cuisses pour réprimer le saignement et retenir la vie. Rien qui puisse cependant arrêter l'épanchement de cette tache noirâtre, ni mes appels, ni mes prières, ni mon immense chagrin.

— Clovis, reviens vite !

La nuit étire sur nos suppliques son indifférence de statue.

Marjorie grelotte.

— Je vais chercher de quoi te couvrir.

Et me voilà rampant vers la voiture, m'agrippant avec mon bras valide à toute aspérité. En un, atteindre le premier arbuste. En deux, passer le fossé. L'herbe est humide. Je suis en nage. Si je pouvais contourner le véhicule, j'allumerais les phares, je klaxonnerais. J'implore les étoiles. L'une d'entre elles aurait-elle assez de pitié pour mettre quelqu'un sur notre route ?

Tout est cassé dans l'auto. Les fils sont arrachés. Je n'arrive pas jusqu'à l'interrupteur, il est trop loin. Je reviens avec la couverture. Je ne sais pas d'elle ou de moi qui tire l'autre, tellement mon corps me paraît immobile.

— Marjorie, je suis là !

Elle ne me répond pas.

— Marjorie ?

Elle est toute tremblante. Je la couvre, je me colle contre elle. Je sens la peau glacée de ses bras nus.

— J'ai froid, me dit-elle.

Je la serre contre moi, qu'elle prenne de ma vie, de mon sang, de ma chaleur. Je lui donnerais tout pour qu'elle survive, tout fors mes peurs et mes crapules. « Dépêche-toi, Clovis, elle nous quitte ! »

Hémorragie de sang sur hémorragie de larmes, l'attente est funèbre.

Pourquoi Clovis n'est-il toujours pas là ? Pourquoi ce silence ?

J'ai mon visage à portée de son haleine. Elle tremble moins mais sa peau est d'une effrayante pâleur. Du bout des lèvres, elle ramène des prénoms, un chapelet de prénoms et de noms tendres qui partent du creuset familial pour aller vers tout ce qu'elle compte d'amis et amies.

— Mose... Benoît... Judith... Esther... Brenda... Fernand...

Elle dévide sa tendresse mourante dans cette nuit étoilée. Elle coiffe d'un astre chacun des êtres chers.

— Je n'ai oublié personne ? me demande-t-elle.

Elle cherche. Je ne cherche pas. Je la regarde. Son profil est stylisé par la lune, un marbre de Carrare. Je guette avec appréhension les veilleuses de son regard.

— Ne pars pas, Marjorie !

Son visage semble si paisible, si étrangement paisible. « Clovis, au secours ! Elle est loin déjà ! Je n'arrive plus à la retenir. »

La tête de Marjorie verse de mon côté.

— Embrasse-les pour moi, petit frère.

Je cherche son poignet, son pouls dans le sang poisseux. Je crie ma déchirure. C'est moi qui saigne, qui appelle la mort pour accompagner la partante. Je ne peux pas croire. Je ne veux pas !

Réveille-toi, Marjorie ! Il faut rajuster ton vêtement pour être en beauté quand on viendra te prendre pour la fête. Avec ma couverture à carreaux par-devant, nous cacherons bien cette vilaine tache et personne ne verra que tu as renversé sur ta robe le plein bol de ton cœur...

J'ai pleuré sur ton ventre dans mes mains ensanglantées. J'étais dans ce champ de bataille un crâne fracassé. Le jour ne s'est plus levé pendant des semaines sur ma vie après tes adieux. Puis je me suis fait messager de tes tendresses comme tu me l'avais demandé. Cela m'a permis de croire à ton départ plutôt qu'à ta mort.

Mardi 12 décembre

Spavlesky, c'est son nom. Eugène Spavlesky.

J'ai retrouvé sa trace en m'infiltrant dans les fichiers du site « Nielsen ». Robertson serait fou furieux s'il savait. J'ai découvert un dossier récemment remis à jour, auquel il manque toutefois le portrait-robot que j'ai fait de l'intéressé peu de temps après le drame. Je suis allé rechercher dans mes archives ce fameux croquis pour comparer. Il est ressemblant. Je m'étonne que notre homme n'ait pas été reconnu sur cette base. Sans doute jouissait-il de protections. Il est possible aussi que la Nielsen l'ait laissé courir pour frapper plus haut. Le holding qui l'avait engagé à l'époque a littéralement explosé dans les mois qui ont suivi l'événement. Je serais prêt à parier qu'il y a eu du Nielsen et du Carvagnac derrière la faillite de ce groupe. J'en saurai davantage dans peu de temps. Et dire que ce criminel est resté en liberté et, outrage ultime, occupe aujourd'hui un poste important dans la police de Borganov.

Un détail qui ne me laisse pas indifférent : Spavlesky a une fille de dix-sept ans qui est handicapée mentale. Il a beau être ce qu'il est, j'enregistre cette peine. C'est tout.

J'ai navigué dans le fichier. Par curiosité, j'ai tapé mon nom sur le clavier. Je prends peu de place : deux petites lignes qui font référence à une minute du procès Carvagnac.

Clovis, lui, a droit à une dizaine de pages. C'est principalement comme créateur de mobilier qu'il figure dans le dossier. Je retrouve avec plaisir certaines pièces qu'il a réalisées. C'est superbe !

Je m'étonne de voir les initiales I.E.P accolées aux noms de mes parents. Je me demande si elles n'ont pas rapport avec l'endroit de leur détention.

Comme je cherchais à trouver la signification de ces trois lettres par recoupements, je suis remonté jusqu'aux G comme Galaxy. Eh oui, je l'avoue, ma petite fringale astrologique est devenue journalière depuis quelque temps. Mon incursion m'a laissé pantois. Le dossier de mon intarissable jumelle s'est alourdi d'une conférence qu'elle a donnée hier à Bern sur le signe paria. C'est affolant ! Nous glissons vers un racisme pur et dur qui n'est pas loin de ce que l'histoire a produit de plus inacceptable en matière d'exclusion. Cet acharnement me dépasse. Je n'arrive pas à comprendre qu'une femme aussi brillante qu'Astrid Galaxy s'entête à défendre une idée aussi démentielle. Il y a derrière cette attitude un mystère qui m'échappe totalement. Les propos tenus par l'astrologue dépassent de loin ce billet d'humeur intitulé *Gémeaucide* que j'ai parcouru l'autre jour et qui m'a fait l'effet d'une mauvaise blague construite autour d'un mauvais jeu de mots. Cette femme a évoqué devant une assemblée distinguée la possible élimination des Gémeaux et personne n'est monté au créneau pour crier son indignation. À la décharge de l'assistance, j'admets que l'intoxication est homéopathique. Les mesures préconisées à ce stade du projet se limitent à conseiller aux femmes désireuses d'avoir des enfants d'éviter les périodes allant de la mi-août à la fin septembre. Corollaire de cette disposition : la fermeture des maternités du 21 mai au 21 juin. On croirait à un canular s'il ne se trouvait quelques hautes personnalités politiques pour soutenir le programme.

— Voilà un moyen impartial et pacifique pour lutter en douceur contre la surpopulation, a dit sans rire le ministre des Familles.

Et un démographe d'ajouter :

— Nous pourrions diminuer de huit pour cent la masse humaine du continent.

En voilà deux qui mériteraient le trophée de l'imbécillité !

Je suis effrayé de voir certains eurocrates inoculer dans les foyers cette nouvelle forme d'intolérance. J'ai le sentiment que le potentarque et sa cour mettent en place un racisme de substitution. Je les soupçonne de préparer une purge, un fléau qui frappe partout et nulle part à la fois, comme une épidémie. N'est-ce pas là une bonne façon de détourner l'attention des vrais problèmes en période électorale ? Je voudrais être rassuré, m'entendre dire qu'il n'y a derrière ces propos gémeaucidaires de la papesse Astrid qu'un test de crédulité et que la comédie n'ira pas plus loin.

En attendant, l'anathème se propage sur tante Brenda et toute la foule des innocents qui ont eu la mauvaise idée de venir au monde à la fin du printemps.

Les hommes ne savent qu'inventer pour se détruire.

Mercredi 13 décembre

Voilà qu'il neige. Je suis devant ma fenêtre et je contemple le parc. Soulignés de blanc, mes grands arbres jouent les spectres. Tout devient irréel. Je goûte l'apaisement de ce ballet discret et silencieux qui ouate mes tracas. Je bénis cet hiver précoce qui m'offre une amnésie momentanée. Je resterais là des heures à compter les flocons si je n'avais eu hier la mauvaise idée de convoquer Mélanie pour qu'elle monte me couper barbe et cheveux. Un besoin d'être net et neuf à l'approche de Noël. C'est Jérôme qui est à nouveau dépêché. Je me résigne. Je me force même à faire la conversation. C'est comme cela que j'apprends qu'il fait glissant, que la boulangère s'est cassé le coccyx, que deux autres appartements du quartier ont été visités... Ces nouvelles repeignent tout en gris. Pour échapper à ces mornes sujets, je questionne à tout hasard :

— Vous avez des passions, Jérôme ?

— Pardon ?
— À quoi occupez-vous vos loisirs ?
— Je suis collectionneur.
— Ah bon !
— Oui. Je m'intéresse à toutes les représentations des signes du zodiaque. Cela va du porte-clés au pendentif en passant par le cendrier et la pince à sucre. Je me limite aux petits objets : question de place. Pensez ! J'ai plus de deux mille pièces.

Il ne manquait plus que cela pour replonger dans le bain.

Merci, Jérôme !

Nous étions, Pierre et moi, avec un ami dans un café estudiantin de Nanterre à deviser sur l'astrologie quand nous avons été rejoints par un couple qui connaissait cet ami. Présentations faites, Pierre a voulu me mettre à l'épreuve en me demandant de deviner le signe des nouveaux arrivants. J'ai toujours remporté mon petit succès dans cet exercice. En général, quatre à cinq questions me suffisent pour donner dans le mille, ce qui fait dire à mes détracteurs que j'ai du bol et, quand le coup est spectaculaire, que je suis douée pour la transmission de pensée. Parfois néanmoins, l'ascendant brouille mon diagnostic et je demande un joker. D'une chance sur douze, nous passons alors à une sur six ! Ce qui sur le plan statistique reste honorable. En l'occurrence, je fis un superbe doublon en déterminant que le garçon était Bélier et sa compagne Poisson.

— Tu as bien dit Poisson ? s'exclama Pierre avec

le dégoût d'un promeneur qui a mis par inadvertance son pied où il ne fallait pas.

Je n'eus pas le temps de réagir qu'il lançait à la cantonade :

— Tous les Poissons à qui j'ai eu affaire jusqu'à présent étaient retors et menteurs.

Vous imaginez la gêne ! Surpris par cette poussée d'agressivité, le petit couple ne savait plus où se mettre. Quant à moi, j'ai balancé avec une ironie assassine :

— Tu as raison, Pierre ! « Il n'y a pas une ignominie à laquelle un Poisson n'ait participé et le Poisson est une race inférieure ! » Ces brillantes allégations ne sont pas de moi. Je ne fais que paraphraser Adolf Hitler.

Loin de se calmer, il me lança :

— Les Poissons, je les mets en boîte, dans l'huile et tête-bêche.

Ma colère monta d'un cran.

— Est-ce que tu te rends compte du sectarisme de tes propos ? Imagine un instant que tu aies un quelconque pouvoir de répression...

Je ne me contenais plus ! Pierre non plus ! Il haussa le ton ! Il ne voulait pas perdre la face devant moi. Voyant des regards qui se portaient vers notre table, j'ai préféré me lever et sortir.

Comme il était Gémeaux, j'ai rédigé ma lettre de rupture sous la forme du pamphlet... gémeaucidaire que voici, histoire de clore notre relation sur une leçon de tolérance.

Astrid Galaxy

J'ai jugé intéressant de reproduire mot pour mot cette préface que l'astrologue a placée en tête de *Gémeaucide.* Je n'avais pas vu ce préambule le jour où je suis tombé sur l'ouvrage. Il reflète de façon non équivoque les bonnes intentions de l'auteur à l'époque de la parution de l'opuscule, une démonstration par l'absurde en quelque sorte.

Je suis de plus en plus mal à l'aise. Cette femme me fait l'effet de n'être que la partie affleurante d'une véritable campagne d'intoxication. Depuis hier, j'envisage d'utiliser la voix de Nielsen pour mettre en garde le monde contre ce danger qui couve. J'ai déjà fait un premier brouillon et j'ai trié quelques images. Une pensée du prince assied à nouveau ma réflexion : *« Il faut trancher les branches mortes à cause du signe de la mort. Mais il est absurde de les accuser de la mort de l'arbre. C'est l'arbre qui meurt quand meurent ses branches. Et la branche morte n'était qu'un signe. »*

Samedi 23 décembre

Dix jours de repli obsessionnel dans ma salle de montage. Je n'ai plus pensé à Brenda. Cet après-midi, mon remords se fait lancinant. Bravant neige et frimas, je pars pour l'hôpital.

Quand je la revois je suis délivré de mes angoisses : elle a meilleure mine et je lui trouve du tonus à revendre.

— Il ne fallait pas, Antonin. Je suis autorisée à sortir demain.

— J'avais le temps long sans vous, tante, lui fis-je avec douceur.

Je récolte sa confusion.

— Si j'avais su que vous reviendriez me voir, j'aurais gardé mes desserts.

Cette privation inespérée me rassure le temps qu'elle enchaîne :

— Regardez dans mon sac. Il me reste des biscuits.

Je suis bon, une fois de plus, pour l'expiation sucrée.

Coiffée d'un bandage blanc auquel il ne manque que des plumes d'aigle, tante Brenda n'a pas seulement retrouvé ses couleurs, elle a aussi déterré la hache de guerre contre son animal de médecin qui fait obstacle à son départ immédiat.

— Je me sens parfaitement rétablie.

Ce que je traduis par : « Il est impérieux que je reprenne mon service. »

La convalescente trépigne.

— Dans quel état vais-je retrouver la maison ?

— J'ai eu des nouvelles par les Brigout. Vos plantes et votre chatte se portent à merveille.

— Il n'empêche que...

Je devine ce qu'elle a sur le cœur, c'est pourquoi je poursuis pour elle. Ainsi je lui rappelle que, même malade, je ne l'ai jamais vue déserter son poste, qu'à la maison personne n'a jamais eu à se plaindre d'elle. Je la remercie simplement d'avoir été là, trente ans là. Je lui dis combien elle a toujours été précieuse pour nous et combien nous l'aimons tous. Je lui fais don d'un chagrin bienfaisant qui la nettoie de mille ans d'oubli d'elle-même. Je me tais ensuite le temps que les larmes la libèrent. Je me recueille tandis qu'elle s'affaire en bonne gouvernante dans les corridors violentés de ses souvenirs. Nous sommes si proches l'un de l'autre, deux cœurs rudoyés. Je peux dire où trotte sa peine. C'est comme si j'entendais ses pas dans la demeure. Là, elle prend les poussières dans la chambre de Marjorie. Un peu plus tard, elle ouvre fenêtres et volets chez les parents, à moins qu'elle ne monte au second pour repasser du linge dans la mansarde contiguë à la sienne, celle où vivait Fernand. Le soir, besogne faite, je la vois bien découper ses articles astrologiques dans des magazines. Je suis soudain jaloux d'Astrid Galaxy. J'envie cette place qu'elle tient dans le cœur de ma gouvernante. La tendresse qu'on a pour moi est laborieuse et si suspecte à mes yeux. Elle a l'inconvenance de partager son lit avec la pitié.

Je suis arrêté dans cette pensée par tante Brenda qui relève la tête, me fixe de ses yeux humides. J'entends alors :

— J'ai toujours été là, Antonin.

Je sens une présence autour de nous. Sans doute l'esprit de nos morts qui plane dans la chambre.

Après le départ de Marjorie, il faudra combler cette absence brutale, accepter ce rétrécissement violent de notre champ d'affection. Ce que l'on appelle communément faire son deuil.

Mon père n'en mène pas large dans les semaines qui suivent l'enterrement. Qu'on ait frappé sa fille chérie dans son innocence et sa jeunesse pour l'atteindre lui, le démolit et il se débat avec des colères impuissantes dont les bibelots et autres objets ménagers font plus d'une fois les frais. Il traverse à cette époque des moments d'abattement terrible qui nous inquiètent tous. Nous avons peur pour lui, peur qu'il ne cède à un coup de folie. Il est tellement excessif dans ses propos et dans ses actes.

Mère se tient plus que jamais à ses côtés. Elle est merveilleuse de courage.

— Nous souffrons tous, me dit-elle, mais lui combat une peine à la démesure de sa force.

Au bout de quelques semaines, quand la blessure lance moins, je m'installe devant la fenêtre du salon pour dessiner le jardin. Il fait beau et très calme. Le soleil s'ingénie à égayer mon paysage. Je m'applique. Il m'est si difficile de faire chanter les couleurs après tout ce qui s'est passé. La lumière est à midi quand une déflagration me fait lâcher mes pastels et mon carnet. On a tiré dans la maison et je devrais tomber car j'ai l'impression que la balle m'a traversé le cœur. J'entends des cris. On court dans les escaliers et moi j'appelle. Je demande à savoir ! Les roues de ma charrette sont immobiles, deux meules de pierre dans un moulin sans ailes. Je m'égosille. Personne n'est là pour s'occuper de ma détresse, me répondre. Ce sont à présent des sirènes qui hurlent dehors. Je me bouche les oreilles. Quand ma mère entre dans la pièce, c'est moi qui ne l'entends pas. Je me souviens de sa main qui se pose sur la mienne. Elle est glacée.

— C'est Fernand, me dit-elle pour répondre à mes craintes.

Comme je reste frappé d'hébétude à l'annonce de cette nouvelle, elle ajoute :

— Il a choisi de ne plus vivre.

Je ne sais pas où nous en serions maintenant si ma mère s'était laissé abattre par les événements. Je regrette seulement qu'elle se soit interdit de nous lester de son chagrin. L'absence de Marjorie nous mutilait le cœur et chacun de nous s'est refermé sur ses propres blessures. Je suis sûr qu'elle aurait aimé être consolée elle aussi à ces heures d'arrachement. On ne fait pas un sort à la souffrance en s'enfermant avec elle. Un jour ou l'autre, les larmes retrouvent leur chemin.

Je me souviens d'un dimanche, un mois ou deux après la tragédie. Maman a mis par distraction cinq couverts au lieu de quatre pour le dîner, puis s'est ravisée. Toute sa détresse se trahit dans cette place qu'elle enlève, cette assiette, ce verre qu'elle range précipitamment dans le vaisselier. Je détourne les yeux. Un regard échangé suffirait à ce qu'elle éclate en sanglots et moi aussi. L'instant d'après elle n'est plus là. Je l'imagine dans le jardin ou dans sa chambre se délivrant de ses larmes. Je souffre de lui être si peu secourable !

J'ai traîné longtemps mon chagrin en laisse comme un chien malade en me demandant si nous surmonterions jamais cette épreuve. C'est sans doute parce que je trouvais la réalité cruelle que je me suis mis à transformer des documents et à me fabriquer virtuellement une vie désentravée. Trop heureux de me voir reprendre goût à quelque chose, mes parents veillèrent à ce que j'aie à ma disposition le matériel de traitement d'images et de sons le plus sophistiqué qui soit.

Le tigre finit lui aussi par repasser du côté des vivants et repart sur de nouveaux forages en Ouganda et au Brésil. Il renoue avec un vieux projet qui avait vu le jour à Hevelig quand il était descendu au risque de sa vie dans la première chambre magmatique qu'il avait atteinte. Alexandre Carvagnac et trois compagnons avaient alors exploré la cavité dans des spéléoscaphes individuels, découvrant la féerie des abîmes. Tirant des enseignements de ses nombreuses expéditions souterraines, il reprend et améliore les plans de l'engin en le rendant apte à recevoir trois occupants et en ajoutant dans son embase un propulseur latéral pour que cet énorme pendule puisse se rapprocher des parois. Le tigre a l'occasion d'essayer le prototype dans une région volcanique d'Amérique centrale où il a percé un puits par tirs de charges creuses avec Vargas. Cette fois, l'opération n'est pas liée à l'élimination de déchets toxiques mais a pour but de décompresser une ancienne chambre que regagne le magma de façon à dévier une partie des déjections loin d'une ville menacée par une éruption imminente. Mis au point dans un atelier nantais avec Oscar Pirelle et Ferdinand Chaboteaux, deux ingénieurs éminents, ce spéléoscaphe d'un nouveau type est amené sur le lieu de forage et accroché à son treuil en prévision de la descente de ses trois concepteurs. L'annonce de l'expédition provoque un petit raz de marée au sein du groupe financier. Poussé par ses collaborateurs, Nielsen écrit à mon père :

Cher Alexandre,

De l'avis de mon entourage, ce que vous tentez là est une folie. Je vous désapprouverais moi aussi si le prince ne disait « l'acceptation du risque de mort, c'est l'acceptation de la vie. Et l'amour du danger, c'est l'amour de la vie ». *Prenez garde à vous ! Revenez-nous vivant ! Pour l'amour de nous, de votre femme, de vos fils, de moi... votre ami.*

Je revois cet énorme fil à plomb suspendu au-dessus du puits, l'arrivée des explorateurs. Chaboteaux et mon père conversent avec une insouciance de vacanciers. Pirelle, par contre, est plus blanc que sa combinaison. Il renonce d'ailleurs en dernière minute à l'expérience. C'est l'inénarrable Vargas qui le remplace au pied levé. Je garde souvenir du spéléoscaphe s'engouffrant dans le boyau comme un ascenseur dans sa cage, des câbles qui se déroulent. Ma mère est près de moi. Elle piétine. J'aimerais en faire autant car la descente dure trois quarts d'heure. Après, c'est l'entrée dans la cavité de Murdoch. Je voudrais m'endormir pour me réveiller quand tout est fini. J'entends la voix de mon père, son rire, son enthousiasme qui déborde par les diffuseurs.

— Nous survolons un lac de feu qui bouillonne. Tous les rouges de la création batifolent autour de nous...

Des images nous révèlent cet univers inexploré. Les parois transpirent de la roche en fusion par toutes les jointures des pierres. Il pleut des écharpes d'or. Gagnée par la lumière et la chaleur, la grotte décline les couleurs du feu. Des bouquets de fruits minéraux dans les tons mauves et bleus ressortent tels les diamants d'une couronne solaire. Sur les bords de la chambre, des colonnades torses.

— Antonin ! La prochaine fois nous descendrons ensemble. Tu te délecteras !

Je suis ému d'entendre mon nom, d'être invité par mon père dans ce royaume d'incandescence dont il est le conquérant majestueux.

— Tu te rends compte, mon petit, que personne n'a jamais vu cela avant nous. Personne, tu entends ! L'enfer est vide ou alors l'enfer est autre part, car ici c'est beau comme un rêve, c'est beau à croire en Dieu.

De longues vrilles de feu ruissellent entre les roches. Des fragments de pierres se décrochent de la voûte pour disparaître dans une des sept cents gueules du dragon. Le Phénix renaît de ses cendres.

« ... car celui qui obtient le puits épouse la terre et retrouve le goût des victoires. »

Je ne suis jamais descendu avec mon père dans ces abîmes qui le fascinaient tant, et cela malgré son insistance. C'est dommage ! J'aurais aimé être dauphin de son empire mais, pétri et environné de tant de peurs, je n'ai pas osé. Clovis, lui, a participé à une expédition dans les jours qui suivirent. C'était peu avant qu'il ne parte pour son périple compagnonnique. Il est revenu transfiguré par ce qu'il a vu. Ma mère fut la dernière à explorer, avec son intrépide puisatier, cette chambre regagnée par la lave. La cavité ressemblait alors à une cathédrale engloutie qui flottait sur un lac de lumière. Il n'a pris qu'elle dans le spéléoscaphe. Il y eut une coupure de transmission quand ils étaient au fond. Tout le monde s'affola dans la salle de contrôle. On remonta l'engin au plus vite. Il arrivait à hauteur de la voûte quand le contact s'est rétabli. J'imagine bien ce coquin de puisatier intronisant sa reine sous l'œil allumé de son étoile en lui faisant l'amour.

De quatorze à vingt ans, seul avec mes parents et chéri par eux, je pouvais tout reconquérir alors, m'ouvrir au monde et aux gens, me faire des amis. Au lieu de cela, je me suis mis en quarantaine, ne quittant mes écrans que pour manger ou dormir. J'ai séjourné en Afrique, je n'ai pas vu l'Afrique. J'ai vécu au Brésil, je ne me souviens que d'une chambre avec une fenêtre haute. Je suis passé à côté de tout, j'ai raté tous les trains de la tendresse, tous les rendez-vous avec la vie pour m'enfermer en Chimérie à fabriquer des images frelatées, qui m'écœuraient plus souvent qu'elles ne me comblaient. Je me souviens du désespoir parental de me voir bouder le soleil, la mer, la nature, tous les cadeaux du monde qui s'étalaient à mes pieds et que je toisais avec une indifférence totale. Quel gâchis et aussi quelle peine pour tous ceux qui m'aimaient ! « Antonin est fermé comme un poing. » « Rien ne l'intéresse. » Voilà ce qu'on disait de moi !

Je me souviens de l'inauguration du puits de Bagoula en Ouganda, le premier forage sous la lithosphère d'Afrique et, pour mon père, une de ses plus belles réussites professionnelles. La fête a duré trois jours et trois nuits. J'étais invité partout et je me suis terré dans ma boutique. Je n'ai même pas suivi les événements à la télévision. Avec le recul, je m'en veux d'avoir manqué et peut-être gâché l'aboutissement heureux autant qu'inattendu d'un projet que père a toujours considéré comme le couronnement de sa carrière de puisatier. Fait de bric et de broc avec des taraudières usagées et des trépans qui avaient pulvérisé les roches de Mongolie après avoir migré de Hevelig vers Rostov, ce forage à budget insignifiant ne pouvait aboutir sans la volonté trempée d'un Alexandre Carvagnac. La chambre fut interceptée à quatre mille deux cents mètres de fond après un avancement chaotique continuellement freiné par des pannes dues à la vétusté du matériel, des délais désespérants pour obtenir les pièces de rechange, des entraves administratives qui auraient découragé les plus braves.

Je déplore ce compliment que je n'ai pas fait, cet événement que je n'ai pas fêté, toutes mes indifférences d'adolescent. Elles étaient à mettre sur le compte du mal-être et non de la méchanceté.

Je clos le chapitre de mes regrets sur cette carte :

Cher Antonin,

Le mariage de Judith et de Laurent a été un moment merveilleux. Quand j'ai vu tes parents et Clovis arriver sans toi, j'ai été déçue. Je me faisais une telle joie de te revoir. Ta maman m'a donné une photographie récente où tu poses à côté de ton père. Vous êtes magnifiques ! Si tu as un joli dessin dont tu ne fais rien (même s'il s'agit d'un autoportrait) je suis preneuse. Je te garde une place dans mon cœur. À une prochaine occasion, je l'espère. Bises !

Esther

Je n'ai pas répondu ! Et ce dessin que j'ai fait pour elle est resté dans mes cartons.
C'était si simple, pourtant.

Mardi 27 décembre

La nouvelle est maintenant officielle ! La libération des Carvagnac n'aura lieu que le 31 mars, comme le pressentait Robertson. Je m'attendais à être abattu par ce report, je suis simplement déçu. Me voilà bon pour fabriquer cette séquence supplémentaire de Nielsen. Un point positif : mon frère ne s'en prendra pas à Spavlesky tant qu'il y aura des documents en circulation. Je redoute néanmoins qu'il ne se fasse repérer en filant le bonhomme. Je suis peut-être paranoïaque, mais je me demande parfois si ce revenant n'est pas le rouage d'un piège que nous tend la police de Borganov. Clovis a eu souvent affaire à ces oiseaux-là. Moi-même, j'ai été interpellé par eux à deux reprises. La première fois, c'était après l'arrestation des parents. J'étais dans un tel état de délabrement physique et moral que l'interrogatoire a tourné court. Quant à la seconde, elle donnait suite à une enquête menée sur les activités de mon frère. Je me suis tiré de cette situation en évoquant la dégradation de nos rapports.

— Il ne vient jamais me voir. C'est un sans-cœur.

Une fois de plus, je me montrai pitoyable ! Ils n'ont pas insisté.

Une chance que personne, ce jour-là, n'ait songé à pousser la porte de mon atelier de montage. J'avais un document en chantier.

Mercredi 28 décembre

Il gèle encore. Je suis resté une partie de l'après-midi devant ma fenêtre à observer une douzaine d'enfants qui jouaient dans le parc. Ils se sont fait une patinoire sur laquelle ils se succèdent inlassablement. J'ai cueilli des rires, des fragments de disputes. À un moment donné, l'un d'entre eux s'est fait mal et a pleuré. Un quart d'heure plus tard, le même garnement, malmené par ses camarades, recommençait ses lamentations. Ce manège m'a ramené malgré moi à Astrid Galaxy et à son signe excédentaire. Cette histoire commence à me polluer la tête.

Samedi 30 décembre

Depuis le début de la semaine, j'ai noté deux interventions virulentes de la prêtresse contre le signe décrié. Tout cela devient grotesque. Ainsi ce projet de loi interdisant l'accès de certains postes à responsabilités aux Gémeaux et, pire, l'idée qui est lancée d'inviter chaque individu à arborer son signe sur son vêtement. Je dois me faire violence pour visionner jusqu'au bout ce document, tellement je suis atterré. Sur la fin, une anomalie minuscule coupe net mon sentiment d'indignation pour réveiller en sursaut ma sagacité de faussaire. Il y a un grain de sable dans l'image, un raccord imparfait, incompatible avec la fluidité du propos. Je reviens en arrière pour un second examen. Le défaut est microscopique mais il est là. Je recopie l'intervention pour la passer sur mes écrans de traitement. Je m'éponge le front. À l'analyse, l'émission m'apparaît de plus en plus suspecte. Mon pressentiment se vérifie et je rumine.

— Ça sent le traficotage à plein nez.

Sur mon détecteur d'harmoniques, j'enregistre de faibles écarts. Je suis consterné autant qu'excité. Les propos tenus par l'astrologue sont le fruit d'un montage. Je passe des heures à retrouver la fragmentation de la séquence. Avec l'outillage dont je dispose, toutes les malfaçons m'apparaissent. Cette émission est un bidouillage. Les faussaires sont au nombre de trois, peut-être quatre. J'arrive à cette conclusion par recoupement des lacunes que j'ai décelées. Ces hommes travaillent dans des délais très courts, beaucoup trop courts. L'un d'entre eux est un as mais il ne retouche pas ses sujets à l'aide de calames électroniques comme je le fais. Je suis effrayé de l'aisance avec laquelle je démonte cette séquence dans ses rouages les plus subtils. Avec les mêmes machines, ces falsificateurs pourraient-ils me confondre eux aussi ? La simple idée que le plus doué de ces maquilleurs fasse un jour un examen microscopique, pixel après pixel, d'un de mes documents me terrorise. Malgré mon extrême vigilance et les corrections en finesse de spécialistes de la Nielsen Depol Foundation, il reste certainement l'une ou l'autre imperfection, quelques micro-détails révélateurs de mon imposture. Quel est l'ouvrage cent fois relu qui ne recèle une faute d'orthographe ou une coquille ? L'angoisse qui me prend soudain est terrible. Je reste cloué devant mon banc dans une paralysie totale. Impossible de manœuvrer le moindre bouton, de gagner mon lit ! Je suis gelé par l'intérieur comme si l'hiver s'était réfugié en moi. Je me sens de plus en plus mal à force de répéter : « Ils vont me confondre, éventer la supercherie ! Ils savent que Nielsen est mort. »

Jeudi 4 janvier

Je me relève d'une mauvaise grippe accompagnée de fortes fièvres. Je me sens encore patraque, mais ce n'est rien par rapport à ce que ça a été. Que d'efforts il m'a fallu pour boucler ma salle de montage, me rendre dans ma chambre et passer simplement de mon fauteuil à mon lit. Par chance, Mme Raminez venait faire mon ménage le matin. C'est elle qui m'a déshabillé et qui a appelé le docteur. Je frissonnais, je claquais des dents, j'ai même déliré, à ce qu'elle prétend.

Vendredi 5 janvier

Par acquit de conscience, je me suis enfermé une soirée dans ma salle de montage pour visionner deux séquences de Nielsen, choisies au hasard. J'ai entrepris l'examen le plus minutieux qui soit de mes documents, histoire de m'assurer que ma falsification reste indécelable. À comparer mon travail au leur, je me trouve meilleur orfèvre d'images. Sans me vanter et en tenant compte du fait qu'ils travaillent dans des délais extrêmement serrés, mes séquences sont mieux finies, plus homogènes dans le ton. J'aurais tendance à dire qu'elles sont jouées avec plus de naturel, qu'elles respirent mieux. Je joins les mains pour que ce secret résiste jusqu'au retour de mes parents.

Étrange, ce sentiment que j'éprouve, ce curieux mélange de vulnérabilité et de force qui tantôt m'oppresse, tantôt m'émoustille. C'est peut-être la première fois de ma vie que je prends autant conscience de l'exploit que j'ai accompli. Six ans et six mois sans être démasqué ! Les manipulateurs de Borganov peuvent se rhabiller. Tout cela m'excite ! Je me souviens d'une mention à mon sujet dans le procès Carvagnac où on parlait de moi comme d'une plante timorée. Cela m'avait blessé qu'on me dépeigne comme une nature morte. Aujourd'hui est jour de réhabilitation. Je me suis enfin trouvé des adversaires, de vrais ennemis pour qui je pourrais être dangereux. Je me sens assez solide pour engager contre eux un duel inégal, à un contre quatre. À force de parfaire mon art, de sortir l'échiquier pour m'affronter moi-même, de passer inlassablement du blanc au noir et du noir au blanc pour me vaincre, j'ai forgé mes armes et je peux frapper fort. N'est-ce pas le prince qui dit que l'hostilité fonde l'homme ?

« Car celui-là que je combats dans mon désert et enveloppe dans ma haine, j'y ai toujours trouvé le meilleur exercice de l'âme. Nous y marchons, redoutables, l'un contre l'autre, avec amour. »

Samedi 6 janvier

Depuis hier soir, je parcours la presse de ces derniers mois à la lueur de ma découverte. J'essaie de démonter pièce par pièce cette campagne anti-Gémeaux pour mieux comprendre ce qu'elle cache. Je ne vois pour l'instant dans ce montage que du vent électoral, de la soif de pouvoir camouflée derrière un discours creux sur la surpopulation de notre continent. Un des rares éléments concrets que cette analyse m'a apportés touche au pedigree du candidat Boris Carell. Ce politicien influent, qui sera en mars dans la course présidentielle et que les sondages donnent gagnant, a le défaut d'être Gémeaux. Je prends note de l'information en me gardant bien d'extrapoler.

Plus grave est cette assertion d'un politologue qui accuse Borganov de préparer un désordre social d'envergure, qu'il réprimerait par la force en court-circuitant les règles électorales et en gardant le pouvoir.

Mes recherches m'ont conduit à parcourir le dossier de Boris Carell. Il s'agit d'un revenant, un politicien sans scrupule qui resurgit après une dizaine d'années de purgatoire. C'est ce pâle individu qui tenta de lancer un système de répression de la criminalité par implantation chirurgicale de bombes miniaturisées dans les crânes de tous les contrevenants. Je me souviens de la levée de boucliers que provoqua cette idée diabolique qui permettait d'exécuter les gens à distance par simple pianotement de clavier. Mon père et Nielsen se rangèrent aux côtés des défenseurs des droits de l'homme pour combattre cette dérive. Ils tuèrent le projet dans l'œuf.

Je m'étonne du peu d'écho que donne la presse du passé de Carell tout comme je suis consterné de la légèreté avec laquelle les médias relaient cette histoire de suppression d'un signe. À croire qu'ils sont totalement inféodés à l'appareil étatique. Je suis très inquiet pour les jours à venir.

Dimanche 7 janvier

Je reviens brièvement sur les dernières interventions de la belle astrologue ! Après examen minutieux, je situe sa dernière allocution réelle au 13 décembre. Les quatre documents postérieurs à cette date sont pures fabrications de faussaires. Je plains sincèrement cette femme. Chaque émission l'enferre davantage et il viendra un temps où elle n'aura plus d'autre choix que de se plier ou de se dérober d'une façon ou d'une autre à ce destin virtuel que lui trace son amant.

Que d'ingratitude de la part des planètes : désatelliser ainsi une servante aussi dévouée. C'est une véritable rouerie du ciel, un coup à ne plus croire au bon gouvernement des astres et, plus grave, à l'assistance d'une bonne étoile pour chacun d'entre nous.

Lundi 8 janvier

Un homme a été poignardé à Lyon hier soir, un père de famille d'une trentaine d'années qui rentrait chez lui. Il s'agirait d'un banal fait divers si l'assassin n'avait épinglé sur le manteau de sa victime un macaron représentant Castor et Pollux avec l'inscription : « Mort aux Gémeaux. »

Mardi 9 janvier

Je suis enfin retourné dans notre propriété de Curzay. C'est peu dire que le cœur me battait. Je n'avais plus vu la maison depuis l'arrestation de mes parents. J'ai toujours évité d'y revenir par peur de réveiller mes absents et de rentrer chez moi plus esseulé encore.

Je suis parti avant l'heure pour le cas où quelques détours allongeraient le voyage. Il dégèle depuis jeudi. Un temps gris et baveux. Pour une fois que je sors, le soleil aurait pu montrer un œil ! Je prends une petite route pour rejoindre la Charente. Arrivé à Curzay, je cherche l'endroit où Clovis avait son embarcadère. Les abords du fleuve ont changé et le sentier a disparu dans la verdure. Dommage ! Je serais bien remonté par le sous-bois jusqu'à la porte de fer à l'arrière du jardin.

Je reprends mon approche buissonnière. J'ai bien fait de me ménager cette étape, car mes appréhensions se dissipent pour disparaître complètement quand je fais face au portique. Je revois notre demeure derrière la grille. Est-ce à cause de l'hiver ? Je la sens plus minérale, plus carrée sur ses bases que dans mon souvenir. Je regarde avec plus d'attention. Quelques arbres manquent. Ainsi ce cerisier du Japon qui enneigeait notre patio de flocons roses à chaque printemps. La glycine elle aussi a disparu. C'était la plus belle du pays ! Il fallait la voir étreindre la maison, la draper, lui donner des floraisons d'amoureuse.

Brenda m'a aperçu. Elle sort précipitamment, me fait des signes. Elle pourrait se passer de m'indiquer où je dois me parquer, je connais les lieux.

— Garez-vous dans les sapins, ce sera plus discret !

Je me plie à ses instructions. Je suis son invité après tout.

Je réentends le crissement du gravier sous les roues de mon fauteuil roulant. Je retrouve cette fêlure dans la pierre du seuil et une foule d'autres détails qui n'ont pas quitté ma mémoire. J'ouvre un livre que je connais par cœur et chaque phrase ravive la suivante. Les poignées de porte en laiton sont moins luisantes qu'auparavant et pour cause, il est moins de mains pour les lustrer. Le hall d'entrée est tout de vert tapissé. J'avais oublié !

— Qu'est-ce que vous en pensez, Antonin ?

Pour ne pas laisser transparaître mon dépit, je lui glisse dans l'oreille :

— Vous avez admirablement assorti la maison aux tons flamboyants de votre chevelure, tante Brenda ! C'est ça la grande classe.

Nous déjeunons en tête à tête dans l'arrière-cuisine reconvertie en forêt équatoriale. Les petits pois qui jouxtent ma tranche de gigot de mouton sont triomphants. Ils ont été repeints eux aussi !

La conversation tourne autour de la libération de mes parents.

— Et dire qu'ils auraient pu être avec nous aujourd'hui ! se lamente Brenda pour la dix-huitième fois.

Je regarde par la fenêtre. Je cherche une échappatoire à cette morosité.

— Qu'est-ce que le jardin a profité ! L'érable de Hers a presque doublé en six ans.

De Charybde, nous tombons en Scylla avec les feuilles obstruant les corniches, la recrudescence des taupinières et autres tracas d'intendance.

— Vous en faites trop, tante Brenda ! Vous vous épuisez !

— Je n'ai pas fini ! continue-t-elle. J'ai encore les chambres du haut et la pièce de Monsieur à remettre à neuf. Je n'ai pas osé déranger ses affaires sans vous en parler. Il y a plein d'appareils fragiles, des lampes qui coûtent fort cher, des caméras spéciales, des bobines. Déjà, du temps de Monsieur...

Quand elle évoque le matériel cinématographique de mon père, il me vient une idée.

Le repas achevé, j'emprunte l'ascenseur et je me rends dans le débarras paternel comme dans un sanctuaire. Sans prendre en compte ses livres de vulcanologie et de minéralogie, il y a dans cet endroit tout ce que le puisatier a ramené d'images de son royaume. Des centaines d'heures d'abîmes explorés et de feux rivalisant de rougeoyance.

Pendant une partie de l'après-midi, je me fais aider par Brenda pour contrôler des projecteurs, vérifier le mode d'emploi et le bon fonctionnement du matériel de prise de vues de mon père. Malgré le radiateur remis en service pour mon confort, je n'arrive pas à me réchauffer. Quand mon inventaire est terminé et que nous regagnons le salon pour le rituel du thé, mon idée a pris forme.

— J'ai des révélations à vous faire et j'ai aussi un service à vous demander, tante Brenda !

Je ne sais trop par où commencer et je bois une première gorgée avant de lancer :

— Vous vous souvenez de la promesse que je vous ai faite de tirer au clair cette histoire de Gémeaux le jour où vous m'avez apporté ce fameux article où Astrid Galaxy...

Je lui raconte comment l'astrologue en est arrivée là à la suite d'une mauvaise plaisanterie, je lui dis surtout que ce n'est plus elle qu'on entend depuis le 13 décembre mais un quarteron de maquilleurs à la solde de Borganov. Ce sont eux les manipulateurs, les bourreaux, les gémeaucidaires. Astrid Galaxy n'est plus qu'une marionnette. Peut-être même n'existe-t-elle plus !

Brenda n'a pas bougé depuis que j'ai pris la parole et, quand je suis au bout de mes révélations, elle se lève sans un mot, fait trois pas en direction du buffet dont elle retire une boîte à chaussures.

Je la regarde brasser de la documentation. Elle en extrait une double page qu'elle me présente. J'ai sous le nez le portrait d'une ravissante petite fille au regard bouleversant, désemparé au-delà de tout vertige humain. Je le sens à la fois cristallisé de douleur et d'une acuité telle qu'il semble percer tous les brouillards qui nous occultent le néant. Je cherche mes mots pour traduire mon sentiment. Je devrais y arriver car j'ai atteint moi aussi des abîmes si profonds qu'il est dans ce visage un fragment de miroir où je peux me reconnaître. Je contemple cette expression d'absolue beauté de la détresse. Ces yeux annonceraient la culbute d'un monde ou l'agonie d'un signe qu'ils ne me fixeraient pas autrement.

— C'est elle ! me dit Brenda. Aurore Brocardier.

— Je l'ai reconnue.

Je suis captivé par cette extraordinaire photo d'enfant.

— Je voudrais conserver ce cliché quelques jours pour le faire reproduire ! Je vous le rendrai ensuite !

Je suis reparti pour Niort dans la soirée sans avoir éclairé Brenda sur ce coup de main que j'attends d'elle dans les prochaines semaines. Je l'ai fait sciemment, jugeant qu'elle avait eu son lot d'émotions pour la journée et qu'il serait encore temps de lui parler de mon plan jeudi prochain. J'ai passé ma matinée de lundi à m'occuper de la photo. Je l'ai fait agrandir et encadrer deux fois.

J'en offrirai un exemplaire à tante Brenda. Quant à l'autre, il trône depuis hier dans ma salle de montage. Mon idée prend corps. Elle est belliqueuse. Bien menée, elle peut mettre Borganov et ses falsificateurs au pied du mur. J'ai jeté les premières bases d'une confession imaginée d'Astrid Galaxy. Ce que j'estime être la vérité nue. Je pars de la préface du pamphlet *Gémeaucide*. Je démonte la machination jusqu'au dernier rouage. L'impact de cette séquence reposera sur la sincérité et l'émotion. Impossible de travailler sur des images d'archives comme je l'ai fait pour Nielsen. Il ne s'agit plus ici de philosopher mais de passer la charge d'une révolte et d'un désarroi. Je ne vois pour atteindre cet objectif qu'une seule méthode : faire appel à une actrice chevronnée pour qu'elle interprète mon texte avec toute son âme. Il me restera ensuite à modifier le physique, le geste, la voix, le timbre de la comédienne pour la rendre copie conforme d'Astrid Galaxy. Ce travail est tout à fait dans mes cordes.

Samedi 13 janvier

Je lanterne dans ma salle de montage. Il est trois heures du matin et je n'ai pas sommeil. Ce projet me met le cerveau en ébullition. Bien ficelé, ce témoignage fera éclater cette sordide histoire de suppression de signe comme une baudruche. Je me surprends à rire tout seul. Toute ma vie, je n'ai jamais fait que subir les événements, me taire et me terrer. J'éprouve un plaisir inconnu à l'idée de livrer cette bataille. Je ne me lasse pas de réfléchir à la scène. Elle sera poignante, j'en suis sûr ! Le regard de la photographie me traverse en même temps qu'il m'implore. De quelque endroit de la pièce que je me trouve, il impose sa présence, son intemporalité. Ce visage de fillette est ennobli par l'éblouissante perfection de ses traits. La beauté me subjugue depuis toujours. Elle est un passeport pour l'éternité. La beauté me désarçonne. Elle n'est pas de mon bord et je n'arrive pas à la regarder en face. Pourtant, cette nuit, je lui tiens tête et c'est prouesse de ne pas me dérober, moi qui me suis toujours arrangé pour la contempler en biaisant. Vingt-sept ans que je me suis mis en ladrerie. Il est des hommes qui vivent bien avec leur handicap et qui arrivent même à rire de leurs difformités. Il y a des moments où je voudrais leur ressembler, m'affranchir de cette situation irréparable, mettre à mort cette timidité, cette gêne qui me réduit à l'état larvaire chaque fois que quelqu'un m'aborde avec bienveillance ou s'intéresse à moi. Viendra-t-il un temps où la bizarrerie de mon corps me sera indifférente ? « Le jour où tu t'aimeras », disait Mose.

Je pars dans l'appartement à la recherche d'un miroir pour me réenvisager. Je tire d'un tiroir des photos de moi. Sur les clichés, je suis pétri de confusion, parfois grave quand je n'ai pas vu l'objectif. Dans les pauses, tous mes sourires sont faux. Ai-je appris à rire ? Ai-je appris à regarder ? « Quand tu dessines, tes yeux sondent. Ils en disent long sur le monde, sur les hommes et sur le vide, Antonin ! » m'a lâché Nielsen le jour où, en vacances chez lui, j'avais fait son portrait.

Le visage de la fillette me fascine. L'échange est intense. Mon regard se charge. N'a-t-il pas noblesse acquise en réflexion, en savoir-faire, ne s'est-il pas trempé dans les épreuves que j'ai endurées ? C'est lui qui prend lentement le dessus. Avec son bagage d'images, ses milliers d'heures passées à corriger la pigmentation colorée des écrans, son acuité de stylet, il est armé pour enlever peau à peau les vêtements qui recouvrent l'âme et la rhabiller ensuite d'une nouvelle toilette. Quel pouvoir ! Je comprends mieux la première mise en garde de mon père quand il m'a dit que je détenais les clés du mensonge. Reste à savoir si la vérité est à préférer au mensonge en toutes circonstances. Les seuls yeux qui pourraient me répondre sont devant moi mais c'est mon questionnement qu'ils me renvoient, la somme de toutes mes peurs, mon naufrage dans un univers qui n'a plus de chair.

Je m'effraie de n'être plus rien d'autre qu'un regard.

Il me serait pourtant tellement doux de devenir un jour une caresse.

Dimanche 14 janvier

Je rentre à l'instant de Poitiers. J'ai passé mon après-midi au théâtre. On y jouait *Rafistolages*, une pièce d'Orlando Moldavera. Nous étions une petite centaine de spectateurs dans une salle imposante. Il y avait un groupe plus compact de personnes âgées, vraisemblablement une amicale de la région. Pour le reste, le public était clairsemé. La représentation m'a paru longue et, pour être franc, un peu ennuyeuse. Après la tombée du rideau, je me suis rendu au foyer dans l'intention de rencontrer l'un ou l'autre comédien. Je me suis approché d'une actrice que j'ai félicitée pour son jeu. Profitant de la bouffée de plaisir qu'amenait mon compliment, je lui ai demandé si Esther Castelain faisait encore partie de la troupe. Elle s'est tournée vers un de ses partenaires.

— T'as une idée où Esther bosse actuellement ?

L'homme lança par-dessus son épaule :

— Elle travaille dans un théâtre de Bruxelles.

Et il ajouta de lui-même :

— Je ne pourrais pas vous dire lequel. Tout ce que je sais c'est que Brian Bird y signe des mises en scène.

Je tenais ma piste.

Lundi 15 janvier

Demain, je prends ma voiture et je me rends à Bruxelles à la première heure ! Quoi qu'il puisse m'en coûter en démarches et, peut-être, en désenchantement, je dois revoir Esther. Elle est de confiance et elle seule peut m'aider ! C'est du moins ce que je ne cesse de me répéter. Pour autant que je la connaisse, elle n'est sûrement pas indifférente à cette sombre cabale et je n'aurai aucun mal à la convaincre de tourner pour moi ce petit bout de film à Curzay. J'ai mis une dernière main à une partition où Astrid Galaxy démonte les ficelles qui la manipulent. Ce texte reflète très fidèlement la nature profonde de l'astrologue telle que je l'ai perçue au travers de tous les documents que j'ai pu lire et visionner sur elle. Il fait état de ses fractures, de ses contradictions, de son désarroi. Dans les propos que je lui attribue, je m'en tiens à ce qui me semble être la vérité la plus fine. Mon seul apport subjectif se concentre dans un cri d'indignation, une supplique que je lance pour démonter au plus vite cette campagne d'épuration sans fondement. Le résultat me paraît solide et... poignant ! Vingt fois que je me force à réciter cette confession, vingt fois que je n'arrive pas au bout. C'est comme si la peine d'Astrid Galaxy devenait indistinctement la mienne, comme si, par gémellité astrologique, nous étions issus du même chagrin. M'inquiète l'impondérable de l'interprétation. Mise en charge de cette âme en perdition, c'est la comédienne qui fera le miracle. J'ai tant d'attentes. Ce que je recherche dépasse peut-être ce qu'Esther peut me donner. Le souvenir que j'ai gardé de cette pièce où elle jouait est trop lointain, trop partial pour que je puisse me faire une véritable idée de ses capacités d'actrice.

Arriverons-nous à capturer l'émotion, à tendre le fil, à franchir l'abîme ? Et moi, me sera-t-il possible de diriger cette femme aimée avec d'autres yeux que ceux qui contemplent ?

Vendredi 19 janvier

Je partais pour deux jours tout au plus, je suis rentré aujourd'hui dans l'après-midi au lieu de jeudi. Quelle ne fut pas ma surprise de découvrir Brenda faisant les cent pas devant mon appartement. Elle était frigorifiée.

— Je dois vous voir ! C'est urgent ! me dit-elle.

Le temps de ranger ma voiture et de déverrouiller les portes, nous sommes dans le salon.

Enfreignant le sacro-saint rituel du thé, je me mets en quête d'un fond de cognac pour qu'elle recouvre ses couleurs. La pauvre femme en est à son deuxième jour de faction. Je n'ai pas fini de me répandre en excuses pour ne pas l'avoir informée de mon escapade qu'elle me coupe :

— Regardez, Antonin, ce que j'ai trouvé dans ma boîte aux lettres hier matin. Lisez !... Lisez tout haut !

Je m'exécute.

« Le Gémeaux est et demeure le parasite type, l'écornifleur, qui, tel un bacille nuisible, s'étend toujours plus loin sitôt qu'un sol nourricier favorable l'y invite. L'effet produit par sa présence est celui des plantes parasites : là où il se fixe, le milieu qui l'accueille s'éteint au bout de plus ou moins longtemps... »

En bas de ces propos d'un racisme primaire, la signature d'Astrid Galaxy.

Sans pousser plus avant ma lecture, j'invite Brenda à me suivre dans ma pièce de travail. Quelques secondes et la machine digère la citation. Un peu plus tard, les références d'un ouvrage s'inscrivent sur l'écran en même temps qu'une voix énonce. « Tiré du chapitre 11 : "Le peuple et la race." Titre générique : *Mein Kampf...* » D'un pianotement rapide, je réduis l'appareil au silence et me tourne vers elle.

— C'est de la propagande nazie remise à jour par des illuminés.

Le moment est tout indiqué pour la rendre complice du projet que je manigance et auquel Esther est déjà associée. La pauvre femme est partagée. Elle a son code d'honneur.

— La Nielsen nous recommande de ne pas nous faire remarquer aussi longtemps que vos parents sont en prison... Clovis a ma parole... J'ai promis au professeur Robertson...

— Personne n'en saura rien en dehors de nous trois !

Le regard de Brenda se perd du côté de la photographie de la petite.

— Ce n'est pas bien ce que vous me demandez là, monsieur Antonin.

J'ai bien entendu : « Monsieur. »

Avec cette visite, je n'ai pas relaté à chaud mon escapade à Bruxelles dont je reviens réjoui. J'ai revu Esther jeudi dans la matinée. C'est le plus beau cadeau de ces douze dernières années. Je me vois la veille dans cette ville que je ne connais pas, montant dans ma chaise roulante la rampe de ce fameux théâtre où Brian Bird fait occasionnellement des mises en scène. L'architecture glaciale du bâtiment, la pluie hivernale, les deux vigiles à l'entrée, tout m'invite à rebrousser chemin. Je suis sauvé par le mot « accueil » écrit en lettres dorées au-dessus d'un long comptoir abritant un trio d'hôtesses.

— Brian Bird monte un spectacle à Londres pour le moment. Il part ensuite pour New York, me dit la plus avenante d'entre elles.

Lorsque je demande où trouver Esther Castelain, personne n'en sait rien. Ce qui revient à dire que ça ennuie ces dames de chercher un peu. L'indolence administrative ! Plus les tâches sont diluées, moins on a de chances d'avoir les informations dont on a besoin.

— Je suis venu de loin pour la voir ! Si quelqu'un pouvait m'aider...

Un monsieur chic est à proximité, qui m'entend. Il a une cinquantaine d'années, porte beau. Il déclame, là où il pourrait très bien parler comme tout le monde.

— Vous avez dit Esther ? Je n'ai plus vu cette petite depuis trois ans. Peut-être qu'en appelant son agent... Françoise, passez-moi Larry !

Un peu d'excitation dans l'enclos. Quelques gloussements. Larry est en ligne !

Des « Mon cher » par ci, des « Figure-toi que », des « C'est incroyable », la conversation parade. Je préférerais plus de retenue. Une fois en possession de mon renseignement, je tire ma révérence en mettant les formes. Je m'enfuis presque !

Moi qui croyais être au bout de mes peines... Esther a déménagé et ce n'est qu'à neuf heures du soir que je retrouve sa trace. J'interromps mes recherches pour partir en quête d'un hôtel. Je suis vanné.

L'endroit que je découvre le jeudi matin est surprenant. Un immense complexe industriel réaménagé jusqu'au moindre recoin avec des matériaux de remploi. Bien que disparate à souhait, l'ensemble n'est ni vilain ni misérable. Au contraire, il se dégage de ce lieu une fantaisie de bon aloi qui le rend immédiatement chaleureux. Mon impression se confirme quand je pénètre à l'intérieur de la friche et que, spontanément, des gens affables s'inquiètent de ce qui m'amène. Rien à voir avec la veille.

— Je vais vous mener jusqu'à son studio, me

fait une sorte de seigneur oriental aussi noir de barbe que d'œil.

En chemin je l'entends me dire :

— L'agencement du bâtiment peut paraître compliqué à première vue mais il est très simple. Vous verrez ! On s'habitue vite.

J'ai plaisir à me perdre dans ce labyrinthe. Il n'y a pas deux espaces qui se ressemblent, deux portes identiques, deux cloisons de même matière. Tout s'enchâsse, se chevauche, se serre les coudes dans cette farce d'architecte, cette ville chaude à l'intérieur du ventre glacé et agressant de la grande cité.

— Esther rentre très tard en ce moment. Elle est à quelques jours d'une première et passe ses nuits à terminer les costumes.

— Les costumes ?

— Vous ne savez pas ?

Quelques pas dans un corridor et il poursuit :

— Elle travaille depuis deux ans dans l'atelier de couture du théâtre de la Senne.

Je profite de l'amabilité de mon guide pour lui poser quelques questions. C'est ainsi que j'apprends sur les derniers mètres du trajet qu'Esther a un fils de six ans et qu'elle partage son logement avec une amie thaïlandaise.

Arrivé à destination, j'hésiterais un siècle avant de frapper si mon guide ne tambourinait sur la porte comme s'il avait un mandat de perquisition.

— La chambre est derrière, me souffle-t-il pour excuser la vigueur de son appel.

Les bribes d'une réponse, un bruit de clé, et je

vois apparaître deux longues mèches de cheveux obliques qui occultent un visage ensommeillé. Pour vêtement, une sortie de bain émeraude négligemment nouée autour d'une taille exquisément fine.

— Je t'amène un visiteur, Esther !

Je cherche mes mots. Mon trouble s'accentue quand j'entends qu'elle prononce mon prénom.

— Je viens de Niort... J'ai besoin... Je recherche.

En fait, je ne sais plus où j'en suis, ce que je fais ni pourquoi je suis là. La porte s'est effacée derrière moi et j'ai été embrassé sur la joue tout près de la bouche.

Je rêve ! À me demander si ce n'est pas moi qui m'endors tandis qu'elle se réveille. Quel sourire pour me recevoir, quelle douceur dans ce regard, dans cette voix qui s'excuse.

— Je suis rentrée tard, je n'ai pas eu le temps de ranger le studio.

Moi, je m'excuse au carré.

— J'aurais dû vous prévenir de mon passage..

Elle éclate de rire.

— Nous n'allons pas nous vouvoyer ?

J'essaie de rire, moi aussi.

Elle s'assied sur les talons devant moi, toute docile, toute tendre. Elle me dit le bonheur qu'elle éprouve de me revoir après tant d'années d'absence. Pourquoi parle-t-elle d'absence ? Est-ce mon dernier visage emmuré de tristesse qu'elle recherche dans mes traits, ma peine d'enfant noyé de chagrin qu'elle exorcise en prenant soudain mes mains et en les embrassant.

— Je prends une douche et j'arrive ! me dit-elle. J'en ai pour deux minutes.

Que j'aime cet endroit, ce désordre de coussins colorés et de jeux d'enfants, ce mobilier de bois clair. Tout devient fête en mon cœur, depuis ces courses abandonnées sur la table jusqu'à la vaisselle débordant de l'évier. Qu'elles sont bonnes à prendre ces deux merveilleuses minutes ! Je serais magicien que je les démultiplierais en heures, en jours, en semaines... L'eau qui coule sur sa peau, son pied nu sur le plancher, ce tiroir qu'elle ouvre derrière la porte, me font une telle provision de bonheur...

— J'espère que je n'ai pas été trop longue !

Oh que non !

Chandail ample et pantalon seyant, son retour apporte une autre féerie. Esther a gardé la démarche et le geste dansant. Tout est grâce dans ce simple rituel où la femme, tête inclinée, peigne ses cheveux mouillés.

— Tu as mangé ? Tu ne veux rien ? Un café te ferait plaisir ?

Je suis comblé, Esther, j'ai ta beauté en mire, des étoiles plein mes filets, le chant des volières dans ma tête. Je n'ai besoin de rien d'autre maintenant.

L'eau bout. Sur la table, place est faite à deux tasses, du lait, du sucre. Elle passe le café et c'est plaisir de la regarder faire.

Je lui rends l'écho de son mot de bienvenue. C'est plus fort que moi.

— Je suis tellement heureux de te retrouver après ces années...

J'hésite un moment puis j'ose :

— ... après ces années d'attente.

Dimanche 21 janvier

J'ai eu l'émotion de ma vie ! En ouvrant le dossier Galaxy pour m'assurer qu'il n'y avait pas eu d'éléments neufs durant mon escapade à Bruxelles, je suis tombé sur une cinquième offensive de l'astrologue contre les Gémeaux qui, techniquement, m'a paru d'une qualité irréprochable. Quel choc ! Rien à voir avec les quatre émissions précédentes. Ici, tout m'a semblé fluide, jusqu'à la dernière virgule. Avaient-ils trouvé un as, engagé un génie ? J'ai copié le document pour le passer sur mon banc de dépistage. Il m'a fallu une soirée entière pour en faire l'analyse microscopique. Ma conclusion est formelle. Mis à part deux courts extraits de dix-huit et vingt-sept secondes, je n'ai plus affaire aux maquilleurs de Borganov mais à Astrid Galaxy elle-même. La malheureuse a cédé. J'en suis certain ! Ma conviction s'assied sur le son et non sur l'image, un léger forçage du tonus qui ne trompe pas. J'ai mal pour cette femme qui doit vivre un calvaire terrible. Sait-elle seulement que des gens sont assassinés à cause d'elle ? Dans quel état d'asservissement est-elle ? Que lui a-t-on fait ? Je n'ose pas y penser !

J'étouffe dans cet appartement. Nous avons terminé nos préparatifs à Curzay et je trépigne en attendant la venue d'Esther. J'ai une telle envie de la revoir, une telle soif de passer à l'action. Je suis en prison ici. J'ai même un geôlier. Il habite en face et me surveille. Il était encore derrière sa lunette ce matin. Ce type me porte sur les nerfs. Qu'est-ce qu'il cherche au juste ? Un moment propice pour me cambrioler ? Avec le temps, j'en ai de moins en moins l'impression. Il y a sûrement autre chose ! Je me suis absenté de nombreuses fois ces derniers temps. Rien qu'en relevant devant mon garage les empreintes de mes pneus dans la neige, il a pu prendre note de mes allées et venues et éventer mon petit stratagème de programmation d'éclairage. Je serai un peu plus détendu d'ici quelques jours, quand mes dernières séquences sur Nielsen partiront dans la brosse à cheveux de tante Brenda. Ce n'est pas trop tôt ! Nous approchons de la fin janvier et je devrais être quitte de ce souci. Tu me manques, Esther. Je me sens si seul, si naufragé sans toi.

Je reviens à ces deux jours passés à Bruxelles.

Le café sent bon. Elle est assise de côté, les jambes croisées, accoudée nonchalamment sur le coin de la table. Toute proche ! Sa chevelure d'un brun chaud retrouve son volume en séchant. Je la caresserais si c'était permis. Nous nous sourions. Je ne sais trop comment expliquer ma venue. Dans ce climat de retrouvailles, ce que j'ai à lui demander me paraît soudainement incongru. Je la questionne sur elle. J'ai envie de l'entendre, qu'elle me raconte son monde, ses joies, son petit garçon qui apparaît si émerveillé sur les photographies. Il s'appelle Norman.

— Brian adore ce prénom.

Moi aussi, je trouve cela joli.

Je voudrais prendre sa main, la porter à mes lèvres, l'embrasser. J'ai perçu à l'instant un frisson, un soupçon de mélancolie, une luisance dans l'œil et j'ai peur d'un glissement du côté de l'homme. Je ne veux pas savoir.

Un silence, une hésitation de ma part et l'interrogatoire change de camp. Le dessin d'abord, mes parents ensuite et, enfin, le bon vent qui m'amène.

Nous y sommes !

Pas commode d'aborder le problème. Ma première entrée en matière est maladroite. Je m'en aperçois à cette mèche de cheveux qu'elle domestique, ce regard qu'elle détourne pour cacher son embarras. En mettant notre conversation sous le sceau du secret, j'ai suscité un malaise. Quand j'aborde le sujet des Gémeaux, il naît entre nous une nouvelle connivence. Je parle d'abord. Puis elle enchaîne, s'offusque, se désole.

— C'est une machine monstrueuse. Il faut combattre ce fléau, dit-elle.

Nous sommes ensemble sur la même longueur

d'indignation, étonnamment proches. Nos mots s'entremêlent dans leurs jambages, nos pensées se marient comme des mains amoureuses. Elle me parle de manifestations, de pétitions, d'occupation de sites. Je lui explique mon plan, puis je lui montre le texte que j'ai écrit. Elle le pose devant elle pour le lire en silence. Un geste et ses yeux se masquent sous sa chevelure. Ils réapparaissent au bout d'un moment, brillants.

— C'est fort, Antonin ! C'est poignant !

Elle hésite.

— Je ne sais pas si je serai capable. Je ne suis pas assez bonne ! Je n'ai plus décroché un seul rôle depuis trois ans.

Cherchant à atténuer son dépit, je critique la frivolité des milieux de théâtre, cette propension qu'ils ont à jeter du jour au lendemain ce qu'ils ont encensé la veille. Je m'échappe au plus vite de cette chausse-trape quand il m'apparaît que c'est Brian Bird que je vise inconsciemment dans mes propos.

— Faisons l'essai, Esther. Je suis confiant. Je suis sûr que tu peux endosser ce rôle.

Elle relit le texte. Ses lèvres bougent. Rien qu'à la voir, je sais qu'elle a pris sa décision et qu'elle n'en déviera pas.

Je me sens si bien à ses côtés. Avec n'importe qui d'autre, je serais déjà en train de m'excuser d'être là, de regarder en direction de la porte pour m'éclipser. Au-delà de l'accueil, il y a dans son attitude une envie manifeste de me garder près d'elle.

— Tu manges avec moi... Nous irons ensemble chercher Norman à l'école... Tu restes là ce soir, je te présenterai à Thinga, mon amie.

Délicieux filets de tendresse dont je suis captif ! Je n'en crois pas mon cœur.

Il me reste un peu de temps avant le déjeuner et je lui explique le traitement que je ferai de la séquence. Je l'informe du danger que nous allons courir et des précautions que nous devons prendre. J'insiste lourdement sur chaque point et mes conseils de prudence doivent lui paraître exaspérants. Je m'aventure sur des œufs car je ne peux divulguer qu'une partie de la vérité sur mes activités. Ce serait tellement plus simple de lui raconter comment j'ai donné vie à Nielsen pendant six ans. Ça la rassurerait au moins sur mes capacités de faussaire. Au fond, je ne suis pour elle que l'Antonin des portraits et des grands chagrins. Comment expliquer alors qu'elle me fasse une aussi belle confiance ? Je suis touché par sa réaction, son engagement immédiat !

L'heure sonne pour le repas tandis qu'Esther me décrit cette robe qu'elle se confectionnera clandestinement pour la séquence. Elle n'aurait pas plus d'entrain pour parler d'une tenue de bal.

La salle où nous entrons est un vaste réfectoire à la démesure de l'endroit. Alignant trois longues tables en bois brut, elle accueille une société de chaises qui vont de la bonne paysanne paillée à la rembourrée bourgeoise en passant par la coquette à haut dossier et à chevilles fines. Nous sommes parmi les premiers à nous attabler. Des hommes, des femmes, des enfants affluent, nous environnent. L'humeur est joyeuse, fraternelle. À part le potage d'une appétissante couleur rouille, tout est dépareillé dans la pièce, les assiettes, les verres et... les gens. Sur les murs, des dessins d'enfants et des citations. Je lis :

« À tous tu répondras : "M'aimer, d'abord, c'est collaborer avec moi." »

Le prince est là dispensant sa sagesse. Je suis ému. Cette phrase, je l'ai cueillie. Elle a introduit une séquence de Nielsen.

Esther a posé sa main sur la mienne.

— Ça ne va pas ? s'inquiète-t-elle.

Je me force à sourire.

— C'est inhabituel pour moi ce tourbillon, cette vie, cette chaleur humaine...

Si elle savait seulement ma solitude, ce réduit placardé d'écrans où j'étire mes jours depuis l'adolescence.

Je m'accroche à sa voix et à son rire. Je sens des yeux qui m'observent, je suis salué par des regards. Quelqu'un me pose une question puis quelqu'un d'autre. Je suis si fragile encore, un ballon rouge lâché dans un feu d'artifice par une main d'enfant. Esther répond à ma place à un vieil homme qui me parle. Elle me présente : « Antonin Carvagnac. » Mon nom fait sensation. Il circule d'une table à l'autre comme le pain des corbeilles. Je suis le fils du puisatier des abîmes. On vient jusqu'à moi. On fait grappe. On m'embrasse à défaut de l'embrasser lui. Il est la légende, l'envoyé du prince, le monarque aimé de tout un peuple. Je suis broyé dans cet étau de vénération et de ferveur.

— Esther, accompagne-moi dehors. J'étouffe !

Père est dans l'imagerie de ces gens le chevalier des profondeurs, le dompteur de dragon qui a forcé les portes scellées de l'enfer pour qu'on y enfouisse la laideur. Il tient ouverte la gueule incandescente du monstre.

L'air vif me fouette. Je me sens mieux. Esther est avec moi, le menton noyé dans une écharpe rouge. Nous partons chercher Norman à l'école. Ce n'est pas très loin : dix bonnes minutes. La ville me paraît plus avenante qu'hier. Elle s'est enluminée. Les bords du canal sont rieurs. Le soleil y est pour une part, l'autre est dans mon cœur. Esther marche autour de mon fauteuil roulant, à gauche, à droite, virevolte, se penche, toujours enjouée, toujours dansante. Elle rit pour un rien, moi aussi. Nous sommes en avance. C'est l'occasion de nous arrêter dans un bar, de prendre une consommation et de parler de tout, de rien, de nous. À un certain moment, elle évoque cet homme qui lui a préféré quelqu'un d'autre.

— Je ne peux pas le croire, dis-je dans ma naïveté. C'est impossible !

Je me trahis sans cesse.

Pour retrouver contenance, je sors un fin crayon de ma poche. Pendant que nous conversons je la croque sur le napperon de papier. C'est prétexte pour la contempler à loisir. J'ai plaisir à dessiner ses yeux. Brun foncé quand ils sont à l'ombre, ils fourmillent de paillettes cuivrées quand la lumière les attise.

Une sonnerie lointaine parvient jusqu'à nous. C'est la fin des classes. Esther se lève, passe derrière moi. Ah ! qu'ils sentent bons ces cheveux qui me frôlent, qu'il est délicat ce compliment sur mon croquis.

Je me secoue. Norman pourrait attendre. Nous sortons du bar diligemment pour traverser aussitôt la rue à la rencontre de l'enfant.

Le petit bonhomme est aussi blond que sa mère est brune. Il est fluet, tire son cartable comme un bagnard son boulet, en roulant de ses frêles mécaniques. Il se jette dans les bras d'Esther et lui raconte cent douze choses extraordinaires. Il a la peau fine, presque transparente. Je retrouve dans sa frimousse l'air émerveillé des photos.

En un premier temps, ma présence l'intimide mais quand je lui propose un bout de chemin sur mon fauteuil roulant, il m'envisage avec une curiosité autre. Arrivé au terminus, l'enfant me paye sa course d'un charmant clin d'œil. C'est plus que je n'espérais. Thinga est rentrée quand nous retrouvons le studio.

— Esther m'a dit beaucoup de bien de vous.

Elle sourit et s'incline. Son regard me rappelle celui de ma mère.

Je fus au centre d'une soirée inoubliable placée sous le signe non astrologique de la prévenance et de la douceur. J'ai dessiné l'air ravi de Norman, engrangé l'enchantement de sa mère, je me suis rattaché par mille filins invisibles à cet amour d'enfance que je croyais perdu.

Quand ce fut l'heure de nous quitter et qu'Esther me ramena jusqu'à ma voiture, j'ai ébréché le charme de cette journée en me vidant d'un regret.

— Si le ciel m'avait gâté davantage...

Elle ne me laissa pas le temps de m'apitoyer sur moi-même.

— Il y a la beauté des cèdres, me dit-elle, mais il y a aussi la beauté des oliviers.

J'ai reconnu la patte du prince, j'ai reçu le plus tendre bouquet de ma vie dans cette floraison de mots. Ils ont fait de mon retour une fête. Je les écris dans mon journal comme ils m'ont été donnés, sans les fausser ni les travestir. Ils m'ont atteint si profondément que je n'ai pas eu mon réflexe coutumier de les engluer de cynisme.

J'ai oublié, ce soir-là, les racines informes et infirmes, l'écorce tortueuse de l'arbre pour n'être plus que la sève ascendante, fluide, en route perlée jusqu'au plus lointain bourgeon de la branche.

Jeudi 25 janvier

Brenda a emporté la trente-neuvième séquence où je condamne par la voix de Nielsen et du prince ce vent d'éradication qui souffle contre les Gémeaux. Je lui ai confié par la même occasion la double passation de pouvoir qui est prête depuis bientôt deux mois. Dans mes instructions, j'insiste pour que le premier sujet passe en urgence sur les chaînes. En post-scriptum, je signale une nouvelle fois la présence de mon espion.

Une page est tournée. Je m'attendais à une sensation de bien-être et d'apaisement maintenant que je suis arrivé au bout de ce travail colossal. Au lieu de cela, je me retrouve dans un état d'excitation comme j'en ai rarement connu. Pas moyen de tenir en place. J'ai mis de l'ordre dans ma salle de montage sans me résoudre à détruire les documents sur Nielsen qui ont servi dans mes manipulations. J'ai relu toute la soirée ce que j'ai écrit depuis juin pour m'apercevoir que l'histoire de ma famille, que j'ai voulu raconter avec un maximum d'objectivité, s'est enchevêtrée dans mon quotidien de façon quasi inextricable. Sans une refonte complète de l'ensemble et sans certains aménagements indispensables pour occulter mes activités de faussaire, je ne peux rien faire de mes écritures. En suis-je seulement malheureux ? L'indignation impuissante et passive qui m'habitait encore il y a quelque temps s'est estompée pour réveiller en moi un furieux besoin de riposte et une aussi furieuse envie de renaître. Je n'ai été rien d'autre qu'une ombre durant ces six années où j'ai donné vie à l'image de Nielsen, à la voix de Nielsen, à la pensée de Nielsen. Pour que l'un d'entre nous deux survive, il fallait que l'un de nous meure, et c'est moi qui ai été sacrifié. Aujourd'hui, c'est au tour de Nielsen de mourir et à moi d'émerger. Je m'attends à avoir de la peine quand j'apprendrai son décès dans les semaines qui viennent. J'ai tant aimé cet homme, tant vibré à ses messages d'espoir et de tolérance, et cela même en sachant que j'en étais le révélateur. Le jour de son départ officiel pour l'autre monde, je serai fier d'avoir été son sursis et curieux d'entendre les commentaires posthumes. Je redeviendrai Antonin Carvagnac. Si Esther est près de moi à ce moment-là, je ne sais si je pourrai assourdir mon contentement. Si Esther est présente... garderai-je le secret ?

Vendredi 26 janvier

La nuit a fait le ménage dans ma tête et j'en ai presque oublié mes quarante séquences. C'est étonnant la rapidité avec laquelle on se nettoie des moments de difficulté, de découragement et de fatigue quand une tâche est achevée. Étrange mécanique que la nôtre. Cela fait une semaine que mes pastilles étaient prêtes, mais la simple idée qu'elles se trouvaient chez moi, encore perfectibles, m'empêchait de tourner la page. Passé le point de non-retour qu'est l'envoi, je souffle d'aise. Moi qui éprouve toujours le besoin de m'accabler de travail, je ne fais plus rien. Si ! Je traîne d'une pièce à l'autre en me répétant sur tous les tons que je suis enfin libre. Je pourrais dessiner, peindre, me replonger dans le dossier Galaxy, partir en balade, mais je ne trouve pas un zeste d'énergie pour m'absorber dans une occupation. Je me sens ce matin délicieusement paresseux. Un moment et je pousse une pointe sur le balcon. Il fait frisquet. Il y a une fine pellicule de givre sur le parapet et j'écris *Esther* en lettres capitales avec mon doigt. Je me sens à l'étroit ici. J'irais bien jusqu'à Curzay pour revoir la chambre que Brenda a aménagée en studio. Mais c'est inutile, je connais l'installation. Nous enregistrons mardi avec Esther, ce qui me fait une attente de quatre jours. J'omettrais quatre-vingts pour cent de la vérité si je n'écrivais pas ici qu'elle mobilise mes pensées à quatre-vingts pour cent.

Lundi 29 janvier

J'ai profité de cette trêve pour passer le week-end à Paris. Je me lassais de tourner en rond avec l'horloge, de faire les cent tours de roues dans mon appartement. J'ai pris un petit hôtel non loin du Louvre et j'ai rendu visite aux portraitistes. Ils m'ont accueilli dans le silence craquelé de leurs toiles. Nous avons conversé des heures durant sans nous dire un seul mot. Je battais des cils de félicité faute d'agiter des pinceaux. Quel régal ! J'ai promené ma charrette de salle en salle jusqu'au dernier rappel de la fermeture. J'étais là le lendemain à la première heure. Je serais retourné le surlendemain si, après ces deux belles journées de visite solitaire et rêveuse, je n'avais eu l'idée de signaler à Clovis ma présence à Paris et de lui communiquer le nom de mon hôtel.

— Qu'est-ce que tu fous là, Antonin ?

Mon élan de fraternité se trouva rabattu aussi sec.

— Je fous là que j'avais envie de voir les peintres ! C'est pas interdit tout de même !

Il pactisa.

— Je suis juste un peu surpris ! Maintenant qu'on a enterré définitivement notre petit commerce, passe à la maison. T'es à deux rues de chez moi. Tu feras la connaissance de Lison Tu verras la petite. C'est le père tout craché ! On mangera un bout ensemble.

Comme j'hésitais, il me lança avec autorité

— Fais pas ta coquette, Antonin ! Tu veux quand même pas qu'on vienne te chercher avec un tapis rouge sous le bras ?

Adieu, Raphaël, Velázquez, David et consorts ! À la revoyure ! Fratrie oblige.

C'est ainsi que je me suis rendu au numéro 37 de la rue Guillaume-Hazard. Je poussai sur un bouton carré et la tête de Clovis surgit d'une fenêtre comme un coucou suisse sur le coup de treize heures.

— L'ascenseur est en panne. Je viens te chercher.

La montée à reculons des quatre étages d'un escalier vertigineux me mena jusqu'au seuil de sa porte. J'entendais mon frère souffler derrière moi comme le dernier spartiate. Il me fit entrer dans l'appartement en s'épongeant le front.

— Apporte deux bières, Lison !

Une petite femme plutôt minouche, aux allures d'adolescente, vint nous rejoindre dans le séjour. Cheveux châtains, yeux clairs, la compagne de Clovis déposa les canettes, me présenta une main qui ne demandait qu'à se dérober. Mon frère parlait tandis qu'elle précipitait quelques mots de bienvenue comme un enfant s'acquitte d'un compliment appris par cœur. Le sourire qu'elle me dispensa en guise de révérence me fit l'effet d'un instantané. Elle s'effaça aussitôt après, en prenant bien soin de fermer la porte derrière elle. Ce fut tout pour les présentations ! J'ai trouvé cela succinct.

— Tu as rendu ton tablier au Majestic Palace Hôtel ?

— J'arrête fin février. Je n'ai plus de raison de continuer. On sera bien contents de partir d'ici. À trois là-dedans, c'est intenable. Sans compter le bruit, les sirènes qui te réveillent en sursaut la nuit, les voisins qui s'engueulent, les portes qui claquent. Le pire de tout, c'est le contrebassiste du cinquième. Il y a des jours où je lui ferais bouffer son archet.

La barbe de mon frère a la sauvagerie de ses propos. Malgré des efforts intermittents pour enlever un peu de noirceur au tableau, Clovis demeure cet homme excédé que consume une inextinguible rancœur.

— Après sept années à l'ombre, tout le monde m'a oublié et je peux tout reprendre de zéro !

Plus j'entends mon frère incriminer les événements, plus je suis convaincu que son mal est ailleurs, à des lieues de ses inquiétudes pour l'avenir ou de ses doléances rétroactives sur cette période aujourd'hui révolue.

Je vais aborder la question quand la porte s'entrouvre sur une adorable petite demoiselle en élongation vers la poignée. À ma vue, elle court se réfugier dans les jambes de son père. Les nuages s'écartent pour laisser passer ce pan de ciel bleu. Je retrouve le bon visage de Clovis, taquin, rieur, sympathique. Anne-Lise vient récupérer l'arsouille qui explose de rire. Avec sa tête bouclée et ses joues roses, Philippine est à croquer.

— Tu mangeras bien un bout avec nous ? Qu'est-ce qui te ferait plaisir ? Lison fait un bœuf Strogonov succulent.

Anne-Lise sait ce qui lui reste à faire. Elle enfile son manteau puis s'occupe de la petite, lui met l'écharpe, les moufles, le bonnet pour l'emmener faire les courses avec elle. À voir son air, j'ai l'impression qu'elle se serait bien passée de cet extra.

La porte n'est pas refermée sur elles de deux minutes que Clovis branche un brouilleur portable de sa fabrication puis sort d'un placard une bouteille de whisky et deux verres. Sur son insistance, j'accepte un doigt du breuvage tandis qu'il s'en verse une rasade de Polonais. Mon frère a toujours eu l'alcool volubile et parfois hargneux. L'accalmie amenée par la petite Philippine semble se maintenir. Clovis est presque détendu. Il se moque de Brenda et de cette infâme brosse à cheveux où elle cachait les documents. En contrepoint, il me raconte dans le détail les systèmes aussi divers qu'ingénieux qu'il a mis au point pour acheminer mes séquences de l'autre côté de l'Atlantique. Du grand art ! C'est ainsi que mes deux dernières pastilles ont été incluses dans les semelles compensées d'un minuscule ambassadeur libanais qui a pris vendredi l'avion pour Bogota.

— Il avait mis ses godasses à cirer dans le couloir, devant sa chambre. J'en ai profité pour creuser les talons. Un comparse de la Nielsen a pris le même vol. J'ai reçu confirmation hier de ce que la société a bien récupéré les documents.

Nous rions en imaginant le petit homme traverser le hall de réception de son hôtel colombien sur la pointe de ses chaussettes. Tout ce manège angoissant est bel et bien derrière nous.

— On aurait pu se passer de ce trafic, lance

soudain Clovis en se versant un petit fond de whisky complémentaire.

Il me laisse le temps de marquer ma surprise avant de poursuivre :

— Pour moi, tout ce qu'on a fait ou rien, c'est du pareil au même. Si j'ai accepté de jouer cette comédie, c'est pour toi, pour les parents, personne d'autre. Ce n'est quand même pas avec ces belles paroles que la terre tourne plus rond maintenant ! Tu veux que je te dise ? On s'est crevés pour du vent. Qui se souviendra encore de ces sermons dans un ou deux ans ? Qui ?

Je proteste avec virulence.

— Ce n'était pas inutile ! Je suis sûr que nos séquences ont aidé des gens à tenir le cap et que si le combat de Nielsen se poursuit aujourd'hui, c'est en partie à cause de...

— Tu veux rire ! Tout le monde se fout des grandes envolées du révérend Nielsen. Ce qu'on a fait était débile. Risquer sa vie pour du boniment, je trouve cela débile.

Je n'ai plus envie de discuter, je retournerais bien à mon hôtel si mon frère ne m'avait invité à découvrir ce fameux bœuf Strogonov qui me pèse déjà sur l'estomac avant d'avoir pris le chemin de la marmite.

— Tu as raison, Clovis. Tu as toujours raison. Passons là-dessus. De toute façon, la page est tournée.

J'en veux à mon frère de dénigrer indirectement mon travail. Il lui en coûterait sa fierté de me dire qu'il salue ma ténacité ou encore que j'ai accompli une besogne importante. Non, c'est trop lui demander ! Il continuera toujours à user et abuser d'un droit d'aînesse écrasant et à me considérer comme si j'étais le dernier valet de ses écuries.

— La page est tournée ? Pour toi, peut-être, elle est tournée. Mais pour moi, c'est pas fini. J'ai encore à faire.

Cette poussée d'agressivité émulsionnée par le doigt de whisky que j'ai bu me fait éclater d'un seul coup. Jamais je ne me serais cru capable d'une colère aussi subite.

— Tu fais allusion à Spavlesky ? Mais, bon sang, laisse Spavlesky où il est ! Il ne nous rendra pas Marjorie, Spavlesky ! Il n'enlèvera pas la balle que le grand Fernand s'est tirée dans le crâne parce que tu lui as fait un bras d'honneur, que tu l'as semé, qu'il a pris sur lui notre tragédie. C'est pas en tuant Spavlesky que tu résoudras tes problèmes, que tu viendras à bout de tes remords, car c'est bien d'eux qu'il s'agit, ces vacheries de remords qui t'empoisonnent l'existence depuis treize ans. Laisse tomber, Clovis. Dis-toi qu'on a joué de malchance cette nuit-là. Tu es parti chercher du secours en prenant le mauvais chemin, celui qui ne menait nulle part. Marjorie aurait été sauvée si le hasard t'avait mis sur la bonne voie mais le destin était écrit contre toi, contre nous tous. Sur ce point, tu n'y peux rien. Personne n'y peut rien. Et la mort de Spavlesky ne nous la rendra pas !

Un mouvement de faucheur et la bouteille se fracasse contre le mur. D'un bond, Clovis est sur moi prêt à me frapper. Cette exhibition d'impuissance et ces menaces de grand guignol paralysé ne me font pas peur. Il y a quelque chose de pitoyable dans ces poings brandis qui débandent, dans cette impressionnante carcasse qui cherche une contenance, bredouille de vagues excuses puis se retire à l'autre bout de la pièce pour chasser sa honte par la fenêtre.

Dehors, Paris exaspéré vit à l'heure des embouteillages. Des sirènes d'ambulances s'époumonent dans le lointain.

Un bruit de clé, Anne-Lise pousse la petite dans l'appartement puis apparaît un sac sous chaque bras. Ses yeux tentent de comprendre ce qui s'est passé. Nos regards se croisent. Je suis confus. Je m'enfuirais si je le pouvais. Traversant le séjour au milieu des débris de verre, elle se réfugie dans la cuisine avec sa fillette.

— Si tu crois que c'est facile, rumine enfin Clovis.

Je ne crois rien. Je voudrais même lui demander pardon pour ce tisonnier brûlant que j'ai plongé dans sa blessure. J'ai fait cela sans plaisir, pour lui d'abord, pour ses proches et même pour Spavlesky. Fort de cette confidence, je prends le risque d'aller plus loin en disant :

— Les tiens peuvent se passer de ta haine, mais pas de ta tendresse.

À ma grande surprise, je n'ai pas droit aux rabrouements d'usage.

Le mardi 30 janvier, Esther débouche de la gare de Poitiers avec une grande valise. Elle est arrivée par le train de treize heures dix-huit. Elle porte un long manteau tabac et une enveloppante écharpe beige. On la croirait sortie d'une pièce de Tchekhov. Je la sens distraite. Je ne résiste pas au plaisir de l'observer quelques instants avant de me manifester. Elle empoigne son bagage et court vers moi. Merveille que ce visage qui s'illumine à mon appel, cette précipitation à me retrouver, ce baiser frais posé sur ma joue. Elle est passée par les soins d'un coiffeur pour la bonne cause. Cette nouvelle coupe lui va à ravir.

Sur la route, on a quantité de choses à se raconter comme si des mois s'étaient écoulés depuis notre entrevue. Esther est délicieuse de fragilité.

— J'espère que je serai à la hauteur, me dit-elle.

Ce léger désarroi me fait déborder d'attention pour elle. J'en épuiserais toutes les formules de réconfort de la langue française.

— Tu verras, tout ira bien. Je ne me fais pas de souci. Tu n'as aucune raison de t'inquiéter.

Nous roulons vers Curzay. C'est moi le chauffeur. Pour le commun des mortels, cette situation n'a rien d'extraordinaire ; dans mon cas, c'est inhabituel. M'est-il seulement arrivé d'avoir charge d'âme ? J'ai toujours été dépendant des autres.

Ma voiture est petite. C'est un modèle spécial, très ingénieux. Elle se conduit avec les mains, bien sûr Le hayon arrière est une sorte de pont levis. Je m'introduis par là sans bouger de mon fauteuil. Le système est commode. Esther se réjouit de cette possibilité qui m'est donnée de me mouvoir comme n'importe qui. J'acquiesce en souriant. À quoi cela servirait-il de lui dire à quel point cette liberté reste relative. À tout moment, je retrouve la gentillesse d'Esther et le souci délicat qui l'occupe d'aplanir nos dissemblances.

Le temps qui s'écoule dans cet espace clos a une fluidité de sablier. Aucun grippage, une cascade douce. Un simple bonheur d'enfants se tenant par la main sur le chemin de l'école. Dans une plage de silence, je resonge à ce qu'Esther a dit des oliviers. Elle a allumé une veilleuse en moi en lançant cela ! Le sait-elle seulement que mes branches bruissent encore de ce que j'ai pris pour un mot d'amour et qui n'était peut-être qu'une formule d'indulgence. Je l'aime et mes racines la cherchent dans le sol caillouteux et obscur de la terre. Je l'aime secrètement, clandestinement, noueusement comme peuvent aimer les arbres biscornus. Je n'en dirai rien cependant. Ce serait embarras que de lui dire, perte irréparable que d'être désenchanté. Je mets sous scellés les torsions de mon cœur. Pour le cas où elle me devancerait, j'échafaude même quelques échappatoires très romantiques et très bêtes dans le style : « Je souhaite que mon attachement ne pèse pas davantage sur tes épaules qu'un châle de fumée » ou plus évanescent encore : « Pour toute caresse, accepte l'effleurement invisible et fervent de mon seul regard. »

— Je reconnais la maison ! s'exclame soudain Esther, provoquant un arrêt brutal de mes rêveries.

La grille est ouverte. Brenda nous attend sous un parapluie bariolé. Je confie ma voiture à la discrétion des sapins. Nous quittons notre bulle tiède à regret pour affronter la pluie. Je ne me suis pas aperçu qu'il pleuvait. Du vestibule vert où on se débarrasse, nous passons dans le salon vert où nous attend le protocole du thé et des biscuits avec, en fond, les « Vous avez fait bon voyage ? Vous n'avez pas faim ? Vous n'avez pas froid ? » et pour la revenante : « Comment vont vos parents ? Votre sœur ? » La maison redevient une serre chaude. Esther en est toute la floraison. La chatte rousse vient chercher refuge sur ses genoux. Comme je la comprends.

Le Gémeaux et ses prédateurs ne tardent pas à s'infiltrer dans notre conversation. Pour dire la vérité, je n'ai plus suivi la progression du phénomène depuis mon échappée à Bruxelles. J'ai eu la tête ailleurs en même temps qu'une irrépressible envie de respirer. La violence a monté d'un cran. C'est une véritable épidémie qui s'installe sur le continent, avec la circonstance aggravante que ceux qui devraient en être les médecins sont les tueurs. Des mesures tombent presque tous les jours. La situation empire. Ainsi les criminels et autres escrocs condamnés pour atteintes à des Gémeaux sont aujourd'hui en droit de réclamer une réduction de peine. Quelques-uns ont même été relâchés. C'est insensé. D'après certaines rumeurs, il semble que les Gémeaux au chômage sont employés de force au remplissage de déchets radioactifs dans les boulets et cela dans un mépris total des consignes de sécurité. Je suis consterné par cette nouvelle qui entache la noble entreprise de mon père.

Des manifestations d'opposition sont prévues ce dimanche en huit, à Londres, à Paris, à Berlin. Ce n'est pas trop tôt ! Connaissant les méthodes de Borganov, on peut s'attendre à des représailles musclées.

— Si nous allions travailler, me souffle Esther.

Il est déjà quatre heures. Sur ce rappel à l'ordre, j'invite aussitôt mes deux complices à se rendre dans la chambre transformée en studio. D'un côté le coin des écrans, de l'autre l'aire de jeu. Respectant les goûts de notre décoratrice improvisée, j'ai fait tapisser la pièce en vert prairie pour décoller la comédienne du fond de scène par gommage chromatique. J'ai préféré renoncer au bleu outremer pour ne pas éveiller la suspicion d'un enquêteur, dans l'hypothèse où nous ferions l'objet d'une descente de police.

Après vérification du matériel, nous nous attablons Esther et moi pour visionner quelques extraits d'interviews accordées par Astrid Galaxy. Ce travail préliminaire me paraît capital pour nous imprégner de ce qui fait la spécificité de l'astrologue, cerner par exemple les regards condescendants et faussement amusés qu'elle arbore quand une question scélérate lui est posée, croquer telle position de la main, tel mouvement agacé de la tête, telle attitude typique qu'elle adopte devant les caméras. Esther emploie toute son attention pour devenir par mimétisme une impeccable jumelle de la prêtresse. Par moments, je la vois esquisser un geste, se calquer sur le rythme d'une phrase sans émettre un son, allonger son regard d'un rien de suffisance. Malgré la dissemblance des deux femmes, il y a des moments où je perds subitement Esther pour apercevoir fugacement l'astrologue. Je l'encourage aussitôt.

— Tu tiens quelque chose ! Sur cette réplique-là, c'est tout à fait elle !

Plus nous avançons dans le travail, plus j'ai soin de l'épauler. L'exercice est éprouvant et je suis hanté par la crainte qu'il n'ébranle sa confiance. Par moments, je la sens faiblir, je saisis une soudaine fébrilité, mais il suffit que nous nous regardions pour qu'elle reprenne courage et pousse plus avant sa prospection. Au bout de quatre heures à ce rythme, elle est exténuée.

— Il me faudra la journée de demain, Antonin. Je n'y arriverai pas avant.

Tante Brenda nous appelle pour le souper. J'y découvre une Esther évasive, inquiète, harassée avec néanmoins des éclaircies qui, même brèves, me réchauffent le cœur. Je suis de plus en plus désolé de lui infliger cette épreuve.

— Nous pouvons en rester là si tu te sens trop fatiguée.

— Non ! Je préfère déblayer un maximum aujourd'hui, me dit-elle

— Comme tu voudras.

La soirée absorbe ses efforts. La mémorisation est d'autant plus difficile que certaines attitudes d'Astrid Galaxy frisent la caricature. Je m'immisce davantage dans son jeu.

— Présente une main plus ronde.

Elle est très à l'écoute de mes conseils.

— Dirige, Antonin. C'est toi qui vois.

Nous sommes dans une mécanique d'horloger où chaque rouage est capital pour la marche des aiguilles et la précision de l'heure. Je lui souffle :

— Une fois les bases en place, le reste sera un jeu d'enfant.

Elle opine de la tête. Je ne sais pas si elle me croit.

Vers minuit, nous prenons le chemin de nos chambres respectives. La malheureuse tombe de fatigue. Avant de me laisser, Esther verse un baiser dans mon escarcelle. Dans sa largesse, elle y ajoute l'aumône d'un sourire. C'est plus qu'il n'en faut pour une nuit de flambeur.

Je redécouvre ma chambre, ce soir-là. Ce sont d'autres retrouvailles ! Mon lit, ma table, mes meubles d'enfant, mes aquarelles épinglées au mur. Rien n'a bougé de place depuis mon départ de Curzay.

Je traîne avant de me coucher. J'ai besoin de me reconnaître, de m'arrêter un temps devant le miroir. Comment voit-elle mon visage ? Quel effet lui fait mon regard ? On m'a souvent dit que j'avais des yeux très rares, très pénétrants !

La maison est totalement silencieuse. Il serait raisonnable que je prenne du repos. Je me glisse dans mes draps. Ils sont frais et sentent bon la lessive. Mes pensées vaquent d'Astrid Galaxy à mon Esther, si douce, si tenace, si désirable. Je suis bouleversé à l'idée qu'elle dort tout près de moi, à une douzaine de pas feutrés de ma chambre. Je l'ai trop approchée, trop respirée, trop aimée aujourd'hui pour me désenvoûter de ses charmes. Où trouver le sommeil après une journée comme celle-là ?

Quand j'arrive dans la cuisine pour prendre mon petit déjeuner, j'apprends qu'Esther est déjà à l'ouvrage. Je bois mon café rapidement en compagnie de Brenda et de sa chatte rousse avant de regagner notre studio de fortune. Je fais le moins de bruit possible en entrant. C'est mon texte qu'elle répète.

— Je t'attendais pour reprendre, Antonin, lance-t-elle comme si c'était elle la fautive.

Une courte pause pour mettre la journée sous

le signe de notre mutuelle affection et nous revenons à notre personnage. Plus on avance dans le travail, plus je deviens directif. Mon œil et mon oreille sont aux aguets du moindre écart, de la plus infime fausse note dans le jeu. En fin de matinée, nous abordons la confession sur le plan de la métrique. Elle prend rapidement bonne tournure.

— Nous ferons une première prise en début d'après-midi.

Esther préfère se passer de déjeuner. Elle a le trac malgré tous les efforts que je déploie pour la rassurer.

Éclairage uniforme sur le fond vert, mise en lumière subtile de la comédienne, c'est parti pour un premier rush. Une station pour décortiquer la séquence et ça recommence, une fois, deux fois. En perfectionniste maladif, je pointe chaque défaut, si ténu soit-il.

— Pour quelqu'un qui n'a jamais fait de théâtre, rien ne t'échappe, s'étonne Esther.

Je redeviens le faussaire obsessionnel, le méticuleux infernal, le perpétuel insatisfait.

— La mécanique est là. Mais il manque...

Je cherche le mot significatif.

— Il manque l'abîme. Tu as menacé de mort des centaines de millions de personnes ! Tu te découvres potentiellement responsable du plus grand génocide jamais perpétré dans l'histoire des hommes. C'est là ton personnage.

Pour ne pas prêter le flanc au découragement, Esther me coupe.

— Reprenons tout de suite.

Même si la nouvelle prise est meilleure, je reste perplexe. Nous n'y arrivons pas. Une clé nous échappe dans cette confession de l'astrologue.

Le temps passe et j'enrage de ne pas arriver à l'impalpable consistance que je cherche. Ce puits est-il sans fond ? Je sens Esther au bout de ses ressources, au seuil de sa résistance. J'appréhende le moment où elle capitulera. Qu'est-ce qui m'a pris de l'entraîner dans cet exercice impraticable ? Ce n'est pas mon métier de diriger des acteurs et je manque cruellement d'expérience.

— Laissons tout en suspens trois petites minutes, Esther. Assieds-toi. Il faut changer de cap. On n'y arrivera pas comme cela.

Dans le silence désemparé qui suit, me revient ce regard d'enfant qui habite ma salle de montage. Brenda a le document. Je le lui ai rendu. Je lui ai même offert un agrandissement pour la remercier de son prêt. Je demande qu'elle me l'apporte.

Esther m'écoute pauvrement tandis que je lui raconte l'histoire de la petite Brocardier. Quand je lui présente la photo, elle la fixe longuement. Son visage s'imprègne de gravité.

— Je vais me préparer, dit-elle en se levant. Je serai de retour dans une demi-heure.

C'est moi qui panique tout à coup. Ce n'est pas un coup d'essai qui se prépare mais du travail sans filet, un saut dans le vide. Pas question pour nous de rater ce moment. Il sera porté par la grâce ou ne sera pas. Je vérifie les éclairages, le cadrage des caméras, la netteté de l'image. Je vais même jusqu'à renvoyer la trop émotive Brenda en cuisine pour ne prendre aucun risque.

Inoubliable, cette apparition d'Esther dans l'ébrasement de la porte. Elle a changé de tenue pour revêtir une robe à encolure plongeante qui semble tout droit sortie de la garde-robe d'Astrid Galaxy. Elle est divine !

Elle gagne sa place, clôt les yeux quelques secondes, me fait un signe pour que je déclenche les caméras. Tout se joue alors en une prise, une seule, sublime, incontestable, définitive. J'accompagne une chute libre dans les abîmes en même temps qu'une traversée sans balancier sur un filin amarré, d'un côté, à l'éternité d'avant et, de l'autre, à celle d'après. La souffrance de l'astrologue est là, nue, impudique, déchirante, embrassant dans son cri de douleur la grande nuit des hommes. Il n'y a plus ni jeu ni comédienne, mais trois minutes quarante-deux secondes de vérité absolue, une authentique trajectoire d'étoile. Quand ce moment est consommé, le temps reste tétanisé, recueilli. Nous ne respirons plus.

Puis arrive mon sourire, mon formidable contentement. J'exulte.

Dans sa robe d'apparat, la gorge d'Esther frémit. Un sanglot prisonnier ébranle le barrage de ses paupières. Me reviennent en mémoire ces mots du prince : *« Aidez-la à pleurer. Versez-lui des larmes. Qu'elle soit fatiguée d'elle-même contre mon épaule... »*

Incorrigible sourcier des grandes tristesses, je laisse à ma voix confortée autant qu'émue le doux rôle de libérer son chagrin.

— Je n'ai pas honte des larmes. Tu dois pleurer maintenant.

Il a fallu qu'Esther retourne à Bruxelles pour que m'apparaissent la beauté de son engagement et la confiance aveugle qu'elle a mise en moi. Indépendamment de tout ce que je ressens pour elle, cette merveilleuse alliée a fait preuve d'un courage et d'une efficacité extraordinaires. Plus je pense à ces deux jours passés à Curzay, plus je suis admiratif. Elle est allée jusqu'au bout de ce que j'attendais d'elle et même au-delà. Quelle chance j'ai eue d'avoir son concours. Aurais-je trouvé quelqu'un d'autre pour se mouiller de la sorte ? Je ne le crois pas.

Brenda est passée tout à l'heure pour me faire l'éloge de la visiteuse. Qu'Esther l'ait conquise sans réserve mérite une mention spéciale. Je peux affirmer qu'aucune étrangère accueillie à Curzay n'a été épargnée par ses critiques. Je suspecte la brave femme d'échafauder pour moi quelques desseins matrimoniaux totalement chimériques.

Observatrice comme elle est, Brenda n'a rien perdu de mes regards enamourés, de mon empressement, de mes langueurs. Comment pourrais-je feindre ? Je crève d'aimer au point que j'en suis par moments presque malheureux. J'aurais escorté le train jusqu'à Bruxelles tant son éloignement me pesait.

Après la mort de Marjorie, j'ai traversé une longue période de cauchemars. Je me souviens, ma mère venait à mon chevet. Elle restait à mes côtés jusqu'à ce que je m'endorme.

Conjuguée avec la tension des derniers jours, la tempête qui secoue le Poitou depuis jeudi matin a réveillé en moi ce vieux fond d'angoisse. J'ai fait un rêve affreux.

Je surplombais un fleuve torrentiel qui emportait dans son courant des globes de tailles diverses, dont certains avaient la dimension des boulets que l'on expédie dans les fosses magmatiques. Des cris affolés accompagnaient ce déferlement. Par intermittence, un être humain émergeait de ces sphères creuses pour être aussitôt regobé. Au début, j'ai bien distingué des hommes, des femmes et des enfants, mais personne qui me semblât familier. Comme l'image était floue et que j'entendais mal ce qui se disait, j'ai entrepris alors de descendre jusqu'à la berge. Je n'avais pas mon fauteuil roulant et je rampais. En bas, nous étions sous le brouillard et je reconnus parmi les gens des visages et des voix connues. C'est ainsi que je vis apparaître Mme Raminez, le garçon coiffeur, le professeur Robertson. Vivants et morts étaient confondus, car ils furent rattrapés par

Fernand Albuse, Angelo Vargas, Jean-Baptiste et Stella Brocardier. Descendant le fleuve, j'aperçus mon père, ma mère, Clovis et Marjorie. Brenda sortit à son tour de sa coquille pour hurler.

— Fuis, Antonin, tu es Gémeaux comme nous ! Ils vont te prendre.

Emporté par le mouvement, je ne pouvais que suivre. La rive était un tapis roulant qui m'amena à l'endroit où le fleuve s'engouffrait dans le trou sans fond du puisatier. Le bruit était assourdissant.

Dominant le tumulte, une voix de femme hurlait.

« Le Gémeaux ne recule devant rien et sa vilenie est tellement gigantesque qu'il ne faut pas s'étonner si, dans l'imagination de notre peuple, la personnification du diable comme symbole de tout ce qui est mal prend la forme du Gémeaux. »

La voix venait de partout. Elle dominait le vacarme. J'y retrouvais à certains moments les accents d'Astrid Galaxy, à d'autres ceux d'Esther. Flanquée tout en haut sur une passerelle, la gémeaucidaire officiait. Je voyais par intermittence les deux visages se succéder, se confondre, celui de la bien-aimée avec celui de la beauté fatale et inversement. Je ne savais plus qui était l'exterminatrice, car la voix de l'une pouvait sortir par la bouche de l'autre. Je m'égosillais.

— Détache-toi, Esther, elle te prend ton âme !

Elle n'entendait rien, car le grondement du fleuve était trop violent. Un vent de pluie tourbillonnait, tourbillonnait, bourrait de rires, de pleurs, de plaintes et de sarcasmes ma tête en passe d'exploser...

Une vitre vole en éclats. Je suis dehors, perdu dans l'ouragan. Une forme longue et tordue a surgi devant moi et me menace. Je ferme les yeux. Cette fois je ne rêve plus. La porte-fenêtre de ma chambre est brisée, mes rideaux déchirés et c'est un vrai déluge qui s'abat sur mon lit. Dehors, des sirènes, des appels au secours. Du monde s'affaire dans le parc. Ça crie de partout. Je reconnais le timbre de la sonnette. Il est insistant. Des ordres amplifiés couvrent la tempête. On donne l'assaut à mon immeuble. Qu'est-ce qu'on me veut ? L'étrange gourdin me tient toujours en respect. Aux giclées répétitives des gyrophares s'ajoute le balayage désordonné de faisceaux glauques dans ma chambre. Des formes humaines escaladent mon balcon, pénètrent chez moi.

— Rien de cassé ? me lance une voix.

Les assaillants deviennent pompiers et la menace, une grosse branche.

Malmené par la bourrasque, le grand marronnier du parc s'est renversé sur l'immeuble.

Ma première réaction face à cette intrusion est de m'emparer de mon clavier de commande et de m'assurer que j'ai bien bloqué l'accès de ma salle de montage. Tout le système de verrouillage et d'ouverture des pièces de mon appartement se fait à partir d'un petit boîtier qui ne me quitte jamais. Chaque serrure a son code. Je peux ainsi ouvrir à un visiteur par étapes successives, sans me déplacer. C'est en procédant à cette vérification que je m'aperçois que je saigne. J'ai été atteint par des débris de verre et j'ai quelques coupures au visage et aux bras. Les sauveteurs apportent une civière. Je parlemente. Je ne veux pas qu'on m'embarque à l'hôpital. J'ai affaire à des brancardiers bornés, qui m'échauffent les oreilles avec un règlement inepte.

— La consigne, c'est la consigne, dit un grand moustachu.

J'ai déjà lu cela quelque part !

Confronté à des ordres obtus appliqués par des gens qui le sont tout autant, je n'ai plus qu'à réduire mes exigences.

— Je ne peux pas abandonner mon appartement dans cet état. Laissez-moi au moins prévenir quelqu'un de mon entourage.

Après en avoir référé à son chef qui, à son tour, fait de même, je suis autorisé à sortir Brenda de ses plumes pour l'informer de l'embarras où je me trouve.

— Oui ! une branche ! Elle a pulvérisé la baie vitrée de ma chambre. Non, je n'ai rien... Juste quelques égratignures. Ce n'est vraiment pas grave mais ils veulent m'emmener à la clinique. C'est la consigne... Il n'y a pas de quoi vous mettre le cœur à l'envers... Faites venir un taxi et surtout ne traînez pas ! Je préfère qu'il y ait quelqu'un dans l'appartement. Oui, c'est cela... Voyez avec Clovis pour la porte-fenêtre ! Je vous laisse...

Au milieu des secouristes, je reconnais Jérôme,

le garçon coiffeur. Je suis surpris de sa présence chez moi, les seuls rapports qu'on ait eus se résumant à quatre coupes de cheveux et des conversations affligeantes de banalité. Il est d'une prévenance inattendue.

Si je peux vous être d'une quelconque utilité..., me souffle-t-il.

Samedi 3 février

La peste soit des hôpitaux et des hospitaliers. Ces vide-gousset m'ont retenu jusqu'à cet après-midi pour une douzaine de petites entailles et m'ont fait une kyrielle d'examens qui n'ont eu pour résultat que de constater les fibrillations pathologiquement amoureuses de mon cœur. Quelle poisse ! Voilà deux belles journées de perdues et ce n'est pas sans conséquences. Les exactions perpétrées contre les Gémeaux font la une de l'actualité. Hier, on a battu tous les records en déplorant seize victimes du signe. Parmi celles-ci un professeur de l'université d'Oxford qui a été bastonné à mort et une tenancière de bar égorgée en pleine rue à Varsovie. Le fléau fait des ravages dans tous les milieux. Quant à la papesse, elle serait en passe d'être nommée ministre de la Gestion astrologique et divinatoire. Les voyants de tout poil ont souvent été associés au pouvoir, mais de là à institutionnaliser la fonction..

Je quitte cette maudite clinique quand la réceptionniste me rattrape sur le seuil.

— Monsieur Carvagnac, on vous demande au téléphone !

Je fais machine arrière pour prendre la communication. Esther est en ligne. Sa voix frissonne. Elle est tout en émoi. J'ai beau jeu de la rassurer.

— Ce soir, je suis au travail !

— Quand espères-tu terminer ton montage, Antonin ?

— Le 20 ou le 21 février.

Je l'entends respirer.

— Ce n'est pas possible plus tôt ?

— J'ai besoin de dix-sept jours en calculant très serré.

Je devine sa déception.

— C'est affreux de penser que d'ici là...

Une hésitation et elle reprend :

— Je suis avec toi, Antonin. Quoi qu'il arrive... On ne peut pas accepter cela !

J'entends sa révolte et je la partage. Elle recoupe la voix de mon cœur. Je voudrais tant lui faire plaisir mais, sur cette besogne qui m'attend, je ne peux gagner que quelques heures, une journée tout au plus.

— Tout sera fini pour le 20 février, Esther.

Moi qui rêvais pour elle d'un cadeau princier, je me sens bien chiche.

Mon frère est arrivé le samedi matin dans l'appartement. Quand je suis ramené chez moi en fin de journée, il resserre le tour de fenêtre avec du plâtre.

— Tu l'as échappé belle. Si le lit avait été de

l'autre côté de la pièce on ne se revoyait plus dans cette vie.

Je m'installe derrière lui et je le regarde œuvrer avec émerveillement. Clovis a de la grâce quand il est à l'ouvrage. Les outils se rendent à son mouvement comme les balles se donnent aux mains d'un jongleur. Le plâtre se laisse domestiquer par la vigueur, la précision, l'arrondi de son geste. C'est plaisir de voir ce matériau migrer de la truelle à la plâtresse pour reformer les arêtes et les joues de la baie.

Nous parlons fraternellement en attendant le moment du lissage. Il règne un climat d'insouciance et de bonne humeur comme j'en ai peu connu en compagnie de Clovis.

— Je t'ai dit que nous quittons Paris à la mi-mars ? Oui, nous avons acheté une bicoque sur l'Aven. Il y a pas mal de travaux à y faire, mais le coin est génial. Lison est folle de l'endroit.

Intarissable sur ses projets, mon frère m'explique dans le détail les aménagements qu'il compte faire, avec son atelier comme ceci, sa maison comme cela. J'applaudis, bien que je ne comprenne rien à la configuration de l'ensemble. Trop content qu'il n'y ait pas entre nous de Nielsen, ni de Spavlesky, ni de Majestic Palace Hôtel, je jouis du simple bonheur de notre complicité retrouvée.

Mercredi 14 février

Quel vide que l'absence d'un arbre ! De celui-là surtout qui était le plus vieux locataire du quartier. Il a fallu un siècle à ce marronnier pour asseoir sa souveraineté et quelques heures d'ouvriers municipaux pour le réduire en rondins et l'évacuer. Triste fin ! À présent, il reste çà et là des îlots de copeaux clairs, vestiges de la coupe. De ma cuisine, je découvre des fenêtres que je ne connaissais pas. La luminosité a changé dans l'appartement. J'aurai plus de soleil au printemps sur ma terrasse, si toutefois je ne déménage pas d'ici là. Avec le retour de captivité de mes parents et la reprise par mon père des rênes de la Nielsen Depol Foundation, je m'attends à quelques chambardements dans les mois qui viennent.

Je ne suis pas sûr que l'expression soit bien choisie dans mon cas, mais je travaille « d'arrache-pied » à la transformation de la séquence que j'ai tournée avec Esther. Cela fait une dizaine de jours que je ne quitte plus mes écrans. Pour toute distraction, je m'accorde de courtes plages d'écriture et quelques brèves escapades sur le balcon, histoire de m'aérer un peu. J'ai proscrit toute visite pour l'instant, au grand dam de Brenda, qui a pour les usages la vénération que l'on sait.

Comme je le redoutais, la métamorphose s'opère très lentement. J'en suis encore à l'étape où j'ausculte chaque portion d'image dans la continuité du document afin de débusquer les microruptures et les écarts de ressemblance. Ces corrections m'obligent à repasser sans arrêt les 5 328 plans que comprend la séquence. J'ai mis quatre jours pour traiter la chevelure, modifier l'implantation capillaire. Ces retouches prennent des heures et des heures. Je ne compte plus le temps que j'ai passé pour aller d'un regard vers l'autre. J'avance obstinément, rectifiant nez, bouche, menton, calibrant les dents, transformant les mains, remodelant le corps de la comédienne pour en doter l'astrologue. Plus j'avance dans le travail et plus j'éprouve de malaise à sublimer le visage et la morphologie d'Esther pour façonner la divinement belle Astrid Galaxy. Il y a infidélité à ma bien-aimée dans cette opération de conversion, désaveu. J'ai beau me dire que je fabrique un leurre de points et d'images, je ressens une gêne à pratiquer cette transformation, à effacer Esther comme une vulgaire doublure au profit de cette rivale dont la perfection plastique frise le fantasme pur. Je ne voudrais pas qu'elle soit offensée ou qu'elle me fasse grief de cette trahison. Il faudra que je m'explique, afin qu'elle saisisse bien la part du faussaire. Il m'en coûterait de voir s'abîmer notre belle relation.

Dimanche 18 février

Si la transformation physique d'Esther m'a demandé énormément de travail, j'ai rencontré peu de difficultés quand il s'est agi de modifier son propos pour qu'il prenne la couleur, le timbre et l'intonation de la voix d'Astrid Galaxy. Je possède un appareil extrêmement sophistiqué qui me permet d'arriver à une maîtrise quasi totale de ce type de manipulation sonore. Le principe de cet outil est simple. Il s'agit d'un enregistreur informatisé dans lequel on introduit tout ce qu'il est possible de recueillir comme matière parlée venant du personnage à doubler. Chaque syllabe prononcée est classée immédiatement dans une mémoire. Interviennent dans ce rangement de très nombreux paramètres comme l'intensité, le tonus, la lenteur du débit, et cetera. Plus il y a de mots emmagasinés, plus la palette est riche. Dans le cas de notre astrologue, ce n'est pas d'un dictionnaire que je disposais mais d'une véritable encyclopédie, tant j'avais d'ingrédients sonores thésaurisés dans la machine. J'ai introduit la partition d'Esther dans mon appareil et le miracle a eu lieu : j'entendais l'astrologue dans sa confession. J'en fus bouleversé. Formidablement servi par la qualité irréprochable de l'interprétation, le texte a pris une charge émotionnelle et dramatique immédiate. J'ai fait un peu de nettoyage pour que le support soit parfait. Sur les quatre petites minutes que dure l'enregistrement, j'ai eu trois trous d'une syllabe à combler. Une broutille par rapport aux séquences de Nielsen !

Lundi 19 février

J'ai fait l'impossible pour boucler le montage hier soir de façon à dormir, ne fût-ce qu'une nuit, sur le document terminé, avant de le soumettre à un dernier examen. Il pourra ainsi partir le vingt comme promis.

J'étais éreinté et accablé d'un terrible mal de tête quand je me suis couché. Je me suis réveillé vers dix heures. J'ai pris un bain et je me suis remis vaillamment au travail.

Je n'ai trouvé ni coquille ni hiatus dans la séquence et les infimes corrections que j'ai apportées à la confession procèdent plus de mon perfectionnisme que de quelque défaut intrinsèque. J'aurais bien invité tous les faussaires du monde à ma table cet après-midi pour leur montrer mon chef-d'œuvre, tellement j'étais content de moi.

J'ai reproduit cinq fois le document au départ de la séquence maîtresse. J'ai fait cette opération avec le plus grand soin en mettant des gants et en portant un masque de manière à ne laisser aucune empreinte. À la suite de quoi, j'ai mis les enregistrements sous enveloppe en prenant d'infinies précautions. Tout est paré ! Les envois portent les adresses des cinq chaînes francophones les plus regardées. Il ne reste plus qu'à attendre le passage de Brenda demain à onze heures. C'est à elle que j'ai confié la mission de poster mes falsifications dans les cinq gares de Paris. J'aurais préféré dissém

Mercredi 21 février

J'ai été interrompu brutalement dans mes écritures hier dans la soirée et, malgré la journée complète qui s'est écoulée depuis, je reste dans un état de béatitude totale qui me ferait passer pour un crétin des Alpes aux yeux des mortels. Je m'étais remis à la rédaction de mon journal avant d'aller me coucher quand, sur le coup de dix heures, la sonnette de la porte d'entrée a retenti. Je ne raconte pas la panique qui s'empara de moi. Plus moyen de revenir sur le code dont je me sers pour rendre le texte impossible à décrypter. J'essaie deux combinaisons. Elles sont erronées. J'hésite pour la troisième. Si je me trompe cette fois-ci, toutes mes notes sont réduites à néant. Je n'ose pas. C'est trop dangereux ! Je n'ai plus que la solution du coffre pour me tirer d'affaire. Je me hâte vers ma salle de montage. Je suis rattrapé par un nouveau coup de sonnette. Je décide de répondre d'abord et de planquer mon journal ensuite. Le boîtier de commande tremble dans ma main.

— Qui est là ?

— C'est moi !

Je reconnais la voix d'Astrid Galaxy dans l'interphone. Ce n'est pas possible ! Mon esprit se brouille ! Je suis victime d'un tour de magie, d'une hallucination ! Aurais-je mal entendu ? Après ces semaines de travail forcené, je n'ai plus ma tête.

Un rire et me voilà rassuré.

— Esther, tu m'as fait une de ces peurs !

Elle apparaît dans le cadre de la porte et me sourit.

— Je passais dans la rue, j'ai vu de la lumière et j'ai sonné ! me dit-elle, en plaisantant. Je ne te dérange pas au moins ?

Que de malice enfantine dans ce regard. Quel bonheur d'avoir ces yeux-là posés sur moi.

Elle porte son long manteau tabac. Elle pose son bagage, comprime de la main droite un superbe châle mariant des rouilles, des bleu nuit et des ors pour m'embrasser. Ses lèvres sont fraîches.

— Je tombe peut-être mal, Antonin.

Je la rassure. Qu'elle se débarrasse, surtout, qu'elle se mette à l'aise.

— Que puis-je t'offrir ? Tu as soupé ?

Je m'avance un peu vite. Je suis au bout de mes provisions.

Esther est moulée dans une robe noire boutonnée devant qui met autant en valeur la finesse de sa taille que la rondeur de ses hanches et de son buste. Elle est chaussée de bottes en daim anthracite. Après avoir subi la coupe « Astrid Galaxy », ses cheveux ont retrouvé du volume, voire même un brin de sauvagerie. C'est peu dire qu'elle est belle.

— Tu es gentil. Je n'ai pas faim, j'ai mangé dans le train.

Esther pénètre dans mon séjour à pas retenus. Elle est intimidée.

J'essaie de voir où s'accroche son regard. Ce sont mes dessins qui l'interpellent. Mes murs en sont couverts.

— Nielsen a posé pour toi ? me demande-t-elle surprise.

J'acquiesce avec une certaine fierté.

Elle poursuit sur sa lancée.

— S'il y a quelqu'un que je rêve de rencontrer un jour, c'est bien lui ! Tu as suivi sa dernière allocution sur les Gémeaux ?

Je bredouille.

— Non... Ou plutôt oui.

— Elle ne t'a pas fait plus d'effet que cela ?

— Si. C'était bien. C'était même très bien.

— C'était merveilleux, tu veux dire ! Extraordinaire !

Il faut que je fuie ce sujet. Je pourrais me trahir. Pour sortir de ce mauvais pas, je lance sans réfléchir :

— Ça te dirait de voir l'appartement ?

J'ai à peine fait ma proposition que je la regrette. Il me suffisait de demander des nouvelles de Norman ou de Thinga pour arriver à la même diversion. Qu'est-ce qu'une salle de bains pour handicapé, qui ressemble à une salle de torture des temps modernes, peut offrir de séduisant à mon adorable visiteuse ? Même chose pour ma chambre, qui porte encore les stigmates de l'intrusion du grand marronnier.

— Ce studio ne ferait certes pas la couverture d'un magazine d'aménagement intérieur, mais il a le mérite d'être commode, dis-je. Tout y a été pensé et bien pensé pour que je puisse vivre de façon autonome.

Je me sens pesant et les questions que me pose Esther sur ces machineries destinées à me faciliter l'existence ne font qu'accentuer mon malaise.

Je suis content de terminer mon tour avec l'atelier de montage, cette chapelle ardente où l'âme de Nielsen s'est réveillée quarante fois pour parler aux hommes. Esther est plus émue de revoir la photo de la fillette sur mon mur qu'elle n'est impressionnée par la débauche d'appareils s'entassant dans la pièce.

Apercevant les cinq enveloppes, elle me sourit.

— Tu as donc fini, Antonin ?

— Tout part demain ! Brenda passe à onze heures.

— Ça n'a pas été trop difficile ?

— Tu m'as donné un support formidable !

J'appréhende de lui montrer le travail.

— Tu crois que la séquence que nous avons tournée ensemble est assez forte pour arrêter cette poussée de violence ?

— Si nous ne la stoppons pas, nous lui porterons un fameux coup.

— Alors il faudra trouver d'autres armes pour nous battre contre ce fléau.

J'aime ces « nous » qui reviennent dans la bouche d'Esther et qui scellent notre complicité. Son indignation a pris le pas sur la mienne, à telle enseigne que c'est moi ce soir qui me fais haranguer. J'explique ma relative passivité en disant :

— J'ai peu suivi l'actualité ces moments-ci, j'avais trop à faire avec la séquence.

Elle me donne un rapide aperçu de la situation. Je n'en crois pas mes oreilles quand elle m'apprend que la police de Borganov procède à des arrestations de Gémeaux et confisque leurs biens,

Dans le silence qui suit cette nouvelle, Esther me demande sans tergiverser :

— Antonin, je souhaiterais voir le document.

Je cache mal mon embarras. Après une hésitation, je lance la séquence. Je regarde Esther à la sauvette. Elle est émue. À sa requête, je repasse la confession d'Astrid Galaxy trois fois. Cette métamorphose me laisse dans la bouche un goût de trahison.

— Comment as-tu réussi à lui donner vie comme tu l'as fait, Antonin ? Elle est si belle, si vivante, si déchirante de sincérité ! On la prendrait dans ses bras pour la consoler.

Elle me regarde et ses yeux m'interrogent.

Je ne bouge pas d'un cil. L'instant d'après, je vide mon cœur.

— Tu es plus belle qu'elle, un million de fois plus belle. Mais l'image ment et elle te trompe sur moi, sur mes sentiments à ton égard. Elle est capable de tout abîmer, de nous perdre.

Je redoute un rire. Au lieu de cela, ses mains se glissent autour de mon cou, ses doigts louvoient dans mes cheveux, ses lèvres se joignent à mes lèvres, sa langue débusque la mienne. Je suis dans son souffle, son odeur, je suis ivre !

Comment résister au délicieux menottage de mes poignets qui m'invite à la découverte de son visage, à la gourmandise de cette bouche sanguine qui happe et lape une phalange en passant, aux chatteries de cette chevelure soyeuse qui réclame une caresse. Je me laisse guider dans l'onction vertigineuse de son cou. Je quitte le terrain lisse de sa gorge naissante pour l'étoffe sombre et les régions de trouble où je sens marteler son cœur. Lentement, Esther désentrave mes mains, les dépose sur mes genoux, étourdies, incrédules, hagardes, paumes ouvertes sur le ciel telles deux sébiles de mendiant recueillant éberluées l'aumône d'une pluie de diamants. Dans une mouvance d'épaules, deux bras dansants et clairs se dégainguent de la robe noire, démasquent une poitrine haletante, laissent le vêtement en désescalade sur des hanches rondes pour ressaisir mes mains : qu'elles reprennent le voyage. Je n'en reviens pas d'être admis dans les tissages les plus serrés et les plus doux de son corps, d'être caresse sur ses seins, de mettre en déroute les derniers oripeaux pour que se dévoile la part inconnue de mon désir. Esther est la toile et les pinceaux. Elle est couleurs et couleuvre dans le tableau. Je la laisse faire, me conduire, me montrer le chemin qui va de la palette au modèle. Je suis peintre sans audace, sans force. Je ne sais rien du pays grisant où elle m'emmène. Je m'abandonne à sa danse, ce lit qu'elle prépare, ce cérémonial où elle me couche puis me déshabille pour s'étendre ensuite près de moi. Ses mains me découvrent, les miennes la cherchent. Nos corps se touchent. Mes doigts avancent en aveugle dans cette exploration neuve. Ils se réveillent en titubant d'une solitude amoureuse qui a duré vingt-sept ans, une autre paralysie. Ils n'en croient pas leur phalanges, parcourent les zones de lumière, se lovent dans les zones d'ombre, osent une timide glissade là où les reins se cambrent avant d'être conduits sous bonne escorte dans le triangle de fusain. Ils ne connaissent rien des caresses, apprennent fiévreusement, s'étonnent et se réjouissent du plaisir qu'ils amorcent... Sur une torsade, la beauté s'affourche sur moi. L'arbre des délices s'ouvre au mitan de lui-même à ma vitalité noueuse d'olivier biscornu. Il souffle un vent de tempête sur nos branches enchevêtrées, nos mots d'amour, nos râles. Brusquement la sève, l'éblouissement d'un éclair, l'image qui s'arrête sur la toile achevée

Jeudi 22 février

J'ai froid. Un vieux fond d'hiver se rappelle à moi et me gerce le cœur. Ça ne m'étonne pas ! Le bonheur m'a toujours rendu frileux : un flocon de neige sur le dos de la main.

Si je pouvais seulement croire à cette prodigalité de la vie, cela m'aiderait. J'émerge d'un rêve qui me semble aujourd'hui comme hier, comme avant-hier, comme toujours, amer, inaccessible, hors de ma portée de pauvre mutant. Dieu, que je me sens mal ! Esther est partie avec les cinq enveloppes et je vis son départ comme une rupture. Je n'ai pourtant aucune raison objective de penser que notre histoire est finie : nous nous sommes quittés en tendresse après une nouvelle étreinte.

C'est étrange comme cette porte qui s'est entrouverte sur un souffle de bonheur a ramené dans le même courant d'air tous les vents glacés qui ont traversé ma vie. Recevoir, c'est prendre le risque d'être dépouillé, accepter de tout perdre. L'autre soir, j'ai été comblé par ses baisers et ses caresses, maintenant je suis là, démuni, avec des coffres trop petits pour y remiser les trésors dont elle m'a nanti.

« Recevoir est d'abord un don, celui de soi-même », dit le prince.

Qu'est-ce que je lui ai donné en échange de ses largesses ? Si peu de chose ! Je me tiens du mauvais côté de l'offrande. Mon cadeau est misérable : un engluement. Je suis un marécage et ne peux que ternir la source, la vitalité de cascade de mon Esther dans les eaux stagnantes où fermente ma vie d'infirme. Je l'aime follement, désespérément. Je la voudrais pour moi, tout près de moi, puis je me ravise en disant : « Tu n'as pas le droit de la lier à ta déchéance et de l'écraser sous la cuirasse de plomb que serait ton amour. Ne l'entrave pas ! »

Dans mon désarroi, j'appelle mes porteurs de flambeaux, mes familiers, mes morts ! Qu'ils éclairent la nuit de mon âme. C'est peut-être cela prier !

Mose. C'est chez lui que je me rends. Il est aussi large d'épaules que de cœur : une porte cochère ouverte sur les misères des hommes. Il m'aidera.

Je passe d'abord par Curzay avant de filer en direction de Hambourg. Brenda m'a paru contrariée hier quand je lui ai annoncé qu'Esther s'était chargée des enveloppes, et cet incident me reste sur le cœur.

— On a voulu vous épargner une corvée. Et

puis quelques heures ont été gagnées, quelques vies sauvées. C'est toujours cela de pris.

Elle ne m'approuve pas. Je sens bien qu'elle est blessée par ce qu'elle prend pour un déni de confiance.

J'ai hâte de repartir. Nous avons manqué de tact et peut-être aussi de prudence. Je ne survivrais pas s'il arrivait malheur à Esther. Je traîne cette inquiétude au fil du voyage. Puis vient la rencontre avec la Loire à Tours, la traversée de la Seine à Paris, de la Meuse à Liège, du Rhin à Cologne. Mose est de ceux qui ont refait le berceau de ces fleuves. Il est une véritable montagne d'homme offrant aux quatre plaines des torrents d'eau pure, un titan. Trente années qu'il récupère des friches pour y accueillir les surnuméraires du système, les déclassés, les exclus. Il est un des piliers de cet empire des pauvres qui retrouve ses assises dans la dignité reconquise des grands cours d'eau.

J'arrive à Hambourg le lendemain en fin d'après-midi et je me sens soudain tout petit, tout inutile. Mose a sûrement d'autres chats à fouetter que de s'occuper de moi. Je débarque sans prévenir et j'en suis à espérer qu'il est absent pour trouver prétexte à me replier. La friche de cette ville est immense. Elle s'étend sur un complexe portuaire désaffecté qui couvre des kilomètres. Il me faudra près de deux heures avant de localiser Mose. Je le découvre en compagnie d'une équipe de maçons à qui il prête main-forte pour placer un linteau d'une impressionnante longueur. J'ai bien soin de rester en retrait, soucieux de ne pas perturber la pose de cette poutrelle d'acier accablant ses porteurs. Je sors de l'ombre quand Mose relâche son effort. Je l'entends donner des directives à un jeune manœuvre apparemment inexpérimenté. Avec une assurance tranquille, il vérifie les niveaux.

— C'est bon, les hommes, vous pouvez resserrer, dit-il.

Mose dépasse les ouvriers d'une bonne tête. Il s'est taillé un physique à la dimension de ses projets. À soixante ans passés, il m'apparaît plus solide qu'auparavant.

Quand il me reconnaît, ses yeux s'arrondissent comme des pièces d'argent et j'ai droit aux plus chaleureuses des retrouvailles. À le voir arriver sur moi, je m'attends à être soulevé par ce colosse et promené sur ses épaules comme quand j'étais enfant. Quelle fête ! Je serais le roi de Pergame que je ne ferais pas l'objet de plus d'égards. Chaque personne croisée sur le chemin est prise à partie.

— Nous avons la visite d'Antonin Carvagnac, le fils de mon ami Alexandre.

Et d'ajouter avec fierté :

— C'est un dessinateur génial !

Mose est continuellement sollicité pour l'un ou l'autre problème à résoudre. Curieusement, je deviens son conseil. Dès qu'une personne nous laisse, il ne manque jamais de me vanter ses qualités, d'évoquer ses talents.

— Tu manges avec nous ! décrète-t-il.

Je suis son invité d'honneur au dîner du soir qui

rassemble autour d'immenses tablées, comme à Bruxelles, des gens de tous les bords, de tous les âges, de tous les milieux. C'est très amicalement que Mose me présente à la communauté. Il mélange allemand et français pour que je puisse suivre ce qu'il dit. Mon nom provoque un remous de sympathie dans l'assemblée. C'est de nouveau la mémoire du puisatier qui m'auréole.

Mose parle de l'époque héroïque, de la descente du Rhin qu'il fit jadis avec Nielsen et mon père. Une femme se souvient. Elle était pionnière d'une friche à Coblence. Elle a vu les trois hommes réunis, les a entendus.

— On se sentait porté, dit-elle, régénéré par leur passage !

Mose raconte que le tigre lui fit cadeau un jour de deux cents kilos d'or. Un bref mot accompagnait son envoi : « La terre me prodigue cette richesse dont tu feras meilleur usage. Merci d'en disposer ! » Rien de plus. Je reconnais bien là mon père.

Entre deux anecdotes, les consultations continuent : un déménagement par-ci, une personne en difficulté par-là, un enfant malade. Mose n'arrête pas. J'admire cette disponibilité et l'attention qu'il accorde à chaque écueil de la vie, si ténu soit-il.

— À ce train-là, tu dois être vidé en fin de journée, lui dis-je entre deux bouchées.

— Question d'habitude, me lance-t-il.

Dois-je le croire ?

Après le souper, Mose m'entraîne avec lui dans un bureau surencombré, ferme la porte à clé derrière nous et m'introduit dans une pièce annexe, un petit local d'allure monastique mi-parloir, mi-chapelle de poche. Sur le mur, un crucifix en bois patiné par les ans et les prières insuffle à la conversation le ton du recueillement.

Mose me confie :

— J'ai appris par Clovis que tu allais mal et que tu ne voulais voir personne. Je m'étais juré que je passerais te rendre visite à Niort. Chaque fois qu'une occasion s'est présentée, j'ai eu un empêchement.

Une fois fermé le registre des excuses, je suis surpris d'entendre :

— Ça me fait tellement plaisir de te revoir apaisé, sinon serein. Je me trompe ?

— C'est l'impression que je donne ?

— Pour quelqu'un qui ne t'a plus vu depuis huit ans, c'est flagrant. Ce sont tes parents qui seront heureux de te retrouver ainsi... consolidé.

Il marque une pause puis reprend :

— Tu es au courant pour ton père ?

Je joue l'étonné.

— Dis-moi !

— Il apparaît de plus en plus que Nielsen l'ait choisi comme successeur. C'est une nouvelle qui réjouit les friches.

— Et toi, Mose ?

— Elle me comble au-delà de mes espérances ! Je savais Nielsen très malade. J'ai craint des années qu'il ne meure avant la libération d'Alexandre.

Il ménage une pause et lâche avec déférence :

— Un tout grand bonhomme que ce Nielsen ! Il a insufflé du courage sur tous les fronts. C'est étonnant, le pouvoir de la parole. Quelques mots choisis avec le cœur et un projet est unifié, des énergies galvanisées. Je ne sais pas quand Nielsen nous lâchera, mais ce que je peux dire c'est qu'il aura été remarquable jusqu'au bout.

Venant de Mose, cette réflexion me comble de bonheur. Elle est pour moi ce retour de haut vol qu'il m'est arrivé d'espérer lors des rares moments où mon travail me semblait porté par la grâce. Nielsen le tendeur, Nielsen le levier, Nielsen le guide tenant la main du prince dans cette élévation de l'âme. Nielsen, grand maître de l'économie du langage, devenu voix essentielle dans la nuit des hommes. Nielsen seul et infirme au quarantième printemps de l'exode. Nielsen qui regarde du mont Nébo les fleuves humains qui confluent vers une terre espérée.

Mose est en verve. Il aborde ses thèmes favoris, me parle de la rivalité des courants d'idéaux avec les courants d'intérêts, s'étend sur la manière dont les friches ont remis le troc à l'honneur, favorisent les échanges de services, intègrent les plus démunis.

— Ici, nous sommes en mesure d'accueillir quelqu'un ayant ton handicap et de lui offrir une vie sociale équilibrante, me dit-il.

Je souris à cet appel du pied aussi généreux que maladroit.

— J'ai trop d'indépendance et sans doute trop d'orgueil pour me laisser prendre en charge par quiconque.

— Excuse-moi si je t'ai froissé.

Mose préfère couper court et à ses dépens. Il lui serait pourtant facile de me mettre en boîte en raccrochant ma réflexion à ma situation de handicapé nanti. S'étirant voluptueusement, il me dit :

— Ainsi, tu vis seul !

La brèche est ouverte et je n'hésite pas à lui faire part du souci de cœur qui m'amène. C'est la première fois que j'évoque l'inclination que j'ai pour Esther, et le simple fait d'en parler fait fleurir mes propos. Je suis fou d'elle, tellement amoureux que je répands le pollen de mon bonheur au lieu de biner mes doutes. Je ne comprends plus rien moi-même aux appréhensions qui m'ont amené jusqu'ici.

Allongé à l'oblique dans son siège, mon confident me fixe de ses yeux épanouis. Une main massive vient masquer la gaieté d'un rire qui se libère, volumineux.

— Une soirée comme celle-là, ça s'arrose !

Mose se lève, s'engouffre dans son bureau pour en resurgir avec une bouteille et deux verres. Je ne sais pas ce qu'il me sert comme tord-boyaux, mais je me cabre sur mon fauteuil à la première gorgée tellement c'est fort.

Peu avant vingt-trois heures, nous quittons le lieu de nos confidences pour nous rendre dans la salle commune afin d'y suivre le journal télévisé. Cela fait trois jours et deux nuits que je m'enfouis la tête dans le sable pour ne pas voir ni entendre la déflagration médiatique que j'ai vraisemblablement provoquée. J'ai frappé très fort avec cette confession d'Astrid Galaxy et l'angoisse me tenaille d'en découvrir les ravages. Je me sens proche de ce duelliste triomphant qui, sa colère apaisée, craint pour la vie de son ennemi.

Ils sont près d'une cinquantaine devant l'écran géant à attendre les informations. Mose me raconte le revirement d'Astrid Galaxy. La séquence est passée la veille au soir et a déchaîné un véritable cyclone. En voyant apparaître à l'image le potentarque Borganov les yeux injectés de colère autant que de fatigue, je sais que ma flèche a atteint le centre de la cible et je regrette soudain d'avoir déserté, par peur, l'actualité de ces derniers jours. Je savoure ma victoire en l'entendant aboyer. S'il savait seulement que c'est moi, le fils du puisatier, qui suis fauteur de ce grabuge, sa rage en serait décuplée.

— Ce document est une machination des Gémeaux, hurle-t-il au journaliste qui l'interroge. Tous les moyens seront mis en œuvre pour arrêter les auteurs de ce complot. Nous les ferons juger par nos tribunaux et ils auront le châtiment qu'ils méritent.

En attaquant de front les bourreaux, ne suis-je pas en train d'exposer des innocents à des représailles ? Je pense à mon père, à ma mère, à Nielsen. Approuveraient-ils ma démarche ? Je me tourne vers

Mose dont l'attitude bourrue me tarabuste. Je reviens à l'écran. Une manifestation pro-Gémeaux a fait une vingtaine de blessés à Berlin. Une dépêche tombe : le projet de loi accordant l'impunité aux gémeaucidaires a été rejeté par le Parlement central. Dans la salle, c'est l'explosion de joie, les applaudissements, les accolades. Une femme m'embrasse. Mose domine ces réjouissances de sa présence placide. Nous nous retirons pour aller dormir. Il me conduit à ma chambre. Nous parlons un peu des événements. Il est soucieux.

— Pour être franc, me dit-il, je crois que cet engagement d'hostilités avec Borganov arrive à un très mauvais moment pour nous.

— C'est-à-dire ?

— Il a perdu des points et je m'attends à ce qu'il se serve de la libération de tes parents pour faire chanter Nielsen. Avec l'appui de ce dernier, Borganov récupère les voix des friches et assure sa réélection.

Je m'insurge.

— Il reste cinq grosses semaines. Son pouvoir peut vaciller d'ici là !

— Hélas, Antonin, si on peut tuer un homme d'un coup de poignard, on n'abat pas un arbre d'un seul coup de cognée.

Quand j'éteins la lumière sur cette nuit-là, je suis parricide.

Je me suis réveillé au petit jour avec l'embryon d'une idée, une nouvelle séquence qui pourrait déstabiliser Borganov. J'imagine un travail de pur faussaire où des extraits d'interviews donnés par le potentarque se fondraient dans les diatribes racistes des pires exterminateurs de l'histoire. D'un visage et d'une voix, on glisserait insensiblement vers un autre visage et une autre voix jusqu'à la confusion complète, comme dans mon rêve.

Levé très tôt, je prends juste le temps de remercier Mose pour son accueil et je repars sur les routes, persuadé qu'il est possible d'ébranler le socle, de couper une à une les têtes du dragon jusqu'à ce qu'il rende flammes et brasier.

Contrairement à mon voyage aller, j'écoute sans arrêt les nouvelles. Je m'arrête même en chemin pour suivre sur l'écran de mon tableau de bord l'évolution de l'affaire. C'est ainsi que je capte un démenti maladroit d'Astrid Galaxy au journal de douze heures. Il sent le bidouillage à plein nez. Les faussaires de Borganov ne savent plus où donner de la tête. Je reçois des images de la manifestation de Berlin. Le palais présidentiel est encerclé et le premier subsidiaire lance des appels au calme. La tête écarlate de Borganov resurgit un moment pour réitérer ses menaces contre les fomentateurs du désordre. L'arbre est toujours debout mais le coup de cognée fait mal ! C'est indéniable !

À hauteur de Liège, je prends la direction de Bruxelles. Je veux m'assurer qu'Esther n'est pas en danger. Je voudrais lui parler de la deuxième manche de notre action. Je m'arrange pour débarquer chez elle à la nuit tombée. Le pays semble sur pied de guerre. Il y a des uniformes partout. À six heures, les ondes font état de l'arrestation de plusieurs personnes, dont une femme qui s'était fait remodeler le visage pour correspondre trait pour trait à Astrid Galaxy. Cela me rassure de voir que la police de Borganov cherche un coupable du côté des sosies.

Je ne retrouve pas l'animation habituelle dans la friche. Quand je sonne chez Esther, c'est Norman qui vient m'ouvrir et c'est son amie qui m'introduit avec une amabilité tout orientale.

— Esther est partie à Berlin pour la manifestation. Elle rentrera assez tard.

Comment n'y ai-je pas songé ? Je passe la soirée avec Thinga et l'enfant. J'apprends au petit à jouer aux dames. Un régal que ce partenaire ébloui qui compte ses pions captifs comme des pièces d'or. Je reste attendri par le baiser qu'il me donne avant d'emprunter le chemin de sa chambre. Les heures tournent et Esther n'est toujours pas là. Vers minuit, je prends congé de Thinga.

— Je me trouve un hôtel. Je repasserai demain.

Je regagne mon véhicule avec un fond de déception dans l'âme. Sur le chemin, j'entends soudain mon prénom. C'est elle qui court vers moi, qui se jette dans mes bras, qui m'embrasse à me rendre ivre. Voilà juste qu'elle rentre de Berlin.

— Allons dans ta voiture, fait-elle. Des fois qu'on croise une patrouille !

C'est si doux de la retrouver près de moi, de recueillir sa tête contre mon épaule. Elle capture mes mains, me raconte. Il s'en est passé des événements depuis notre nuit, et la journée écoulée a amené elle aussi son lot d'émotions. Mon tour venu, je lui parle de Mose avec feu. Elle me coupe pour dire :

— Je ne me suis jamais sentie aussi bien qu'avec toi.

Et moi donc !

Je savoure le silence qui prolonge cet aveu tendre. Nous sommes d'une seule âme, d'une seule coulée, d'un seul cœur qui brasse nos sangs dans ce moment de grâce que je voudrais éternel. Sous notre globe fleurissent des confidences, s'épanchent des secrets. Notre amour vient de si loin. Il remonte à ce dimanche de juillet à Curzay. Mon bonheur qui gonfle comme un gréement de caravelle, cette voile qui s'affale sur la détresse de la nuit.

— Quand nous sommes rentrés dans notre maison de Royan, me confie Esther d'une voix de source, j'ai annoncé à mes parents et à Judith que je t'épouserais plus tard, quand je serais grande...

Je retiens mon souffle. L'anecdote est rapportée sans la distance d'un sourire, si cérémonieusement que je ne peux déterminer si c'est l'enfant ou la femme qui me fait cette promesse. Je saisis cette perche qu'elle me tend. Il est possible que je m'y empale, car une douleur me traverse le corps. Je serais sacrilège de me dérober une nouvelle fois, de refuser ce présent divin. Je ne lui dirai pas cette nuit combien me fait peur le vieillissement de notre amour. Je n'ai pas le cœur.

Avec le doigt, sur la buée des vitres, j'écris simplement, religieusement les mots qu'elle espère et qui la réjouissent. Alors sa bouche happe la mienne. Ce sont peut-être les paroles que je n'ai pas formulées qu'elle recueille dans ce baiser gourmand. Nous dormirions ensemble si elle ne craignait que Thinga, inquiète de son absence, n'alerte la communauté. Au moment de rentrer chez elle, Esther revient jusqu'à moi pour me faire part d'un petit point qui la tracasse, un détail ennuyeux, une réflexion de la couturière du théâtre qui a arrondi sa robe et qui trouve celle-ci étonnamment ressemblante à celle que portait Astrid Galaxy dans le document. Je minimise la chose en lui signalant que j'ai pris la précaution d'en modifier la couleur. Je me sépare d'elle à regret en prenant date et lieu pour un prochain rendez-vous.

Je repars aussitôt pour Niort. C'est si bon de garder ce rêve éveillé. Je m'arrêterai toutefois dans un motel, peu avant Paris. Je suis rattrapé par la fatigue et par une douleur dans le dos qui me rend incapable d'aller plus loin. Dans la chambre, je me tire sur mon lit et je m'endors tout habillé. Il est presque midi quand le bruit des aspirateurs et les coups sur les plinthes me forcent à ouvrir l'œil. Je partirai plus tard, car j'arrive à peine à bouger. Contraint de prendre mon mal en patience, je me fais apporter à manger, je vais paresseusement aux nouvelles. Ma rencontre nocturne avec Esther me poursuit. Je n'ai pas évoqué mon projet de séquence. Je n'ai pas non plus vidé le fond de mon cœur, le fond de ma peur. Peut-être qu'en lui écrivant... Je vais à ma table. J'y trouve du papier à l'en-tête du motel. Je griffonne un premier brouillon. Ça ne va pas ! Je ne sais sur quel mot tendre lancer ma lettre. Je recommence.

Chère Esther,

Tu es mon unique, mon formidable amour. Aussi vrai que je t'aime de toutes mes forces, je resterai toujours impuissant à te combler comme je le souhaiterais. Il en va de mon honnêteté de te le dire. Mon dépouillement est tel ! J'en pleure mille chagrins mais c'est ainsi ! Je pleure sur cette foule de joies inatteignables dont je t'endeuillerai si nous unissons nos chemins. Il y a ce qui saute aux yeux : ce tango que je ne danserai pas avec toi, cet escalier que nous ne dévalerons jamais ensemble, ces positions de l'amour que nous ne connaîtrons pas... Il y a le reste qui se découvre au fil des jours. Elle est terrible cette différence entre nous et, quant à l'avenir que nous pourrions envisager ensem-

ble, je suis anéanti par une peur trop immense de te décevoir. Comment faire pour te donner le change dans mon quotidien misérable où les opérations les plus ordinaires de l'existence s'apparentent à un engluement limacier ? Comment m'aimeras-tu le jour où je ne te surprends pas, le jour où je suis impotence qui traîne ? Tu es si bonne, si généreuse, si prête à tout aujourd'hui. Mais demain ? Vivre avec moi c'est devenir infirme pour moitié et je ne veux pas que mon infirmité te peine, te pèse, te paralyse à mes côtés comme une plante d'intérieur. Je me refuse d'être un étouffoir sur ta vie, sur tes joies, sur tes bonheurs possibles. Je te rêve heureuse, épanouie, amoureuse, et je n'ai pas les clés. Pardon, mon amour, mais je me dois de te dire que je n'ai pas les clés avant de te rappeler désespérément que je t'aime.

Antonin

Je repars vers six heures du soir. Je me ronge. Je n'aurais jamais dû poster cette affreuse lettre et je roule comme un fou pour rentrer au plus vite chez moi. J'ai hâte d'appeler Esther. Je lui ferai promettre de jeter ce courrier sans l'ouvrir. J'expliquerai que j'ai écrit ce mot sur un coup de cafard et que cela va mieux maintenant.

J'arrive à Niort dans la nuit. Je contourne le parc pour aborder ma rue. Il est temps que je rentre. Je range la voiture dans mon garage. Sans que je m'explique pourquoi, j'hésite à sortir de mon véhicule Un pressentiment. Prenant ma commande à distance, j'allume les lampes une à une pour m'assurer qu'il n'y a personne dans les parages. Je quitte ma voiture à roues feutrées. Je me sens comme un enfant dont l'imagination déborde et qui, dans le noir, transforme un craquement en piétinement d'ogre. Même angoisse quand je sors de l'ascenseur et que je me trouve face à mon appartement. J'ouvre la porte et j'éclaire mon vestibule. Il est vide, entièrement vide. Le tapis, le guéridon, la bergère, tout a disparu. Je pense un moment m'enfuir, mais la curiosité est plus forte. Je passe dans le séjour. Il ne reste plus rien, plus un meuble, plus un dessin au mur. Tout a été emporté. La porte de ma salle de montage est entrouverte. J'attends longtemps avant de la pousser. J'allume d'abord la lumière puis je m'introduis dans la pièce. Tout est nettoyé, mes écrans partis. Claviers, banc de montage, modulateurs de son... tout. L'impressionnant coffre-fort qui abrite mes documents a disparu lui aussi. Il a été descellé et emporté d'un bloc par quelqu'un qui sait que la moindre manœuvre de forcement a pour conséquence de détruire le contenu de celui-ci. Bizarrement, la place occupée par le mastodonte a été reconvertie en penderie. Je n'ai pas l'envie d'aller plus loin dans mon état des lieux. Je préfère remettre l'appartement dans l'obscurité et reprendre l'ascenseur pour regagner ma voiture. Je n'ai plus grand espoir de me sortir de ce guêpier. C'est sans doute pour cela que je domine ma peur. Quelques minutes plus tard, je fonce en aveugle sur la route de Curzay. Pourquoi Curzay ? Je n'en sais rien ! Pour retourner au nid, sans doute, au puits. Je me sens progressivement envahi par une immense sensation de vide, comme ces alpinistes qui décrochent et qui, dans leur chute, revoient en un éclair l'intégralité de leur vie. Je me surprends à demander pardon à mon bel amour, à mes parents, à tous ceux que j'aime, d'avoir défié dans mon orgueil les puissances néfastes de ce monde. Des phares s'allument derrière moi, deux, puis quatre, puis six. Je suis perdu. Je songe un moment à faire un écart, sortir de la route pour arrêter ma course terrestre sur un arbre, un mur, un poteau. Devant moi, un camion me barre le chemin. Je dégouline de sueur. Je navigue en même temps dans le présent et dans le passé. C'est le même cauchemar qui repasse. Je lutte contre l'agression de mon souvenir. Il se rappelle à moi par tous les pores, par tous les sens. Treize années n'ont rien effacé des frayeurs, des odeurs, des meurtrissures. Me reviennent les coups qui s'abattent sur moi, me brisent l'épaule, Marjorie, ses cris, la peau glacée de ses bras, tout ce sang qu'elle perd. Je veux bien la rejoindre. J'ai tant regretté ne pas mourir cette nuit-là.

Ma voiture s'est arrêtée, je n'ai plus d'issue. Ils vont me tuer ou alors m'embarquer pour me mettre en prison et me traîner devant leur justice. Je serai condamné pour ma gémeauphilie. C'est grotesque. Plus incongru encore que le procès Carvagnac. J'ai un sursaut de courage. Je soliloque.

— Je ne tuerai pas l'hydre, mais elle perdra avec moi une seconde tête.

J'ai ouvert la portière de mon véhicule. Mon fauteuil roulant débloqué, je m'extrais de l'habitacle. Je suis étrangement déterminé. Les hommes cagoulés qui s'approchent me paraissent plus désemparés que moi-même. Quelle traîtrise peuvent-ils craindre ? Je ne suis quand même pas un foudre de guerre. J'entends une voix qui me commande de ne plus bouger et de mettre mes mains sur ma tête. Qu'est-ce qu'ils imaginent ? Que je vais tirer, peut-être ? Je n'ai jamais tenu une arme et la vue du sang me fait tourner de l'œil.

De dépouillement en dépouillement, comme tout devient simple tout à coup. Ma maison que l'on vide, ma voiture que l'on embarque, mon fauteuil dont on me désolidarise. Mes crapules ballottent un moment dans l'air comme un vieux pyjama détrempé sur une corde à linge. Quelle image séduisante que mes pieds désarticulés qui s'entrechoquent.

Le froid d'une pluie d'hiver s'infiltre dans mes cheveux, glace mon visage. On m'étend sur une civière. On me sangle. On dénude mon avant-bras pour me piquer. Ils n'ont pas assez de la paralysie de mes jambes. Ils veulent engourdir le reste, mes mains, mes sens, ma pensée, me déposséder jusqu'au bout.

Tant de monde pour un demi-corps.

Je n'ai jamais fait l'objet d'autant de sollicitude de toute ma misérable vie.

J'ignore encore combien de temps s'est écoulé depuis mon arrestation, combien de saisons. J'ai dormi chaotiquement pour me réveiller dans une lumière estivale qui n'a rien à voir avec celle du Poitou et qui ne ressemble pas non plus à l'idée que je me fais du paradis. Des rideaux légers de couleur paille ferment deux fenêtres. J'entrevois par un interstice un fragment de ciel bleu et il me semble entendre la mer. J'ai près de moi mon inséparable fauteuil. J'ai retrouvé mon écritoire à secrets dans l'accoudoir de celui-ci, à l'endroit où je l'avais remisé. Mon bras gauche me fait mal à cause des piqûres. La pièce où je suis couché ne ressemble aucunement à une cellule de prison et encore moins à une chambre d'hôpital. Pas d'odeur de désinfectant, pas de fonctionnalité inoxydable dans le mobilier. Le lit, le lustre, les lampes de chevet sentent la boutique d'antiquaire. Un joli secrétaire en bois poli me fait face. Disposées çà et là, quatre chaises cannées à dossier arrondi. Aux murs, des scènes champêtres peintes sur bois. L'ensemble est sobre et de bon goût. Il y a une touche féminine indéniable dans le choix des tissus et des objets décoratifs.

— Vous êtes ici chez moi, Antonin Carvagnac.

Le petit homme qui vient de pénétrer nerveusement dans la chambre après avoir donné trois coups secs sur la porte et attendu ma permission pour entrer n'est pas Aristide Borganov ni quelque autre tortionnaire de sa police privée mais bien le vieux professeur Pacôme Robertson. Ma première réaction est de lui dire : « Vous ici ! » Comme s'il s'était introduit dans mon logis par effraction. Je n'ai pas le temps de me remettre de ma surprise que je suis emporté dans un véritable tourbillon de remontrances.

— Je ne vous félicite pas ! hurle-t-il. Vous avez poussé notre groupe à prendre des risques insensés en vous enlevant. Sur une foucade, vous avez failli réduire à néant les efforts énormes que nous avons consentis pour faire accroire au monde que Tadeusz Nielsen était vivant. Quelle folie vous a pris d'outrepasser votre mission ?

Je le coupe brutalement.

— Qui parle ici de mission, professeur ? Je ne connais pas à ce jour un contrat qui me lie à votre association.

Il concède :

— ... votre concours.

— Je préfère « concours », dis-je avec fermeté.

Cette rectification amène Robertson à poursuivre la litanie de ses reproches un ton plus bas.

— Ce n'est pas seulement la Nielsen que vous mettez en difficulté mais la libération de vos propres parents que vous précarisez.

Cela m'agace de retrouver dans son discours les mêmes appréhensions que Mose.

— Une chose dont je suis sûr, c'est qu'aucun des deux ne désapprouverait mon geste et que Nielsen...

Il ne me laisse pas poursuivre.

— Cette assertion n'engage que vous.

— Vous n'allez quand même pas m'annoncer que la Nielsen Depol Foundation se range derrière Borganov dans ses mesures anti-Gémeaux ! Qu'est-ce que vous attendez au juste ? Que ce monstre utilise vos sphères pour envoyer ses victimes *ad patres* ?

— Ne me faites pas dire ce que je ne dis pas et, surtout, ne mélangeons pas les problèmes. L'embarras que vous nous causez est suffisamment grave. Votre initiative atteste l'existence d'un faussaire. De là à faire le lien avec les séquences de Nielsen, il n'y a qu'un pas que Borganov pourrait bien franchir.

Pour ne pas répondre à cette critique, je joue la carte de la provocation.

— Je compte pourtant reprendre mes activités incessamment et vous allez m'aider.

— C'est hors de question, Valentin Carvagnac ! Formellement, non ! vocifère-t-il.

Je rectifie.

— Antonin ! Je m'appelle Antonin Carvagnac !

Le professeur fulmine. Je repars à la charge.

— J'exige que vous me rendiez mes appareils. Vous n'avez pas le droit de m'empêcher d'agir !

— Je vous ai donné notre position.

— Ce qui se passe avec les Gémeaux est inadmissible ! La Nielsen a l'obligation de bouger.

— Vous êtes borné ! Je croirais avoir votre père en face de moi.

— Enfin un compliment, professeur ! Je désespérais.

La porte claque sur ma dernière sortie.

Lundi 26 février

Je suis en exil à Cuba et je me sens inutile comme une denrée périmée. Tout ce qui faisait ma vie s'est volatilisé et Esther me manque cruellement. La propriété où je languis appartient aux Robertson. Il m'est défendu pour l'instant de quitter la maison, ma présence étant tenue secrète. L'autre jour, j'enrageais. Avec le temps qui passe, je prends mon mal en patience en complétant mon journal. J'ai fait la paix avec Robertson. On a toujours tort d'être virulent. Sous ses dehors de caporal à la retraite, il demeure un homme dévoué, qui a au moins le mérite d'être resté fidèle à ses engagements et à ses amis. Sa femme, de vingt ans sa cadette, est d'un enthousiasme communicatif. Elle rit comme elle respire. Quand il se trouve en compagnie de son épouse, l'impétueux professeur est méconnaissable. Il prend tout à coup figure humaine et devient presque sympathique. Nous avons parlé longuement hier. Au fond, je crois qu'il m'aime bien. J'ai eu droit au récit de la panique qui a secoué les initiés de Nielsen Depol Foundation quand ma séquence est passée. Robertson prétend qu'il a reconnu ma patte à la première vision.

— Vous avez une façon d'écrire elliptique, ciselée qui n'appartient qu'à vous.

Ça m'a vexé. J'ai mis des jours entiers à m'imprégner du discours de l'astrologue pour peaufiner sa confession. Il n'est pas une expression, une formulation que je n'aie extraite des documents dont je disposais. Me voyant contrarié, il reconnaît :

— Par contre la qualité de l'image et du jeu est stupéfiante. Les analyses les plus poussées n'ont révélé aucun trucage dans votre document. Nos experts se demandent comment vous avez procédé.

Atteint dans mon orgueil de faussaire par ce qu'il a dit sur ma partition, j'égratigne à mon tour sa susceptibilité en invoquant le secret professionnel pour ne pas lui répondre. Ses moustaches de grand-père redeviennent militaires le temps d'un cliché.

Ça lui apprendra.

Mercredi 28 février

Chaque rencontre avec Robertson m'apporte son lot de surprises. Ainsi Brenda atterrit ce soir à La Havane avec un handicapé qui n'est autre que moi-même, ou plus exactement une doublure engagée pour camoufler mon enlèvement. Le motif officiel invoqué pour expliquer mon exode subit est lié à l'établissement prochain de mes parents à Cuba : à un mois de leur remise en liberté, j'ai souhaité avancer mon départ pour être dans mes meubles à leur arrivée.

Au débarquement de Brenda et de mon sosie correspondra la fin de ma quarantaine. Outre la joie de la retrouver, j'espère obtenir par elle des nouvelles d'Esther. Je n'ai pas parlé au professeur de ma belle complice. J'attends de récupérer mon identité et de rentrer dans mes installations pour reprendre contact. Je suis en mal d'elle. J'ai appris par Robertson que des ouvriers travaillent à l'aménagement d'un pavillon qui se situe dans la propriété qu'occuperont mes parents. Ils y réinstallent mon mobilier, mes souvenirs, ma salle de bains, mes écrans, tout ce qui faisait mon environnement immédiat à l'exception toutefois de mes appareils de montage et de mon indispensable coffre à protection magnétique. J'ai l'impression d'être un gamin à qui on a confisqué sa catapulte parce qu'il a cassé un carreau.

Vendredi 2 mars

Je me suis fait tirer les oreilles par le professeur et cette fois je ne peux pas lui donner tort. Pendant le déjeuner, je me moquais des fameux limiers de Borganov, amusant l'ardente Mme Robertson avec des anecdotes qui ne mettaient à l'honneur ni la perspicacité des forces de l'ordre ni leur efficacité. J'ironisais sur l'arrestation du sosie d'Astrid Galaxy quand le professeur m'interrompit.

— Vous sous-estimez ces policiers, Antonin. Leur enquête fait son chemin. Ils savent par exemple que les cinq supports expédiés aux chaînes de télévision ont été achetés dans une grande surface de Poitiers. Ils sont sur la piste d'une femme élancée habillée long dans les brun-rouille, qui a été aperçue dans trois gares de Paris à quelques heures d'intervalle, le jour de l'envoi. Ces gens-là font un travail de termites. Avec les images fournies par leurs caméras de surveillance, les interrogatoires sous hypnose, les recoupements d'horaires, ils peuvent retrouver n'importe qui...

Je n'écoute plus ce que dit Robertson. Sa voix me parvient comme s'il s'adressait à moi derrière une vitre blindée. Je regarde sa lèvre inférieure qui débite du son. Le reste de son visage est immobile.

Un frisson me parcourt. Esther est arrêtée, torturée peut-être. Elle m'appelle au secours.

— Professeur ! Cette femme élancée habillée dans les tons brun et rouille est mon amie.

Robertson me lance un regard furibond, avise sa montre, puis abat sa main à plat sur la table.

— Nom de Dieu, Carvagnac ! Je n'en sortirai jamais avec vous.

Samedi 3 mars

L'avion qui transportait Brenda et ma doublure s'est posé à vingt heures dix à La Havane. En raison du surcroît de travail que j'inflige à mon hôte, c'est Loïc Cohen qui a été envoyé pour accueillir les voyageurs et les amener jusqu'à la propriété. Ainsi me suis-je trouvé nez à nez avec mon sosie, poussé dans un fauteuil roulant en tout point semblable au mien. Ma surprise monta d'un cran quand, une fois en petit comité, j'ai vu mon double se lever de son siège et venir vers moi pour me serrer la main. Qu'est-ce qu'il m'aurait plu d'en faire autant ! Pour ce qui est de Brenda, elle m'a paru vieillie de dix ans. La pauvre ! Les événements des derniers jours ont été de trop pour elle. Le professeur m'a présenté Cohen.

— C'est un des aigles de la Nielsen, m'a-t-il dit.

Il s'agit certainement d'un homme très capable mais il est d'un abord froid, presque dédaigneux.

Je les ai entendus se féliciter d'avoir choisi Genève comme point d'envol. J'ai fait les frais de l'humour assez peu délicat de Cohen qui lança à la cantonade.

— Nous pouvons conclure que tout s'est passé comme sur des roulettes.

Il fut tout seul à s'amuser de son trait d'esprit.

J'ai passé la fin de soirée avec Brenda. Le couperet est tombé sur mes attentes : aucune nouvelle d'Esther depuis mon enlèvement. C'est d'une oreille mélancolique et quelque peu distraite que j'ai suivi le récit diluvien des désastres que j'ai provoqués avec en point d'orgue le départ différé de Foxie, la chatte rousse, et l'évacuation en catastrophe de la propriété de Curzay.

— Quand vous pensez que j'avais tout remis à neuf pour le retour de Madame.

— Ce n'est que l'affaire de quelques semaines. Le temps de voir comment vont tourner les élections.

Si j'en crois Brenda, notre demeure familiale a été vidée moins sévèrement que mon studio, les déménageurs de la Nielsen s'étant limités aux effets de première nécessité, aux objets personnels et professionnels, à quelques éléments mobiliers d'une valeur plus fonctionnelle que sentimentale. C'est ainsi que la collection de minéraux des Carvagnac est restée sur place. Je suis soulagé. Curzay demeure une partie presque charnelle de moi-même et il me peinerait d'en être dépossédé.

Dimanche 4 mars

Depuis ce matin, je suis autorisé à m'éloigner de la propriété des Robertson, avec toutefois une restriction de taille : le professeur m'interdit momentanément de reprendre contact avec Esther. « Trop dangereux ! » estime-t-il. Ajoutée à cela la confiscation de mon matériel de montage, autant dire que je suis privé de moyen d'expression. Je me suis enfui aussi loin que me l'offrait l'autonomie électrique de mon fauteuil roulant. J'ai découvert le parc, un coin de mer, le quartier. L'île a beau être engageante et ses habitants hospitaliers, je me sens pensionnaire d'une prison dorée. Je suis rentré de ma promenade vers cinq heures. Elias Potsanis m'attendait. Six années ont à peine blanchi quelques poils de sa barbe au niveau des tempes et du menton. Pour le reste, je l'ai trouvé moins solide que jadis. Revoir Elias Potsanis, c'est retrouver mon père devant le planisphère avec des projets phénoménaux touchant aux cinq continents. Les deux hommes ont travaillé des années ensemble. Une collaboration fructueuse avec d'un côté la passion à l'état sauvage du puisatier et, de l'autre, l'ingéniosité très pragmatique de Potsanis, qui n'avait pas son pareil pour rendre envisageables les pires gageures. La rencontre fut brève mais très amicale. J'ai même eu droit à un coup de chapeau pour mes séquences sur Nielsen. N'ayant jamais reçu le moindre écho sur mes activités de faussaire de la part d'un membre du groupe, j'ai savouré le compliment.

Lundi 5 mars

Pour ma dernière nuit chez les Robertson avant mon déménagement dans la propriété réservée à mes parents, j'ai allumé le téléviseur. Astrid Galaxy m'est apparue en image fixe dans sa beauté la plus éclatante. Un commentateur annonçait au monde son suicide d'une voix émue. Je suis resté un moment incrédule puis j'ai éteint l'écran pour accompagner en pensée la malheureuse dans cet ailleurs où son regard d'enfant l'avait précédée. Je l'ai veillée... jusqu'à l'aurore.

Jeudi 8 mars

Voici deux jours que nous avons investi le domaine de Fuera mis à notre disposition par la Nielsen : dans un parc verdoyant et fleuri de bougainvilliers et d'hibiscus, un bâtiment en U dont j'occupe l'aile gauche. Que ce soit de mon côté ou de celui de mes parents, chaque pièce a été divinement harmonisée par une décoratrice sud-américaine douée d'un sens aigu de la lumière et des couleurs. J'admire la délicatesse avec laquelle elle a tiré de la substance des objets les tonalités porteuses. J'ai profité d'un moment d'absence de Brenda, qui faisait la moue, pour dire à cette dame tout le bien que je pensais de ses aménagements. J'ai retrouvé ma salle de montage. À mon grand étonnement, mes appareils de falsification et mon coffre ont été réinstallés. Sur le mur, mon agrandissement de la petite Aurore interrogeant de son regard perdu cet horizon sans limite où s'abîment les âmes. Je n'ai pas supporté ces yeux et j'ai décroché la photo pour la retourner face contre mur. Au verso du cadre se trouvait écrite de la main d'Esther cette phrase du prince : *« J'attends l'heure du jardin ou de l'épouse. »* J'ai embrassé ces mots.

Vendredi 9 mars

J'ai été invité à me rendre hier à La Havane au siège de la Nielsen Depol Foundation. Le triumvirat qui assure en ce moment la direction du groupe était au grand complet pour me recevoir. Des trois hommes, Elias Potsanis est celui dont je me sens le plus proche. J'aime sa simplicité, sa bonhomie. Cohen, par contre, me met mal à l'aise. Il a l'assurance arrogante des forts en thème servis par la chance et cultive un goût pour la causticité qui frise par moments le mépris. Je lui donne trente-huit ans. Il est comme Robertson de la race des gestionnaires, ceux qui chiffrent, conspirent, spéculent.

Il est sans conteste l'homme fort du groupe.

Le motif de ma convocation a trait à la campagne présidentielle des États-Unifiés d'Europe, où Aristide Borganov brigue sa propre succession face à Boris Carell, que les sondages donnent gagnant.

— Je ne vois pas ce qui vous pousse à me consulter, dis-je. Les affaires de pouvoir et de gros sous m'échappent totalement.

Cohen me parcourt avec hauteur, comme si j'étais un lot dans une vente publique, puis m'annonce d'une voix égale :

— J'irai droit au fait, monsieur Carvagnac ! Nous avons reçu hier un appel personnel du président Borganov. Il gracie Nielsen et le somme d'appuyer sa candidature. Après délibération, nous avons décidé d'accéder à sa demande et de vous commander une séquence complémentaire.

— Si vous attendez de moi que je me prête à cette mascarade, autant vous le dire tout de suite : ma réponse est non.

Mon interlocuteur reprend calmement :

— Je trouve votre réaction plutôt raide dans la mesure où ce sont vos œuvres qui nous mettent dans ce pétrin.

— Le décès d'Astrid Galaxy enlève un atout capital au jeu de Borganov, ajoute platement Robertson.

Comme si je n'avais pas compris !

— Ce que vous exigez de moi est inacceptable ! Je refuse de céder à ce chantage, de salir la mémoire de Nielsen. Cela fait plus de six années que je garde en veilleuse ses idéaux, que je passe son message d'humanité ! Je n'ai pas fait cette besogne de fou pour tout enlaidir en fin de parcours.

Cohen rassemble ses feuilles et se lève.

— Eh bien, messieurs, je crois que nous sommes fixés ! Nous en resterons là pour aujourd'hui.

Robertson ne l'entend pas de cette manière. Il proteste.

— Nom de Dieu, Cohen ! Rasseyez-vous ! Vous ne trouvez pas que c'est assez compliqué comme ça !

Elias, qui s'est gardé d'intervenir jusqu'à présent, prend à son tour la parole.

— Borganov nous propose un marché, Antonin : le soutien électoral de Nielsen contre la libération d'Alexandre et de Tamara Carvagnac. Connaissant l'individu, tu te doutes bien qu'il ne s'agit pas d'une menace en l'air mais d'un ultimatum !

Ma résistance faiblit et je cherche à présent un palliatif au problème.

— La Nielsen pourrait le faire inculper pour crime contre l'humanité ?

Cohen revient à la charge pour démonter ma suggestion. Je lance deux autres idées pour échapper à l'inéluctable : ressusciter Astrid Galaxy pour un communiqué dénonciateur ou mettre dans la bouche de Borganov des propos déments. Je ne convaincs personne, pas même Elias.

— Entre deux maux, il faut choisir le moindre, me lance-t-il.

Tout ce monde me paraît vil tout à coup, si loin des valeurs de Nielsen, de Mose, de mon père. Je clos l'entrevue en disant :

— Nous reparlerons de tout cela quand ce salaud sera réélu.

— Qu'est-ce qui vous fait dire que Carell vaut mieux que Borganov ? m'envoie Cohen.

Connaissant le passé trouble de l'autre candidat, je ne trouve rien à répondre et me retire penaud. Cette manche m'a échappé. J'en crève d'amertume !

Samedi 10 mars

Notre résidence est une pure merveille, un véritable coin de paradis. La vue, l'ouïe, l'odorat, y sont comblés. Trois jardiniers entretiennent le domaine. Ils n'ont d'autre souci que de fleurir, arroser, embellir les parterres et les plans d'eau. Ce déploiement me paraît d'un luxe excessif. Je me sentais mieux à Niort ou dans notre propriété de Curzay. En comptant les gardiens de jour et de nuit, les gens de maison qui cuisinent, nettoient, lessivent et repassent, le personnel domestique s'élève à dix personnes. Brenda est chargée de superviser ce petit monde. Je n'ai pas encore eu l'occasion de recueillir ses impressions sur sa montée en grade mais, la sachant active comme pas une, je suis sûr qu'elle ne trouve pas son compte dans cette nouvelle fonction.

J'ai récupéré ma voiture, mais je n'ai goût à aller nulle part. Je n'ai pas non plus le cœur d'extraire Nielsen de son armoire blindée et de me remettre à l'ouvrage. Esther me manque cruellement. Quinze jours que je suis sans nouvelles et j'ai l'impression que nous ne nous sommes plus vus depuis des mois. J'ai besoin d'elle, de sa présence, de sa tendresse, de son conseil. J'implore le ciel qu'il ne lui soit rien arrivé.

Dimanche 11 mars

Je suis allé passer la soirée d'hier avec Brenda. Comme j'habite à une traversée de jardin de son pavillon, les visites sont devenues moins protocolaires. Je lui ai trouvé meilleure figure qu'à son arrivée. Elle a récupéré sa chatte rousse, qui est complètement perturbée par le changement de latitude et de climat C'est le souci du moment. En dehors de cela, nous sommes restés l'un comme l'autre à l'orée de nos états d'âme. Nous avons joué au monopoly jusque dix heures passées.

Ce matin, j'ai ouvert mon coffre-fort. Tout y était sens dessus dessous. Le ranger m'a demandé la journée complète. J'ai sorti mes séquences filmées dans notre studio improvisé de Curzay. Il a suffi de cela pour me remettre l'amour en tête. Difficile de travailler après ce visionnement heureux.

Il est neuf heures du soir quand je commence à parcourir le dossier de Boris Carell. Cohen m'en a trop dit et pas assez sur ce candidat aux présidentielles et cela m'a donné envie d'étudier plus à fond le trajet politique de cet individu. Au bout d'une heure j'ai mon indigestion de ce bellâtre infatué et ambitieux, dont le sourire préfabriqué pour les caméras m'horripile. Côté carrière, rien de reluisant : de bons pistons, des amis influents, des montées en grade fleurant la combine, un portefeuille ministériel à la Justice. Dans ce parcours sans grandes surprises, je retrouve cette bourde de taille, ce projet de loi qui fit scandale il y a dix ans et qui fut fort heureusement mis en échec par l'action conjuguée de la Ligue des droits de l'homme et de personnalités de premier plan mobilisées par Nielsen et mon père. Ainsi notre politicien défendit l'idée machiavélique de faire placer des implants explosifs dans la boîte crânienne de tous les taulards, une manière expéditive de neutraliser à distance les récidivistes et, pourquoi pas, les opposants au régime. Je ne comprends pas que cet homme puisse revenir au premier plan de l'actualité après avoir défendu une ignominie pareille. Tout comme je m'étonne que Borganov n'utilise pas cette faille pour descendre son adversaire. Sans doute attend-il le moment opportun ?

Mon écran éteint, j'ai quitté écœuré ma salle de montage pour me rendre dans le patio afin d'y prendre l'air. La nuit y était particulièrement douce. Pas un cil de vent. Dans les plans d'eau, la gent batracienne donnait son concert. Pour l'accompagner, les grillons du domaine. Je restai là de longues minutes à réfléchir jusqu'à ce que cette symphonie vespérale se transforme en cacophonie nocturne. Ce que je venais de lire sur Carell me poursuivait. J'imaginais un bourreau des temps modernes devant son clavier, appelant un nom, tapant un code et, à des centaines de kilomètres de là, l'homme visé trouvant la mort suite à la suite de l'explosion d'une minuscule bombe placée préalablement entre le cervelet et le bulbe rachidien. En arrivera-t-on un jour à cette barbarie sophistiquée ? Je me le demande.

Lundi 12 mars, à l'aube

Je m'étais à peine mis au lit que je me suis relevé. Le dossier de Boris Carell me tourmente et, quand je réentends Cohen, j'ai l'impression que la Nielsen me cache quelque chose. Cette histoire d'implants tourneboule dans ma tête et fait resurgir une question que je me pose depuis longtemps. Elle touche aux initiales I.E.P. qui suivent certains noms du fameux fichier « Nielsen » dans lequel je me suis infiltré. Je veux en avoir le cœur net ! C'est fébrile que je me rends dans ma salle de montage et que je prends place devant mon clavier. Les bras me pèsent soudain et, si la réponse que je cherche est au bout de mes doigts, cela me révulse de taper le code d'accès. J'ouvre finalement ce fichier et le parcours. Parmi les noms : Alexandre Carvagnac : I.E.P., Tamara Carvagnac : I.E.P. Mais aussi, Astrid Galaxy : I.E.P., Eugène Spavlesky, I.E.P...

J'arrête mes investigations. Il faut que j'appelle Robertson ou Elias. J'essaie le premier sans résultat. Je tente d'atteindre le second. J'obtiens le brouet d'une voix ensommeillée brassant soupirs et bâillements.

— Elias ! C'est Carvagnac à l'appareil ! Antonin Carvagnac ! Je dois vous voir de toute urgence.

— Ça ne peut pas attendre jusque demain ? tente-t-il pour sauver sa nuit.

— C'est grave ! Il faut que vous veniez.

J'ai droit à un grommellement résigné suivi

d'un déclic. De mon côté, je ne tiens plus en place. Passant par la cuisine, je prépare du café et je vide deux bières avant de monter jusqu'au porche d'entrée pour guetter l'arrivée de mon visiteur. Le veilleur de nuit pique un somme dans sa cahute. Je suis bien obligé de le sortir de sa béatitude pour qu'il ouvre la grille à Potsanis.

Elias descend de sa voiture en somnambule. Il a enfilé un manteau sur son pyjama.

— Qu'est-ce qui ne va pas, Antonin ?

Je réentends ma mère au temps où elle se levait la nuit pour apaiser mes cauchemars.

— Le I de I.E.P. signifie « Implant » ?

Elias se passe la main dans la barbe, hésite un moment puis finit par dire :

— Autant que tu le saches, I.E.P. signifie « Implant exécutoire programmé ».

— Les hommes ont fini par dégoûter leurs dieux, me dit Elias. C'est la raison pour laquelle ces derniers ont quitté l'Olympe.

Je le laisse philosopher, partir dans de grandes digressions sur la fracture des rêves, les désillusions qui attendent les enfants quand ils se heurtent au réel avec ses compromissions, ses manipulations, ses duperies. J'ai l'impression d'avoir dix ans, douze tout au plus. Je l'interromprais bien pour lui souffler mon âge, quoique je sois conscient que mon regard est resté enfantin d'avoir toujours envisagé les adultes en contre-plongée. Que de précautions oratoires pour me parler des petites cachotteries de la Nielsen. Suis-je un si petit garçon qu'il faille me ménager de la sorte ?

— Nous n'avons pas jugé bon de te mettre au courant.

— J'ai eu mes périodes d'abattement mais je me suis toujours acquitté en temps et heure des tâches qui m'ont été confiées. Je n'ai pas manqué de courage.

Je ne parle pas de la grande bravoure, celle qui fait du tapage, mais du petit bonhomme de courage qui remplit au jour le jour le sablier des besognes à faire.

Nous entrons dans mon pavillon. J'apporte le café, un alcool blanc, une boîte de cigares. J'ai prévu des munitions pour accompagner notre nuit. La conversation reprend sur un bruit de soucoupe dans un halo de fumée bleue.

Je sens Elias embarrassé. Au lieu de m'informer du danger que courent mes parents, il s'appesantit sur mes talents de faussaire et de poète, allant jusqu'à me rappeler que le prince dit de l'image du poème qu'elle ne réside ni dans l'étoile, ni dans le chiffre sept, ni dans la fontaine mais dans ce nœud subtil qui amène sept étoiles à se baigner dans la fontaine.

— Tu as maintenu magistralement le rêve de Nielsen et, crois-moi, ton travail a été très apprécié de tous. Ce n'est pas une petite contribution au groupe mais un cadeau royal, une performance qui vaut bien les puits les plus profonds creusés par ton père. Ces perles de sagesse que tu nous as données nous ont permis de tenir le cap. Tu n'as pas idée comme chacune de tes séquences était attendue ici. Ce n'est ni Robertson ni Cohen qui me contrediraient.

Le discours d'Elias est trop mielleux à mon goût. Il dégouline.

— Tu as été, en quelque sorte, le géant de substitution, poursuit-il. Tu t'es surpassé sans cesse ! Non, je ne m'exalte pas ! Tu nous as apporté la preuve qu'avec le faux on pouvait faire mieux et plus beau que la vérité. Aussi vrai que nous reconnaissons l'immense qualité de tes documents, fais-nous la même confiance pour ce qui est de la stratégie à mettre en œuvre pour sortir ton père et ta mère des griffes de Borganov. Tu te doutes bien qu'avec ces bombes miniaturisées greffées dans leur boîte crânienne, nous n'avons plus affaire à de simples prisonniers qu'on relâche mais à des condamnés en sursis, menacés de mourir une fois libérés. C'est à ce sale problème que nous sommes confrontés. Sa solution est politique. Elle passe par certaines concessions, hélas...

Elias tire longuement sur son cigare puis l'éteint par à-coups nerveux sur le rebord du cendrier. Il se cale dans son fauteuil et reprend :

— Si tu cherches Potsanis dans le fichier de la Nielsen, tu verras les trois maudites initiales I.E.P. à la suite de mon nom. Eh oui ! Les médecins de Borganov ont profité de ma captivité pour introduire à l'intérieur de ma tête cette fameuse capsule, à peine plus grande qu'un grain de café, qui sur un simple code vous met la cervelle en bouillie. Je me souviens qu'à l'époque je ne me suis pas tracassé de cette opération que j'ai assimilée à certains interrogatoires sous anesthésie. Je n'ai pas fait non plus le rapprochement entre mon intervention chirurgicale et la mort suspecte d'Angelo Vargas qui survint quelques semaines plus tard. Tu te rappelles Angelo, l'artificier ? C'est lui qui ouvrait les puits à l'explosif pour ton père. Nous avons écopé de la même peine lui et moi. Deux ans ! Si, pour ma part, j'ai toujours pris mon mal en patience, Angelo a tout imaginé pour fausser compagnie à ses geôliers. Question de principe. Un soir il a réussi à filer. Un joli coup tout à l'honneur de ce dynamiteur de génie. Ainsi ce diable de Vargas a réussi à se fabriquer avec des produits de nettoyage une substance explosive assez réactive pour pulvériser la fenêtre des douches. Je devais prendre la clé des champs avec lui. J'ai renoncé en dernière minute quand j'ai pris conscience que nous n'étions plus qu'à deux mois de notre remise en liberté. Les gardiens ramenèrent le cadavre d'Angelo dans la nuit. Son exploit avait tourné court. D'après le détenu qui lava le défunt et s'occupa de sa mise en bière avant qu'on le rende à sa famille, le corps de Vargas ne portait aucune trace de coup. « C'est curieux, me dit cet ancien infirmier, on dirait qu'il a été victime d'une hémorragie cérébrale ou de quelque chose du genre. »

À ma sortie de prison, je décidai de tirer cette affaire au clair. Robertson fut mis dans la confidence. Je le priai de m'aider à convaincre l'épouse de Vargas de faire exhumer son mari pour une autopsie. Il m'en dissuada. Je revins à la charge peu après en repensant à la proposition qu'avait faite Carell, du temps où il était ministre de la justice, de combattre la criminalité en implantant des microbombes codées dans la tête des délinquants. J'eus la même réaction que toi, Antonin : d'abord un sentiment d'incrédulité puis la révolte. Pour moi tout devenait clair ! Borganov avait récupéré en douce l'idée de son collègue et nous étions les cobayes de ce plan diabolique. Vargas fut autopsié. L'infirmier n'était pas loin du compte avec son diagnostic. De mon côté, je me prêtais à des examens cérébraux qui m'apprirent que j'avais bien dans l'encéphale ce corps étranger. La Nielsen paya cher un neurologue vénézuélien pour m'enlever cette entrave à ma liberté. Cette opération de déminage chirurgical fut le cauchemar de ma vie autant que de la sienne, la capsule étant logée dans une région particulièrement vitale et sensible du cerveau. L'extraction fut des plus difficiles et je me réveillai avec de graves séquelles, des troubles importants sur les plans de la vue et de la motricité. Il m'a fallu des années pour récupérer. Je suis encore sous traitement aujourd'hui. Sauf miracle, je resterai sous l'emprise de la médecine jusqu'à la fin de mes jours.

Elias demeure muet un moment. Le gardien de nuit passe dans la lumière du patio et me fait un petit signe amical. Surpris en flagrant délit de somnolence, il est peut-être inquiet pour sa place. Il faudra que je le rassure.

— Voilà le chemin de Damas qui attend tes parents dès leur retour.

Je me racle la gorge avant de murmurer :

— J'ai compris.

Le son de ma voix me paraît bizarre, presque étranger. Avec sa tête hirsute, ses traits tirés, son bas de pyjama qui dépasse sous son manteau, ses mollets blancs qui sortent de son pyjama, Elias ressemble à ces malades qui traînent leur convalescence dans les hôpitaux psychiatriques.

— Dans leur malheur, dit-il, Alexandre et

Tamara peuvent s'estimer heureux, car les implants qui leur ont été greffés appartiennent à la première génération du produit. Aujourd'hui, les chercheurs de Borganov ont mis au point un type de capsule adhérente, qu'il est impossible d'extraire sans dommages irréversibles. Les antennes de ces engins s'accrochent comme un sac d'hameçons dans les tissus.

Ces horreurs ne font que renforcer mes réticences.

— Ces gens sont des monstres. Si je rends la parole à Nielsen, ce ne sera pas pour soutenir Borganov ou Carell dans leur campagne mais pour dénoncer la barbarie de leurs méthodes.

Elias se dépeigne avec les doigts, se pétrit le visage avec les mains, transforme sa barbe en goupillon usagé. Il broierait son cigare s'il ne l'avait posé sur le cendrier.

— Antonin, essaie de comprendre ! Nous n'avons pas le choix.

— Vous n'avez surtout pas cherché !

— Cohen, Robertson et moi-même avons retourné le problème dans tous les sens. Nous n'avons pas trouvé d'autre parade.

— Ce n'est pas pour cela qu'elle n'existe pas.

— Dis tout de suite que nous manquons d'imagination !

Je me rapproche d'un Elias de plus en plus miné par la fatigue.

— Pourquoi la Nielsen ne présente-t-elle pas un candidat à elle ?

— Dois-je vraiment te répondre, Antonin ?

— D'accord ! Ce n'est pas dans ses objectifs. Cela dit, quelqu'un comme Mose...

— Antonin ! ne commençons pas à débattre de tout cela. Il est trois heures du matin et j'ai envie d'aller dormir.

— Il pourrait créer une diversion !

— Personne n'accepterait ce rôle ! Même Mose n'accepterait pas et en plus...

— Et en plus ?

— Autant te le dire, Mose a lui aussi un implant. Laisse-nous faire notre métier, Antonin ! De grâce ! Tu as bien vu où nous ont menés tes entreprises.

Elias se lève péniblement.

— Allons nous coucher, insiste-t-il.

Je n'ai pas épuisé mes questions sur les implants et je demande :

— Vous ne m'avez rien dit sur Astrid Galaxy.

— Explosion ! Comme pour Vargas ! répond-il laconiquement.

— Vous pensez vraiment que Borganov..

— Je ne pense pas ! Je suis sûr ! Rien n'arrête ce bonhomme. C'est bien là le problème !

Il se penche vers moi et me dit aimablement :

— Ne te tourmente pas avec cela ! Tu ne pouvais pas savoir.

J'aimerais tellement satisfaire cet ami de mon père, dont la gentillesse reste inébranlable. Je lui sais gré de ne pas me culpabiliser en me traitant de mauvais fils.

Brave Elias qui me souhaite la bonne fin de nuit, relève le col de son pardessus et regagne son véhicule. Avec ses chevilles claires et grêles dans ses chaussures délacées, son dos rond, sa démarche lasse, il a l'air d'un clown congédié. Nous n'en menons pas large, ni l'un ni l'autre.

Mercredi 14 mars

Les révélations de cette nuit m'ont rendu sombre. Je dois paraître un triste sire pour les hommes et les femmes attachés à la propriété. Ces gens sont tellement joyeux. Pas une heure ne passe sans qu'on entende rire ou chanter l'un d'entre eux. Manuel, le plus âgé des jardiniers, est sympathique en diable. C'est un petit homme noir et trapu de souche indienne, qui a promené d'un continent à l'autre une âme communicative avant de s'arrêter ici pour se pencher sur les fleurs. Alors que je passais dans l'allée, il m'a remis une rose soigneusement choisie en m'invitant à la respirer. J'ai pensé au prince disant : *« Ce matin, j'ai taillé mes rosiers... »* Il y avait une pointe de citron dans ce parfum. Nous avons parlé un peu. Il m'a vanté les qualités de Paris, Rome et Bruxelles comme un camelot conte les vertus d'une potion miracle. Cette escapade m'a ramené au cœur de mon bel hiver, avec ses souvenirs frileux de châle et de manteau tabac, ses vitres embuées pour des mots d'amour, sa rambarde givrée où j'ai écrit le prénom de l'aimée.

Mme Robertson est passée en début d'après-midi pour s'assurer que tout allait bien pour moi et, aussi, curiosité démange, pour jeter un coup d'œil sur mon installation. Autant le professeur est rigide, autant son épouse a une faculté peu commune de s'extasier. Elle a trouvé mon pavillon superbe, mes dessins sublimes, notre jardin suprême. Je ne compte pas les superlatifs dont j'ai fait la récolte. Désireux de lui rendre la pareille, je lui ai glissé deux ou trois compliments qui m'ont paru forcés après coup. En panne d'idées, j'ai été jusqu'à louanger sa chevelure. D'un blond juvénile, cette œuvre hurlante d'un coiffeur obsédé par les grâces nordiques sentait le faux jusqu'à Saint-Domingue. Comme je lui faisais part de mon intention de faire quelques courses, Mme Robertson me proposa fort aimablement de me piloter dans la ville. J'ai profité de l'aubaine. Cette escapade m'a éloigné quelques heures de mes soucis. Je me suis refourni en vêtements d'été, j'ai acheté un chapeau de paille et, surtout, je me suis fait plaisir en m'offrant une grande boîte de peintures à l'huile, une nouvelle palette, des pinceaux, des toiles blanches. De retour à la maison, j'ai attendu poliment le départ de Mme Robertson pour déballer mes paquets. J'ai savouré ce moment où je me suis retrouvé seul à dévisser mes tubes de couleurs, à respirer la bonne odeur de l'huile d'œillette et des solvants, à faire rouler les pinceaux dans mes doigts, à passer mon pouce dans la palette.

Je rêvais à ce printemps du cœur qui sommeillait sous l'enneigement infini de mes toiles neuves.

Jeudi 15 mars

Il n'y aura pas de quarante et unième séquence. En tout cas pas de ma patte ! Inutile de dire que Loïc Cohen est furieux. De son coté, le professeur comptabilise les jours qui nous séparent des élections. Il me traite de criminel. C'est dur à encaisser ! D'ici peu, je n'aurai plus le temps matériel de réaliser le document qu'ils me commandent. Je dois me faire violence pour rester fidèle à ce que je pense être la volonté de Nielsen et de mon père. Je la connais mieux que quiconque, cette volonté. Elle est soulignée à l'encre rouge et au crayon gris dans le livre du prince. Elle refuse en bloc toute compromission. Je vis mal avec cette décision terrible dictée par mes trois absents et, si je supporte les reproches émanant de Cohen et de Robertson, je souffre de la réprobation muette d'Elias. Dix-sept jours nous séparent de la date fatidique et je brûle mes journées entre impuissance et désolation. Cette lutte contre moi-même m'épuise tant physiquement que moralement. Je ne dors plus. J'ai passé une bonne partie de la nuit dernière avec Ramon, le veilleur de nuit. Il m'a raconté ses prouesses de pêcheur d'espadon et de harponneur du beau sexe. La tequila aidant, nous nous sommes quittés les meilleurs amis du monde. Il veut même m'envoyer sa sœur pour quelques massages particuliers. Je n'ai pas réussi à le dissuader.

Vendredi 16 mars

J'ai eu des mots très durs avec Cohen ce matin. J'ai même lâché que je soupçonnais la Nielsen de vendre son âme à Borganov pour quelque profit juteux. Je me suis fait remettre à ma place d'une manière fracassante. Encore heureux que ni Robertson ni Elias n'aient été dans le bureau, sans quoi je capitulais.

En sortant de chez Cohen, quelle ne fut pas ma surprise de croiser Jérôme, l'apprenti coiffeur de chez Mélanie.

— Vous allez m'expliquer ce que vous faites ici ! lui lançai-je.

— Depuis votre départ, j'ai été relevé, monsieur Carvagnac.

— Relevé de quoi ?

— Relevé de la surveillance de votre appartement.

Cette rencontre m'a suffoqué ! En d'autres circonstances, je n'aurais pas résisté à l'envie d'aller passer un savon à Robertson pour toutes les angoisses que la mise en faction de ce benêt de

Jérôme m'avait causées. Il y a tout de même moyen de protéger les gens sans leur ficher la trouille ? Ça fait des mois que je me croyais espionné par Borganov. Ajoutée à l'épreuve de force de ce matin, cette histoire m'a mis de mauvaise humeur pour le restant de la matinée. Je supporte de moins en moins que la N.D.F. me tienne ainsi sous sa coupe. C'est comme pour Esther. Le professeur m'a fait promettre de ne pas prendre contact avec elle. En revanche, il ne m'a donné aucune nouvelle d'elle depuis mon arrivée.

Samedi 17 mars

Quinze jours du terme ! Je me suis réveillé avec une idée et j'ai appelé Cohen pour un rendez-vous. Il m'a accueilli froidement.

— Je n'ai pas le temps de vous recevoir aujourd'hui, monsieur Carvagnac.

Savourant une revanche attendue, il me distilla :

— Tant que je vous ai en ligne, je vous informe que mes associés et moi-même avons confié la séquence à quelqu'un d'autre. En clair, nous n'avons plus besoin de vos services.

La claque fut si violente que je n'ai pas réagi sur le coup. C'est plus tard dans la journée que je me suis senti atteint par cette double humiliation qui égratignait à la fois mon art de faussaire et la droiture exemplaire de Nielsen, dont j'ai été le garant pendant presque sept ans. Pour combattre mon dépit, j'ai sonné Elias, qui s'est abîmé dans des justifications filandreuses.

— Mon père vous désavouera, ai-je dit, et, derrière lui, ce sont des millions de gens que vous allez décevoir.

Il fut à son tour le bec dans l'eau.

Que de jurons j'ai proférés durant cette journée pourrie qui s'est terminée par un rebondissement d'un ridicule consternant avec, vers onze heures du soir, l'arrivée épanouie de Ramon et de sa sœur pour ce fameux câlin dont elle était toute prête à s'acquitter. J'eus toute les peines du monde à défendre ma vertu contre cet élan de générosité aussi spontané qu'incongru. J'ai soufflé la lampe sur une brouille à vie avec mon gardien de nuit. Le bouquet ! Cela m'apprendra à ne pas accorder foi à des promesses d'ivrogne.

Dimanche 18 mars

« Me vint une lassitude extrême. Et me parut plus simple de me dire que j'étais comme abandonné de Dieu. Car je me sentais sans clef de voûte et rien ne retentissait plus en moi. »

Je me force à lutter contre le découragement. Elle est amère cette défaite. Chaque disgrâce de ma vie ramène invariablement mon infirmité à la surface et avec elle ce sentiment douloureux d'être un poids pour les hommes. Je suis très affecté par mon éviction, avec toutefois une consolation, une seule, celle de n'être point complice de cette séquence avilissante. Deux petites semaines et je pourrai regarder mes parents dans les yeux en disant : « Mon travail s'est arrêté juste avant cette note faussée que je ne pouvais accepter dans la symphonie. » Le tigre me donnera raison. Sans doute regrettera-t-il secrètement que je n'aie pas eu sa force pour imposer l'accord final. Capoter si près du but. C'est enrageant !

Cherchant à tromper ma déception, j'ai cueilli une première toile blanche, j'ai sorti mon attirail et je me suis mis à peindre. Au début, je ne savais pas où j'allais. Puis le visage d'Esther s'est dessiné, un corps saisi dans l'offrande amoureuse s'est rappelé à mon désir, une étreinte siamoise avec l'arbre biscornu m'a rattaché à mes espérances. Je suis en manque de sa présence tendre, de nos partages et de sa danse. Je voudrais un chemin de sève qui nous relie, dans ce flux de moi à elle et d'elle à moi, nos secrets unifiés, une communion qui ressemble à l'enfant mais qui n'est pas l'enfant, cet autre que ma difformité pourrait corrompre.

Lundi 19 mars

La jeune femme qui prépare mes repas m'a surpris les pinceaux à la main. Elle a fait un pas de côté pour jeter un coup d'œil sur ma toile. Cela m'a valu un regard admiratif dans lequel pointait un soupçon de gêne. Elle s'est retirée en douce comme on s'éclipse d'une conversation qui ne vous concerne pas. Elle a dû s'apercevoir que je rougissais aussi. Elle s'appelle Fatima. Elle a de beaux cheveux très noirs et très drus comme ma mère au temps de sa jeunesse.

Mardi 20 mars

Le professeur m'a passé un rapide coup de fil en fin d'après-midi. Il revient de New York où il a rencontré Brian Bird pour lui remettre un chèque et régler dans les moindres détails l'arrivée d'Esther et de Norman dans la mégalopole. Mère et enfant quittent Bruxelles le dimanche 26 mars. Je n'ai pu obtenir d'autre information, sinon qu'Esther tiendra un rôle dans la pièce que Bird est en train de monter.

Je ne sais plus où j'en suis. En imaginant ce plan, Robertson amène Esther à repasser par le chemin douloureux d'une rupture dont je ne connais rien. Je tremble soudain pour moi qu'il ne reste de cette liaison, dont j'ai respecté le secret, le brandon sommeillant d'une passion qui ne demande qu'à renaître de ses cendres dans l'amour du théâtre et de cet enfant princier régnant en maître sur leurs deux cœurs.

Ai-je seulement le droit d'espérer ?

Mercredi 21 mars

Dix jours nous séparent de la libération de mes parents, onze des élections ! L'échéance se rapproche. Esther arrive à New York dimanche avec son petit bonhomme. Démis de mon rôle de faussaire, j'ai commencé à peindre un nouveau portrait d'elle. Son visage est penché sur son épaule, la touche presque. Sa main peigne une chevelure d'écorce, luisante de pluie. Le souvenir d'Esther est revenu habiter mes nuits, mes toiles, ce domaine tout entier. Occultant cette maudite lettre que je lui ai envoyée, je me suis remis à l'attendre. Tout est prêt pour la recevoir au cas où elle viendrait me rejoindre. Même chose pour Norman, qui a déjà une chambre : ma salle de montage, que j'ai fait compartimenter par les deux fils de Manuel. Je ne sais comment patiner le clinquant de cette propriété qui respire le luxe et l'indolence par tous les pores. J'ai toujours vécu en retrait et je m'habitue difficilement à ce grouillement de serviteurs et de servantes. Je ne voudrais pas qu'on imagine que j'ai un quelconque mépris pour les gens qui sont attachés au domaine de Fuera, ils sont tous d'une gentillesse, d'une simplicité merveilleuse, mais je me trouve ici trop gonflé d'importance, trop gâté. Mes parents nous ont habitués à regarder à la dépense, non par avarice, mais par respect des ressources du monde. Pour le peu que je connaisse Esther, il ne m'étonnerait pas qu'elle se sente aussi mal à l'aise dans ce paradis artificiel. Je serais prêt à concéder que je m'invente des problèmes si Brenda ne souffrait du même syndrome. Elle m'a raconté hier soir son enfance dans le Kerry, qui fut misérable. J'ai pensé que le dénuement était une forme d'infirmité que la richesse injuriait.

Je me suis endormi en me remémorant cette phrase du prince soulignée de rouge par mon père : *« Et si tu m'apportes un trésor, je le veux si fragile que le vent me le puisse dépenser. »*

Vendredi 23 mars

Manuel m'a offert une rose de son choix. Cette attention se renouvelle chaque jour de la semaine depuis que je suis ici. La matinée est embaumée par ce rituel charmant qui se résume à quelques mots, un sourire, parfois la dénomination de la fleur quand il s'agit d'un nom de femme. Encore un peu de patience et j'aurai des nouvelles d'Esther. C'est après-demain qu'elle prend l'avion pour New York. Je gage qu'elle m'appellera dès son arrivée. En prélude à cette communication, je continue ma toile. Peindre son visage apaise mes craintes et nourrit mes espoirs !

Brenda vient me tenir compagnie. Elle apporte un grand plateau rond où je reconnais deux tasses de son service, sa théière fumante, une assiettée de ses biscuits fameux et un journal. Nous passons la fin de l'après-midi, elle lisant et moi peignant. Par intermittence elle me donne des nouvelles du pays.

— Il fait dix-sept degrés dans le Poitou. J'aurais pu faire mes semis...

Un peu plus tard, je l'entends dire :

— Il serait temps cette année de repeindre les volets.

Je sens bien qu'elle a comme moi la nostalgie de Curzay.

Samedi 24 mars

Huit jours ! Sauf imprévu, Esther décolle demain.

J'ai à peine déjeuné que Robertson est en ligne.

— Antonin, nous désirons vous voir de toute urgence. Rejoignez-nous chez Cohen à la société.

Il raccroche. Je n'en saurai pas plus. J'ai des sueurs froides. Dans ma précipitation, je coince une roue de mon fauteuil dans une goulotte et me voilà par terre. Une chance que Manuel soit dans les parages avec son fils pour me rétablir.

Je suis attendu par Robertson devant le hall d'entrée. Les civilités sont martiales. Nous sommes en froid. Je m'inscris dans son sillage jusqu'au bureau directorial. Rattrapé par une secrétaire essoufflée, le professeur me fausse compagnie tandis que j'entre seul dans une pièce où Cohen, de dos, donne des instructions face à une immense baie vitrée ouverte sur l'océan. À la différence de son collaborateur, le tempo de l'homme d'affaires n'a rien de précipité. Une fois son problème réglé, il se retourne avec calme, me salue courtoisement et s'assied.

— Les loups se mangent entre eux, monsieur Carvagnac, et ça met nos plans par terre, me lance-t-il d'entrée de jeu.

Je fronce les sourcils, croyant qu'il revient sur notre différend.

Les coudes sur la table, les mains jointes à hauteur de la bouche, les yeux arrêtés sur son écritoire, Cohen se ménage un temps d'immobilité et de silence. À l'observer, je mettrais ma main à couper qu'il est joueur d'échecs.

— Nos services de renseignements ont acquis la certitude que Boris Carell est entré en possession des listes où figurent les implantés et les codes permettant de les anéantir. En clair, cela revient à dire qu'Alexandre et Tamara Carvagnac ne sont plus la cible d'un seul tireur mais de deux, qu'une séquence où Nielsen offrirait son soutien à Borganov est aujourd'hui sans objet et qu'enfin il est impérieux de trouver une parade pour récupérer vos parents en préservant notre neutralité dans ces élections.

Devançant ma réaction, l'habile homme désamorce en moi tout triomphalisme.

— C'était ce que vous souhaitiez, je crois ?

La parenthèse fermée, il poursuit :

— Je me suis laissé convaincre par mes associés de soumettre ce problème à votre sagacité pour le cas où vous auriez une idée fulgurante à nous proposer.

La morgue de Cohen m'atteint une fois de plus. Réprimant l'envie que j'ai de lui dire son fait, je m'avance jusqu'à son bureau pour lui demander un bout de papier et de quoi écrire. Je griffonne :

Je serai le 31 mars à Berlin pour vous rencontrer. Je profiterai de l'occasion pour vous signifier oralement devant les médias mon soutien inconditionnel puisque telle est la condition que vous m'imposez pour relâcher mon successeur Alexandre Carvagnac ainsi que son épouse. Je n'interviendrai en votre faveur qu'une fois mes amis en sécurité. Bien à vous !

Tadeusz Nielsen

Je présente mon billet à Loïc Cohen en disant :

— Ma solution est là.

L'homme d'affaires parcourt mon mot rapidement.

— Il y a quelque chose à comprendre ?

— À votre avis ?

Je retrouve à nouveau le joueur d'échecs étudiant la partie. Le regard de Cohen s'immobilise sur mon griffonnage dix, vingt, peut-être trente secondes tandis que ses doigts cherchent des rugosités sur un menton rasé de près. Son œil finit par s'allumer.

— Dites à Robertson et à Potsanis de venir nous rejoindre immédiatement dans mon bureau, lance-t-il dans l'interphone.

Cohen me fixe avec étonnement. Un sourire se dessine sur ses lèvres.

— Joli coup en perspective, monsieur Carvagnac ! Je marche.

Depuis mon retour au domaine cet après-midi, je me replonge dans l'actualité. La campagne opposant Borganov à Carell est dans sa phase cruciale. Toutes les chaînes d'Europe sont envahies par ce dernier tour de scrutin. Les candidats reniflent le linge sale de l'ennemi, exhibent souillures et odeurs nauséabondes de l'adversaire pour grappiller les points manquants. C'est lamentable ! Sous des dehors chevaleresques et à coups de grandes promesses solubles dans l'eau, les deux hommes repeignent l'Europe. Comment peut-on être dupe de pareils discours qui sentent, à vous en asphyxier, l'ambition, l'hypocrisie, la bassesse. Borganov beugle, Carell s'égosille. L'avantage passe de l'un à l'autre, les écarts se comblent, les sondages donnent toujours Carell gagnant. Derrière ce tape-à-l'œil, il y a tout ce que les médias taisent ou ne savent pas : ces têtes qui sautent au propre comme au figuré. Ainsi Clovis peut rengorger définitivement sa soif de vengeance. Eugène Spavlesky est tombé raide alors qu'il était chez son dentiste. Comme c'est curieux ! La partie s'emballe ! Borganov est cruellement pénalisé par le départ d'Astrid Galaxy. Quant à la persécution des Gémeaux, elle s'éteint faute de vestale pour l'attiser. Pauvre étoile déchue ! Hier adulée, aujourd'hui seule responsable de tous les crimes, elle disculpe les vrais orchestrateurs de cette campagne d'extermination. Je ne sais plus que penser de ce coup de cognée mortel qui ne m'a valu jusqu'à présent que des critiques tant du côté de la Nielsen que de la part de Mose. Avons-nous vraiment frappé trop tôt, Esther et moi ? Je voudrais que l'avenir nous donne raison d'avoir pris le mal à sa racine. Je ferme cette page sur un constat qui m'effraie. Je n'ai plus trouvé trace dans l'actualité des derniers jours de cette campagne anti-Gémeaux qui a pourtant coûté la vie à de nombreux innocents. C'est incroyable comme les gens oublient vite. Même Carell a renoncé à faire de cette dérive néo-raciste le fer de lance de sa campagne alors qu'il est lui-même Gémeaux.

Et dire qu'il faudra s'abreuver de ces images une semaine encore !

Dimanche 26 mars

Esther atterrit à New York aujourd'hui à midi comme prévu. Le professeur Robertson me l'a confirmé ce matin quand je me suis rendu à la société pour mettre au point la manœuvre que j'ai imaginée pour duper Borganov. La machination prend forme. Elle a le mérite d'exciter Loïc Cohen. Dans le travail, cet homme est d'une efficacité stupéfiante. J'admire la méthode avec laquelle il explore chaque bifurcation possible de notre plan. Nous ouvrons le scénario sur toutes les hypothèses pour ne pas être pris de court au moment de l'action. Autant mes affrontements avec Cohen ont été stériles, autant cette mise en commun de nos énergies est productive. À mes côtés, Elias apporte sa pierre à l'édifice.

— Il faut que Nielsen termine son parcours en beauté, insiste-t-il.

Robertson entre, sort, ne tient pas en place. C'est lui qui s'occupe des rapatriements. Parmi les personnes à mettre en sécurité pour éviter d'éventuelles pressions, il y a Clovis et sa famille. À voir la mine du professeur, l'entreprise n'est pas aisée. Mon frère résiste à quitter la maison qu'il restaure sur l'Aven pour aller se tourner les pouces sous les tropiques dans une villégiature de la Nielsen.

— L'entêtement est un caractère dominant chez les Carvagnac, lâche le professeur après une communication téléphonique tendue avec ses agents de liaison en Europe.

Il serait malvenu de ma part de le contredire.

Il est treize heures. Une hôtesse nous a apporté des sandwiches et des boissons. Il reste de l'ouvrage et nous mangeons en travaillant. Esther doit être sortie de l'aéroport avec Norman. J'ai en ligne de mire un écran téléphonique. J'attends fébrilement son appel. Je dois faire des efforts énormes pour rester concentré. L'après-midi, je me surprends à emprunter les tics horlogers de Robertson. Le temps s'écoule et je ne peux m'empêcher de penser à cette dernière lettre que je lui ai envoyée. Notre séance se clôt. Rendez-vous est fixé pour demain neuf heures. Côté téléphone, toujours rien. Cohen me salue aimablement. Je sens à sa poignée de main un rapport plus égalitaire. Je sors de l'immeuble accompagné d'Elias. Il est content de l'avancement des travaux. Il m'invite à passer une soirée chez lui.

— Angélique se fera un plaisir de te recevoir. Tu verras mes fils. Ils sont là en ce moment.

Sur le chemin du retour, un accident horrible se produit sous mes yeux. En reculant, un camion renverse un enfant, lui passe sur les jambes avec une roue. Je ne sais pas qui crie, moi ou le pauvre gosse. Le conducteur a freiné à bloc. Il saute en bas de la cabine et, une fois à hauteur de l'essieu arrière, se laisse choir sur le sol, la tête dans les mains. J'ai vu son visage, son pleur, j'ai entendu sa plainte impuissante. Je me dessangle, je déverrouille mon siège, je m'extrais de ma voiture aussi vite que je peux car les villageois se partagent déjà, les uns volant au secours de l'enfant, les autres s'en prenant à l'infortuné transporteur. Je sors alors qu'ils l'injurient, le menacent, le frappent avec les poings, ramassent des pierres pour le lapider. Je me fraie un passage jusqu'à lui dans mon fauteuil roulant. J'ai pour arme une vie d'infirmité, la charge de mon cri. Je suis cette moitié d'homme faisant barrage en exhibant mes crapules démembrées devant la horde.

Je réclame pour nos trois souffrances la miséricorde des bourreaux.

Le lendemain, nous étions occupés à régler avec Cohen, Elias et Robertson les derniers détails de cette fameuse entrevue entre Nielsen et Borganov lorsque j'ai enfin reçu l'appel téléphonique tant espéré. Il était tout juste seize heures quand on est venu me chercher. J'avais sans doute dépassé le seuil de l'attente, car je ne me suis pas senti transporté comme je l'avais imaginé par cette bonne nouvelle.

Je me revois m'excusant auprès du staff avant de me rendre machinalement dans le bureau voisin. M'installant face au cadran, j'hésite quelques secondes avant d'appuyer sur la commande. Quel délice pourtant de voir Esther apparaître sur l'écran, de retrouver son lumineux sourire. Je la sens heureuse de me parler, en même temps que réservée, car Norman est à ses côtés et sa présence la bride dans ses effusions. Un rien turbulent, le petit homme insiste pour entrer dans l'image. Il veut me dire bonjour. Esther l'assied sur ses genoux. Mère et fils me donnent alors la vision d'un tableau à peindre. Moi qui ai rêvé vingt fois le moment de nos retrouvailles, je reste planté là devant elle à la boire du regard, la mémoire vide, la respiration courte. Un je-ne-sais-quoi m'oppresse.

— Tu vas bien, Esther ? Tu n'as pas eu de problème ?

Sa réponse est elliptique, trop elliptique pour que ne se confirme pas en moi cette inquiétude.

— Il s'est passé quelque chose ?

— Non, Antonin ! Tout va très bien.

Je maudis cette secrétaire qui entre dans le local à la cosaque pour y classer un dossier et qui me sabre en passant les quelques mots de tendresse qui affleuraient enfin sur mes lèvres.

J'interroge Esther sur son installation. Elle me rend la pareille. Nous parlons de la pièce de théâtre qu'elle a déjà commencé à répéter, de la libération imminente de mes parents, des déboires de Borganov. Tout est incolore de mon côté comme du sien alors que nous chercherions l'étreinte si un miracle pulvérisait les écrans pour nous mettre en présence l'un de l'autre.

Nous nous quittons sur des mots d'amour à peine murmurés. Plus extraverti, Norman a tiré une chaise derrière sa mère et réapparaît à l'image. En se retournant pour capturer le garnement, Esther se présente à moi de profil. Dans ses cheveux, à quelques centimètres de son oreille, un carré de peau claire.

Quand l'écran est éteint, je sais qu'aucun événement ni personne n'ébranlera ma décision de la rejoindre. Je regagne la table de travail comme un automate. Profitant du moment de silence qui accueille mon retour, je lance :

— Je vais m'absenter. Je dois me rendre à New York pour voir une amie.

Le professeur Robertson s'étrangle.

— Vous n'y pensez pas. À six jours de notre rendez-vous avec Borganov !

Elias, qui ne m'a pas quitté des yeux depuis que j'ai repris ma place, intervient.

— La présence d'Antonin n'est pas indispensable dans l'immédiat. Tant que nous pouvons le joindre, je ne vois pas d'inconvénient à ce qu'il s'éclipse quelques heures.

Le vieux professeur ne l'entend pas de cette manière, il abat sa sentence sans aucune forme de procès.

— C'est une désertion, un abandon de poste, une trahison !

Cohen demeure impénétrable. Je redoute son avis, car il est prépondérant. Je suis surpris autant que soulagé de l'entendre prendre mon parti et affirmer sa volonté de m'aider.

— Nous mettrons un avion de la Compagnie à votre disposition, monsieur Carvagnac. Cela vous évitera bien des fatigues.

Je suis touché par son geste.

« *Car il est une veilleuse allumée pour toi dans ce monde* », dit le prince.

Je me suis envolé à l'aube ce mardi. L'océan qui se gorge de lumière avec le lever du soleil n'est pas assez étincelant pour effacer la lueur chagrine qui habite mes pensées. Je ne me pardonne pas cet implant greffé par ma faute à l'intérieur de la tête d'Esther, cette mort sursitaire qui est le présent le plus affreux que je pouvais lui offrir. Terrible d'imaginer cette bombe miniature qui ferait davantage de dégât dans ma vie que le plus meurtrier des raz de marée.

À New York, c'est l'hiver. Les constructions vertigineuses me dominent de leur superbe basaltique, le grouillement des gens et des engins m'encercle. La ville me gobe, m'amenuise. Elle me fait l'effet d'un boyau qui me digère. Je trouve un taxi assez vaste pour m'amener à Greenwich Village avec mon fauteuil. Il me fraie un chemin jusqu'aux environs du théâtre, jusqu'à celle qui est pour moi le cœur palpitant de cette cité, l'unique raison de mon voyage. Débarqué sur un trottoir, je grelotte.

Le quartier est sale. Le théâtre, lui non plus, n'est pas de première fraîcheur. Les peintures s'écaillent. De part et d'autre de la porte d'entrée, une épaisseur d'affiches collées à la va-vite garde en mémoire la liasse de pièces qui se sont jouées ici. Le nom de Brian Bird est mentionné par-ci par-là. Le bouton de la sonnette est trop haut. Je fais appel à un passant. Premier tintement. Pas de réponse. Je m'adresse à un autre samaritain pour renouveler l'opération. Au bout d'un moment, j'entends un bruit de déverrouillage à l'intérieur. Le personnage qui apparaît est un vieil homme arc-bouté, nanti d'une superbe paire de moustaches à la prussienne, torsadées sur les bajoues comme des cornes de mouflon. Désignant un écriteau placé près de la porte, il devance une question qui doit être coutumière.

— Nous n'avons pas de représentations pour le moment. Elles débutent à partir du quatre.

Le sentant prêt à refermer la porte, je m'empresse de lui donner la raison de ma venue. Il cache mal sa contrariété.

— Nous sommes en pleine répétition, me dit-il. Je vais voir si quelqu'un peut me prêter main-forte pour vous monter. Entrez.

Mon comédien-tourier parti, je passe, dans ce corridor humide, par une mortelle attente à laquelle succède le déplaisir de dépendre de deux porteurs qui m'installent tout en haut des gradins. Je découvre d'abord le plateau éclairé avant d'apercevoir, dans la pénombre écarlate de la salle, Esther qui vient à ma rencontre et m'embrasse. Elle porte un bandeau.

— Antonin ! Je ne comprends pas ! Je croyais que...

Nous échangeons quelques mots à voix basse. Je la sens surprise, un rien embarrassée par ma visite pour le moins imprévue. Elle se met à ma hauteur et prend mes mains.

— Tu es gelé ! Je vais te chercher un café. On vient d'en faire.

Alerte, elle se relève et dévale les marches pour disparaître derrière les tentures.

Attablé au milieu des sièges, Brian Bird donne des indications à une comédienne. Il a une voix grave et chaude, qui charme. Sur ces entrefaites, Esther apporte mon café. Je cherche à la mettre à l'aise en lui murmurant :

— Fais-moi plaisir. Reprends ton travail, ne t'occupe surtout pas de moi. Je n'ai besoin de rien et j'ai tout mon temps.

Je reste tout l'après-midi dans mon coin sombre, à regarder, à écouter, à vibrer chaque fois qu'Esther intervient sur le plateau. Les comédiens sont des faussaires comme moi, avec cette différence qu'ils se donnent en représentation, ce que je n'ai jamais fait.

De ma position plongeante, je peux voir Brian Bird à l'œuvre. Grand et mince, les cheveux blonds en bataille, l'homme est séduisant. Passionné, il est habité par la pièce qui se prépare, passe sans arrêt de sa table à la scène, réunit son monde autour de lui pour une explication dramaturgique, régit les déplacements de ses acteurs avec force mouvements et une bonne dose d'humour. Les moments que je préfère sont ceux où il interprète l'une ou l'autre réplique pour donner le ton. Il a une présence indéniable.

Esther est libérée peu avant six heures.

Elle passe me voir trois secondes pour me dire qu'elle part récupérer Norman dans une garderie.

— Je reviens. Après, on dîne ensemble !

Elle ajoute pour me taquiner :

— Si tu as un autre rendez-vous galant, tu le décommandes !

Je suis soulagé de la sentir plus détendue.

La répétition se termine vers sept heures. Ayant donné congé à ses comédiens, Brian Bird prend sa brochure, éteint sa lampe et gravit les longues marches des gradins pour venir me saluer. Nous échangeons quelques mots. Il brasse dans la lenteur un français impeccable à peine émaillé d'un reliquat d'accent anglais.

— Esther m'a beaucoup parlé de vous, monsieur Carvagnac. Elle vous apprécie énormément.

Nous sommes interrompus par le retour de l'intéressée et de Norman. J'ai droit à un baiser plus timide de l'enfant. C'était prévisible, le contexte a changé.

Deux bonnes âmes descendent marche à marche mon siège et sa charge. Je retrouve le couple en plein conciliabule devant le théâtre. L'enfant tient la main de son père avec fierté. Ils sortent entre hommes ce soir. Ils vont au cinéma. Moi aussi, j'aurais tout lieu de me réjouir. Esther m'emmène dans un endroit choisi par elle pour fêter nos retrouvailles.

— Tu as été inquiétée par la police de Borganov ?

Le restaurant où nous sommes attablés reste dans les tons du théâtre. Il se ramifie en petites pièces. C'est un endroit de rêve pour les amoureux.

— Ils m'ont arrêtée après la manifestation de Londres. Ils m'ont tenue deux jours mais j'ai bien joué la comédie.

Elle ajoute en souriant :

— C'est mon métier ! Non ?

— Ils ne t'ont pas fait mal ?

— Ils m'ont fait une piqûre et quand je me suis réveillée...

Elle enlève son bandeau.

— ... j'avais une petite tonsure là. Thinga prétend que j'ai été interrogée sous anesthésie. D'après elle, ils m'ont glissé une petite sonde dans la caboche pour voir si je ne dissimulais pas quelque secret de derrière les fagots. Apparemment, ils ne m'ont pas posé les bonnes questions, car j'ai été relâchée le lendemain et ils ne m'ont plus inquiétée depuis.

Je suis accablé à rendre l'âme.

— Ce doit être cela, dis-je.

Effaçant cette parenthèse en remettant élégamment son bandeau, elle me lance avec une joie sincère :

— L'important est qu'on ait réussi notre coup et qu'on soit là, ce soir, tous les deux, hors de portée de ces fous. Ce sont peut-être des milliers de gens que nous avons sauvés, Antonin !

Je me fais pâle écho de son cri de victoire.

Nos doigts s'enlacent. Je murmure son prénom du bout des lèvres. Je déborde d'amour.

Le garçon apporte la carte des vins. Je la laisse

choisir. Elle lit les noms des crus avec drôlerie. En temps normal, je rirais de bon cœur.

Nous parlons de la pièce durant le repas et je l'interroge sur les gens engagés dans l'aventure, la petite blonde qui tient le premier rôle, le vieux moustachu qui aime les effets de voix. Je m'inquiète de savoir si elle est bien installée, si elle ne manque de rien. J'ai de l'argent, je voudrais l'aider mais elle fait obstacle à mon offre. Elle a sa fierté et je ne l'entendrai pas se plaindre. Un point sensible cependant : le dépaysement de Norman. Il a laissé ses copains à Bruxelles. J'ai vécu pareils déchirements toute mon enfance.

Vers la fin du repas je retrouve cette distance d'elle à moi que j'ai perçue hier quand elle m'a appelé à la Nielsen. Je pense à cette lettre que je lui ai expédiée le jour de mon enlèvement. Je m'apprête à faire un sort à ce courrier quand elle me devance.

— Antonin ! Je ne veux pas te faire de la peine. Je ne veux pas que tu repartes d'ici en croyant que je t'aime moins. Je ne vais pas bien pour le moment, pas bien du tout. Je m'étais faite au départ de Brian. J'avais refait ma vie sans lui et je croyais sincèrement, quand nous nous sommes revus toi et moi, que la page était définitivement tournée. Aujourd'hui, je ne sais plus où j'en suis. Toutes les qualités qui m'ont conquise quand je suis tombée amoureuse de lui resurgissent. J'en oublie tout le reste... Pardon de te dire tout cela ! Tu m'as tellement apporté.

Ses yeux me quittent. Elle pleure, regard tourné

vers le mur rouge. Et moi, pauvre imbécile, je me prends à parler raisonnablement de l'ordre des choses, je me transforme en conciliateur matrimonial. Je vais même jusqu'à me réjouir de ces retrouvailles. J'évoque Norman jouant les Artaban au côté de son père, je souligne la beauté de leur couple.

— Fais ta vie, bel amour, et sois heureuse ! C'est le plus beau cadeau que tu puisses me faire.

J'ai même dit cela ! Je divaguais. J'étais ce joueur qui flambe sa dernière mise, épuise sa chance jusqu'au dernier jeton pour montrer ses poches vides aux étoiles.

J'étais redevenu tel qu'en moi-même, l'ombre cherchant l'ombre plus vide et plus désespérante que le néant.

Mercredi 28 mars

Je suis rentré à Fuera. Nous sommes à trois jours de notre rendez-vous et toujours pas un signe de Borganov. Contrairement à Robertson, je reste persuadé qu'il va nous appeler. Les sondages le donnent perdant et, sans l'appui de Nielsen, il n'a plus aucune chance de se faire réélire.

Clovis est arrivé hier à Cuba avec Anne-Lise et Philippine. Pour des raisons purement tactiques et sans qu'il y ait dans ma décision le moindre esprit revanchard, j'ai exigé de la société qu'on le tienne en dehors de notre affaire. Elias a été surpris de me voir aussi catégorique. Cohen a mieux compris ma réaction.

— Je partage cet avis ! Il est préférable de ne pas mêler l'affectif à cette opération, a-t-il décrété.

J'ai trouvé Clovis beaucoup plus détendu. Il a les bonnes mains rêches de l'homme qui bâtit sa maison et j'admire toujours sa belle gueule de boucanier. Anne-Lise m'a paru moins timorée, presque sociable. Elle est l'écrin complimenté d'un joyau de petite fille qui dose à ravir ses charmes avant-coureurs. Le domaine a perdu de son recueillement avec l'arrivée du trio. Ambiance balnéaire, gonflables de plastique, musique à tue-tête en permanence, ces agressions visuelles et sonores me font regretter plus que jamais ma quiétude poitevine. Et ce n'est pas tout ! Ce déferlement vacancier ayant promu Brenda au grade de nourrice, je subis à longueur d'heures des conversations s'articulant autour de « guili », « areu » et « bisou ». Cette régression affligeante m'horripile au point d'avoir par moments envie de fuir la maison.

Jeudi 29 mars

Le docteur Umberto Morelli est arrivé du Venezuela avec son assistante. Ce neurochirurgien de renom a fait de l'ablation des implants exécutoires programmés son cheval de bataille. Elias m'affirme qu'il aurait choisi cette spécialisation moins pour le caractère lucratif du créneau que pour combattre une dérive scientifique qu'il juge inacceptable. M'ayant été dépeint comme un grand esprit de la médecine, je m'attendais à rencontrer, je ne sais pourquoi, un praticien d'un certain âge, sorte de vieil aristocrate du bistouri à la crinière blanche. Je fus donc surpris quand on me présenta un homme de la génération de Cohen, dont le visage oblong et austère semblait tout droit sorti d'une toile du Greco.

— M. Potsanis m'a mis au courant du plan que

vous avez imaginé, me dit-il d'une voix chantante. Il n'est pas sans risque.

Un bref échange de vues, quelques questions, et Elias nous montre sur maquette les aménagements de l'avion qui nous mènera à Berlin ce samedi. Il s'agit d'un gros appareil choisi pour sa stabilité. Il a été divisé en trois espaces. À l'avant, la chapelle ardente où reposera Tadeusz Nielsen. Car Nielsen sera bien des nôtres à ce rendez-vous mais à l'état de macchabée. Voilà ma parade contre Borganov, cette gifle du destin qui lui rappellera qu'il n'est pas seul à disposer de la vie des gens. Un deuxième compartiment accueillera le professeur Robertson, Elias, Cohen, le docteur Morelli et son équipe, moi-même. Sir Baldwin Felder qui préside les forces de paix de l'O.D.H. nous accompagnera. Il s'agit d'un garant de poids. La queue de l'avion a été transformée en salle d'opération. C'est là que le chirurgien procédera au déminage délicat des deux bombes miniatures dont mes parents sont porteurs.

Morelli se donne la journée de demain pour vérifier l'installation avec son assistante, faire l'examen minutieux de chaque instrument, s'assurer que chaque machine fonctionne. J'ai froid dans le dos quand je l'entends parler de foreuse, de scie : autant d'outils que j'associe plus au bricolage qu'à la pratique médicale.

— Quel temps annonce-t-on pour samedi ? demande le chirurgien.

— On attend de la tempête en fin de soirée, répond Elias.

— Dans ce cas, il faudra veiller à placer l'avion nez au vent pour que la carlingue reste le plus stable possible.

— Tout cela est prévu. Nous pouvons même compter sur un système d'arrimage pour le cas où il y aurait des rafales.

— Cette précaution peut s'avérer utile ! renchérit le médecin.

Pour toute cette partie du plan, je suis d'une incompétence totale.

Jeudi 29 mars,

Monsieur le Président,

Mon avion se posera le 31 mars à quatorze heures sur la piste G.12 de l'aéroport de Berlin. Selon les termes de notre accord, je ne vous donnerai mon soutien que si je revois le couple Carvagnac vivant. Je sortirai de mon appareil pour vous rejoindre dès que mes collaborateurs seront à bord et hors de danger. Notre marché vaut jusqu'à minuit ! Passé ce délai, je vous lâche !

Tadeusz Nielsen

Nous sommes à trente-six heures du départ quand ce mot manuscrit de Nielsen arrive entre les mains de Borganov à Strasbourg. Méticuleusement mis au point avec des graphologues, le document est marqué du sceau de la détermination.

À la société, on s'inquiète de plus en plus du silence du potentarque. Cohen reste d'un flegme qui m'épate. Il joue la plus belle partie d'échecs de sa vie. Il s'amuse.

Interceptant une allocution de Borganov sur une chaîne, il me lance :

— Le roi se replie. Il est à quelques coups du mat.

Le professeur Robertson est nettement moins confiant que son associé. Il n'exclut pas une prise d'assaut de l'appareil par les forces armées de Borganov et le démantèlement de la manœuvre. Il redoute qu'une fuite ne compromette tous nos efforts.

— Cette opération implique trop de monde, se lamente-t-il. Nous aurions dû rester sur notre première position.

Je ne sais plus très bien ce qu'il faut penser de tout cela. De fortes récompenses ont été promises à la douzaine de personnes impliquées dans les préparatifs, en cas de succès de l'entreprise. La perspective d'une prime est-elle suffisante pour dissuader un homme décidé à trahir ? Je n'en suis pas sûr.

De retour au domaine de Fuera, je visionne une dernière fois ma quarantième séquence, celle où Nielsen remet son œuvre alternativement entre les mains de Tamara puis d'Alexandre Carvagnac. Cette passation en faveur de ma mère est une arme qui pourrait se révéler utile dans le cas où Borganov déciderait de le libérer lui et de la garder, elle, en otage. Il est évident qu'en appelant cette dernière à lui succéder, Nielsen mettrait Borganov à la merci d'une émeute populaire. Je deviens fou. Tous ces pièges qu'il faut prévoir et déjouer, tous ces scénarios possibles qui tournent et encombrent ma tête. Jusqu'où a-t-on le droit de fabriquer du faux pour vendre du vrai ? Je reste avec cette question après ces six années et demie passées à faire vivre et penser Nielsen, à différer sa mort, à abuser finalement de la confiance du monde. J'imagine la déception des gens s'ils découvraient un jour le faussaire, le manipulateur, l'énorme menteur que je suis. Ils ne me pardonneraient pas de leur avoir volé Nielsen, leur Nielsen, confident de misère, embellisseur d'âme, porteur de sens et d'espoir.

« Car je vous apporte la grande consolation, à savoir qu'il n'y a rien à regretter. Ni à rejeter », me rappelle le prince.

Les lumières d'en face se sont éteintes. Je ne me résous pas à aller me coucher. Je passe de mes notes à mes écrans, de mes écrans à cet éloge de Nielsen que j'ai rédigé à la demande de Cohen et qui sera lu par sir Baldwin Felder à Berlin après la sortie du corps sur le tarmac de l'aéroport.

— Ce texte doit être tout sauf concis, a-t-il stipulé au moment de la commande. Il nous fournira une trêve capitale durant laquelle Borganov n'interviendra pas.

J'ai été heureux qu'on me confie cette tâche. Elle m'a permis de placer la dernière pierre du temple que j'ai construit, la clef de voûte. Elle est mon adieu au grand homme. La rédaction de ces quelques pages évoquant l'œuvre, la personne, le charisme de Nielsen m'a bouleversé. Je ne peux relire certains passages sans être ému. Je vis un deuil intime avec cette mort. Je suis tellement redevable à ce personnage, tellement pénétré de lui. Lorsqu'une pensée du prince rejoint mon hommage, des larmes me montent aux yeux. Bien loin de brosser un simple compte rendu de la vie de Nielsen, j'ai construit mon éloge sans perdre de vue une seconde le projet philosophique de cet homme qui n'a jamais cessé d'espérer le renouveau du monde.

Le texte recèle tout ce que mon cœur souhaite à l'humanité, une œuvre d'artiste faussaire fabriquant du vrai avec du semblant, du beau avec de la matière infirme, corrigeant à l'aide de ses pinceaux la grande nuit de la terre pour y inscrire ce jeu de couleurs, d'épaisseurs, d'ombres et de luisances qui place dans notre champ de vue des portes entrebâillées sur l'espoir, répond par des larmes à la douleur de vivre, ramène de l'abîme du puisatier les âmes d'éternité : qu'elles nous disent au moins si une lueur se propose à l'autre bout de la béance.

Vendredi 30 mars

Je me suis réveillé en nage cette nuit. Toujours ce maudit cauchemar où j'assiste impuissant au plongeon de milliers d'êtres précipités dans un puits sans fond. Je reconnais une fois de plus quantité de têtes connues dans l'avalanche, mais aucune d'entre elles ne m'aperçoit. Je suis sans substance et mes cris déchirés ne font pas plus de bruit qu'une haleine d'oiseau dans la tempête. Je vois passer une succession de visages d'Esther. Certains sont sortis de mes propres peintures. Ils suivent hypnotiquement la voix grave et mélodieuse de Brian. Ils versent dans le gouffre sans me regarder.

Le départ est prévu pour vingt-trois heures. C'est la phase finale des préparatifs. J'ai été appelé dans les sous-sols de la société où des nécroplasticiens toilettaient le cadavre de Nielsen. Quand je me suis trouvé dans cette pièce froide en présence du mort, j'ai dû vaincre un moment de panique. Je repassais du virtuel au réel, et ce corps de chair et d'os m'intimidait.

— Qu'est-ce que vous dites du travail, monsieur Carvagnac ? me lança une voix que je reconnus comme étant celle de Cohen.

— Impressionnant ! fis-je pour masquer mon trouble.

— Et encore ?

— Pour moi, il ne fait aucun doute que c'est lui !

Mon interlocuteur se retira satisfait sans me dévoiler si la dépouille était bien celle de Nielsen ou s'il s'agissait d'un sosie.

Mon impression première s'est confirmée. Ce visage est bien celui du cher homme, congelé depuis sept ans en prévision du cérémonial différé de ses funérailles. Il m'a fallu tout mon courage et le réconfort de deux verres de gin pour procéder, par croque-morts interposés, aux ultimes retouches de vieillissement. Des photos tirées de mes derniers documents et projetées sur des écrans géants nous aidèrent dans les corrections. Au bout d'une heure dans ce lieu lugubre et frisquet, j'avais oublié où j'étais et j'arrivais à me pencher sur la dépouille de Nielsen sans que me perturbe l'idée qu'il avait été habité de pensées, d'amours, de doutes, d'espoirs. Je travaillais cette matière inerte comme une toile, traquant la ressemblance, veillant surtout à rendre à ce masque humain l'apaisement qui dénoue les traits quand la souffrance lâche prise, m'ingéniant à restituer la confiance enhardie de l'âme qui passe, car d'un cadavre dégelé qui m'avait été confié il m'était demandé de refaçonner un mort tout juste déserté par la vie.

Il fait nuit noire quand je remonte au domaine pour me préparer. Le large sourire de Ramon, le veilleur de nuit, me ramène du côté des vivants. Le bougre m'a pardonné l'affront dont je me suis rendu coupable en refusant les bontés de sa sœur.

La propriété résonne d'une musique syncopée qui cadre mal avec la quiétude tropicale de notre beau jardin. Clovis me voit rentrer et vient me rejoindre pour parler. Il s'étonne qu'on le tienne à l'écart du rapatriement de nos parents. Il veut savoir si je suis de l'opération. Répondant par l'affirmative, je crains qu'il ne s'insurge, revienne avec de vieilles remontrances d'aîné.

— Tu as eu raison de me secouer pour Spavlesky, me dit-il soudain.

— Tu sais qu'il est mort ?

— J'ai appris.

Je m'attends à une réflexion haineuse de sa part. Je crois rêver quand j'entends, venant de sa bouche :

— C'est bon de vivre !

Blondeur en charpie, visage couperosé, ventre triomphant, sir Baldwin Felder, porte-parole des forces de paix de l'O.D.H., a déjà pris place dans l'avion quand on me monte à bord. En grande conversation avec les représentants de la Nielsen, il paraît contrarié. Après m'avoir salué de manière évasive, il revient à l'objet de son mécontentement.

— En somme, vous vous servez de moi comme d'un bouclier, proteste-t-il.

Felder est déçu et parle de repartir pour Londres ! Cela fait des années qu'il cherchait à obtenir une entrevue avec Nielsen et voilà qu'on lui propose d'escorter son cadavre. Avec un aplomb qui me stupéfie, Cohen évoque les derniers moments de son patron, raconte pathétiquement le malaise qui a frappé la veille cet homme déjà grièvement atteint par la maladie, rend compte des dernières volontés du mourant parmi lesquelles figure le souhait d'associer Baldwin Felder au rapatriement des Carvagnac. L'émissaire se soumet de mauvaise grâce à cette mission imprévue et l'avion peut enfin décoller. Il est minuit et demi quand nous survolons Cuba. À voir la nervosité du professeur Robertson, nous devons accuser un léger retard sur l'horaire. Le salon aérien où j'ai une place à proximité d'un hublot en même temps qu'une excellente visibilité sur les écrans a l'inconvénient de m'exposer à une conversation avec Felder qui siège à côté de moi. Contrairement à Cohen, j'ai avec la dissimulation un rapport difficile et je me connais assez pour savoir que je ne peux mentir sans devenir écarlate. M'enfermant dans une discrétion de psychiatre, je me détourne pour chercher les lumières des bateaux dans l'immensité nocturne de l'océan, tandis que notre émissaire se voit remettre le texte d'hommage à la vie et à l'œuvre de Nielsen que j'ai rédigé.

— Comment avez-vous fait pour écrire en si peu de temps un discours de cette qualité, monsieur Cohen ?

Cette question, qui m'aurait confondu sur place, trouve réponse chez l'interpellé aussi facilement que si on lui avait demandé sa date de naissance.

Pleinement contenté, Felder se tourne alors vers moi et enchaîne :

— Vous connaissiez Tadeusz Nielsen, monsieur Carvagnac ?

— Je l'ai croisé à plusieurs reprises grâce à mes parents.

Je vois dans ses yeux ronds qu'il envie ma chance.

— C'est une grande figure qui nous quitte aujourd'hui ! pontifie-t-il, comme s'il faisait déjà l'éloge funèbre de Nielsen face aux caméras du monde.

À mon grand soulagement, je ne retiendrai pas davantage l'attention de sir Baldwin Felder de tout le voyage. En manque d'une nuit de sommeil, il dormira, bouche entrouverte, jusqu'à notre atterrissage à Berlin peu après quatorze heures, heure locale.

Après un vol fluide, l'avion se dandine jusqu'à son aire de parcage. Le ciel d'Europe est d'un gris tumultueux. L'appareil s'immobilise nez au vent au bout de la piste réservée aux invités de marque. Loïc Cohen s'installe alors face aux caméras pour faire le point de la situation avec les autorités de l'aérodrome et relancer un appel à Borganov. Communication faite, il tombe la veste et nous dit

— Les dés sont jetés, messieurs ! Il n'y a plus qu'à attendre

Là-dessus, il sort un échiquier de son porte-documents, dispose ses pièces et, sans chercher de partenaire, se lance dans une partie contre lui-même. Il est totalement maître de lui, presque insouciant, au moment où nous commençons tous à laisser affleurer certains signes d'anxiété. Ainsi de Robertson, qui trotte d'un hublot à l'autre, d'Elias, qui brûle son cigare par un bout et le grignote de l'autre, de Morelli, qui fait craquer sinistrement les articulations de ses doigts. Quant à Felder, il boit et s'empiffre de fruits secs pour passer ses nerfs.

Quinze heures trente. Les opérateurs de la tour de contrôle ont dû ébruiter la nouvelle de la venue de Nielsen à Berlin, car on voit apparaître du monde aux fenêtres de l'aéroport et derrière les bastingages.

— Ça ne fait que commencer ! lance Cohen avec un sourire aux lèvres.

En effet. Au fur et à mesure que le temps passe, la foule grossit au point que le service d'ordre débordé est bientôt obligé de faire appel à la milice pour contenir le flux de curieux et de fervents qui déferlent sur le site. Du côté de Borganov, pas le moindre signe.

Vers dix-huit heures, ce raz de marée humain devient si important que trois pistes sont fermées au trafic aérien et que des vols sont détournés vers d'autres destinations. Nous suivons, hallucinés, l'évolution du phénomène sur les écrans. Qui d'entre nous aurait imaginé une telle affluence de monde pour accueillir la légende Nielsen enfin sortie de sa retraite ?

Felder s'affole.

— Ces gens vont nous lyncher quand ils apprendront qu'il est mort !

Je sens Cohen un rien plus tendu. Il y a du bon sens dans cette remarque. Elias de son côté me souffle dans l'oreille :

— Si Borganov ne s'est pas manifesté à dix-neuf heures, c'est qu'il sait.

— Pourquoi dix-neuf heures ?

— À un jour des élections, il ne va pas gaspiller son temps d'antenne, répond-il laconiquement.

Quel supplice que ces dernières minutes. Rendant les armes, Robertson est prêt à redécoller. Il est appuyé par Felder qui écluse avec Elias force whiskys en maudissant l'entreprise. Visiblement agacé, Cohen quitte le salon pour se retirer dans la cabine de pilotage et suivre dans le calme les mouvements du ciel. Le docteur Morelli est en discussion avec son assistante. Je vois à son air qu'il est inquiet lui aussi.

À sept heures moins vingt-deux, Cohen réapparaît triomphant. La tour annonce enfin l'arrivée de l'avion présidentiel. Dans la carlingue, c'est le soulagement, l'explosion de joie ! J'ai droit à une accolade d'Elias, à une poignée de main de Cohen.

Par mon hublot, j'assiste à l'atterrissage de l'appareil. Il est moins six quand il touche le tarmac. S'ensuit la lente reptation vers nous de ce roi des oiseaux redevenu sur terre un pataud bahut de tôle. Mon cœur bat à tout rompre.

Cohen a remis sa veste. La phase décisive est en passe de se jouer. Il me fait un clin d'œil avant de s'installer devant les objectifs, astiqué comme un présentateur de journal télévisé. Appelé à le rejoindre, sir Baldwin Felder est légèrement éméché. Quelques instants pour vérifier si les détecteurs de mensonge sont opérationnels, si les caméras fonctionnent, et la communication est lancée. Je sursaute quand la face rougeaude et barbichue de Borganov surgit sur l'écran. Les civilités sont on ne peut plus brèves.

— Alexandre et Tamara Carvagnac sont à mon bord ! J'invite Nielsen à m'y rejoindre !

Cohen ne se laisse pas impressionner.

— Les termes du marché prévoient le respect d'un protocole, monsieur le Président. En un, la montée des époux Carvagnac à bord de notre appareil, en deux, la sortie de Tadeusz Nielsen.

— Je n'ai jamais ratifié cela !

— Pardon, monsieur le Président, mais nous estimons que votre silence a tacitement entériné cet accord.

La communication s'interrompt aussi sec. Une longue minute se passe avant que Borganov ne revienne à l'image et réattaque.

— Je voudrais négocier le problème avec M. Nielsen en personne !

— La réponse est négative ! coupe Cohen.

Borganov éclate.

— Rien ne me prouve qu'il est à bord, votre Nielsen.

Baldwin Felder intervient.

— Je puis vous assurer que nous avons fait le voyage ensemble. Vous n'aurez aucune difficulté à vérifier l'information sur votre détecteur de mensonge.

Nouvelle césure, plus longue cette fois.

Les souffles sont retenus. Le docteur Morelli rompt le silence.

— Ne traînons pas, ou je n'aurai plus le temps d'intervenir.

Le potentarque revient à l'écran pour annoncer :

— Je vous envoie Tamara Carvagnac et puis j'attends Nielsen.

Une hésitation, et Loïc Cohen marque son accord.

Pivotant sur sa chaise, il me fait face. Je comprends à son regard qu'il est désolé de n'avoir remporté qu'une demi-victoire.

Je garderai toute ma vie en mémoire l'image de ma mère descendant les marches de l'avion présidentiel. Elle est magnifique de dignité. Par deux fois, elle se retourne en direction de ce compagnon de toujours, qui n'est pas autorisé à la suivre. Faut-il être un monstre pour séparer ainsi deux êtres que le cœur et la vie ont si harmonieusement unis ! Plus elle approche de nous, plus je découvre combien fragile est sa marche, combien douloureux est cet éloignement. C'est un fleuve qu'elle descend, un fleuve dont les rives sont humaines. Des milliers de regards silencieux la portent. Je retrouve les traits sobrement vieillis, les yeux d'Asie de mon enfance. Ils se raccrochent à moi ces yeux-là. Quand ils me voient planté comme un rocher au sommet de la cascade, ils me fêtent. Et les mains maternelles touchent mon visage, ses lèvres m'embrassent, mon prénom me revient dans ces corbeilles fleuries de tendresse qu'elle me tend. Je voudrais plus d'espace pour la reconnaître, plus d'intimité pour la rassurer de mon amour, et je la brusque en la suppliant d'être docile et courageuse. Je lui dis qu'on va l'endormir, que je veille sur tout et qu'elle doit me faire confiance, que je ne suis plus le petit garçon tordu, timoré et chagrin qu'elle a connu jadis.

— On ne te fera pas de mal.

Le neurochirurgien et son assistante nous pressent. J'accompagne ma mère jusqu'à la salle d'opération. Je suis là jusqu'au moment où les effets de l'anesthésie décontractent ses traits.

Tout en enfilant ses gants, le docteur Morelli me rappelle :

— Une heure, monsieur Carvagnac. Elle sera hors de danger dans une grosse heure.

Je retourne dans le salon d'où me parviennent les bribes d'une conversation houleuse. Le rapatriement des Carvagnac prend une tournure que sir Baldwin Felder n'avait pas soupçonnée et il craint un blâme de ses pairs. Il accuse la Nielsen de l'avoir pris en otage dans cette affaire et demande à quitter l'appareil pour regagner Londres. Un veto catégorique s'oppose à son projet.

— Dois-je comprendre que vous me séquestrez ? s'indigne le porte-parole.

— Si cette situation vous arrange, je veux bien en assumer la responsabilité, casse un Cohen excédé.

J'essaie de calmer les esprits en parlant de cette heure de sursis dont a besoin le neurochirurgien pour mener à bien son intervention. J'implore

Felder pour qu'il nous garde sa confiance. Mes arguments ont moins à voir avec la politique qu'avec le simple fait que deux vies sont en jeu.

L'émissaire se rassied et se ressert un doigt de whisky en guise de soumission.

Cohen se réinstalle devant les caméras. Il est à peine en place que Borganov réapparaît.

— Qu'est-ce que Nielsen attend pour venir me rejoindre, demande-t-il avec impatience.

Le joueur d'échecs se réveille et risque son coup le plus périlleux.

— Tadeusz Nielsen attend que vous relâchiez Alexandre Carvagnac, monsieur le Président.

Pris d'une colère subite, Borganov explose.

— Dites à votre patron que je lui donne un quart d'heure pour obtempérer. Passé ce délai, il regrettera son entêtement.

D'un geste circulaire, il fait signe à son technicien d'interrompre la communication.

Cohen réfléchit un moment puis se retourne vers nous.

— Il bluffe !

Elias se penche sur le détecteur. Sa réponse est sans équivoque.

— Cette fois-ci, c'est du sérieux !

Le silence tombe et je devine que tout le monde fait ses calculs. En tenant compte de l'acheminement sur le tarmac de Nielsen dans son cercueil translucide et de l'installation du porte-parole de l'O.D.H., l'éloge funèbre doit durer une demi-heure au moins pour que Morelli ne soit pas bousculé dans son travail. On est dans les temps !

Tandis que Cohen règle la suite des événements en chorégraphe précis, à trois petites minutes de la sortie du corps, sir Baldwin Felder, que je croyais amadoué, renâcle une nouvelle fois en nous annonçant que, tout bien pesé, il préfère ne pas être mêlé au cérémonial en lisant l'hommage à Nielsen.

Je m'attends à des mots très durs de la part de Cohen, mais celui-ci se contente de prendre les feuilles que lui tend le haut dignitaire et de me les remettre en disant :

— À toi l'honneur, Antonin !

Je suis sur la crête de la cascade et le courant m'emporte. Je n'ai d'autre issue que de me jeter dans l'abîme, au mépris de mes peurs. Je devrais hésiter, résister et, au lieu de cela, j'acquiesce. Je me suis pourtant aventuré jusqu'à l'extrême bout de l'œuvre et j'ai rempli mon contrat devant les hommes, mais il y a toujours un plus loin qui se propose comme il y a toujours une ombre à cerner derrière l'ombre, un coup de pinceau qui rend le tableau plus proche de la perfection. J'acquiesce parce que la vie est un enjeu d'amour avant d'être un enjeu de mort et que je peux aimer davantage, parce que la Beauté est ma quête et que je suis en bataille pour sa conquête, parce que Nielsen est ma légende et, sans impureté, un diamant d'âme pour les hommes, parce que...

Je vais au-devant de cette porte ouverte sur le vide, cette béance. Les projecteurs me révèlent et m'aveuglent. Je suis insensé de rentrer dans la lumière, d'exposer à la face du monde mes difformités d'olivier tordu. Une nacelle monte pour me prendre. J'ai oublié que je suis faussaire, artisan de l'ombre et, dans les archives de Borganov, une plante timorée.

Je suis captif du char à voile de Clovis. Il m'emporte vers la mer. De l'écume ramenée à la surface des vagues émergent les spectres des noyés Je rejoins cette même peur d'enfant devant cette foule, cette houle qui me cerne. J'ai vingt-sept ans et je meurs pour moitié. Je libère un versant de mon âme, un double prisonnier de moi-même, côté pile ou côté face, je ne sais ! Sans doute est-ce la plus belle part de ma vie qui s'échappe, celle qui, pour le commun des mortels, gardera les traits de Nielsen, le charisme de Nielsen, la force confiante de Nielsen. Car je me suis battu pour que la légende s'empare de cette trajectoire vivante et la consacre.

La légende est notre parcelle de mémoire anoblie. Elle enlève les aiguilles des horloges pour une éternité de sablier truqué. Bel ouvrage de faussaire, elle amplifie les êtres et les rêves, pourchasse les incertitudes, évacue tout ce que le quotidien rend médiocre et tiède.

Je lis à voix retenue l'éloge funèbre de Nielsen. Je parle et mes mots deviennent buée autour de ma bouche. Il doit faire froid mais la fraîcheur de cette soirée ne m'atteint pas. J'ai la conviction que le prince m'a rejoint car je me sens autre, plus solide, plus intense, plus pénétré de sagesse et de force. Pour les gens qui m'observent de loin, je m'efforce d'être avant tout une parole intime, un souffle d'espoir. Pour les autres qui me dévisagent sur leur écran, je souhaiterais symboliser le renouveau du monde. Étonnamment, je maîtrise ma peur. Je suis ce veilleur ému qui a porté sa lampe durant toute la traversée de la nuit et qui la pose comme appoint dans un coin désensoleillé de la terre. J'avance en étonné de paragraphe en paragraphe. Elle est valeureuse cette voix qui suit sa route sans trébucher ou s'enrouer d'un caillot de larmes. Les pages tournent entre mes doigts. Il m'en reste une et je la retiens. J'ai des craintes tout à coup ! Ai-je tenu trente minutes ? Le temps m'a paru si court. Je me demande où en est Morelli. Je continue ma lecture plus posément. Quelques lignes encore et c'est une vision de Borganov qui me traverse l'esprit. Il est fou furieux ! Mauvais perdant, je le vois verser d'un revers de main les pièces de l'échiquier par terre. Il gronde : *« Ils m'ont donné rendez-vous avec un cadavre. »*

J'arrive à mon passage redouté, celui où le prince relaie ma parole pour dire de Nielsen : « Il a, son travail achevé, embelli l'âme de son peuple. »

Ma voix se fêle car j'ai été jardinier de cet achèvement et que la floraison est belle grâce au soin et au cœur que j'ai apportés à la taille de nos rosiers...

J'ai besoin d'un temps pour me détacher de ce moment d'émotion. Je resurgis quelques instants encore pour annoncer la diffusion du dernier message de Nielsen aux vivants, ma quarantième séquence, celle où il invite Alexandre Carvagnac, mon père, à reprendre le flambeau, à poursuivre l'œuvre.

Je sors étourdi de ce voyage, complètement vidé. J'ai soif terrible de repli et je respire quand les lumières quittent mon visage, me déséblouissent. C'est seulement alors que je découvre, abandonné sur le tarmac au milieu d'une assistance recueillie, à mi-chemin entre les deux appareils, le cercueil translucide où repose Nielsen. En bas des marches de l'avion présidentiel, trois gardes du corps entourent Borganov. Autour de lui des soldats en armes. De l'autre côté du gisant, leur faisant face, les fidèles qui ont porté la dépouille. Sir Baldwin Felder, rattrapé par le remords, les a finalement rejoints. C'est sur cette image arrêtée que la voix de Nielsen résonne pour deux courtes minutes, histoire de nommer son successeur et de saluer la terre d'une ultime bouffée d'espérance. Je possède sur le bout des ongles ce texte que j'ai enfanté. Je suis faussaire de chaque inflexion, de chaque respiration, de chaque plan. Je n'ai pas besoin de chronomètre Le décompte je le connais par cœur ! Restent douze secondes ! Restent huit secondes !...

Voilà. Tout est dit ! Trop vite, trop court ! Un galet qui ricoche et qui disparaît dans l'onde au troisième rebond.

De ma nacelle, je ne quitte plus Borganov des yeux. Ni moi ni Nielsen n'avons eu l'ombre d'une attention pour lui, pour sa campagne. Je suis sûr qu'il le tuerait une seconde fois s'il le pouvait. Quant à mon sort, je préfère ne pas y songer. Sous l'apparence du recueillement, le potentarque rumine son prochain coup. Il n'a pas grand choix, soit il passe aux représailles, soit il tente une ouverture. C'est un de ses acolytes qui reçoit à l'oreille le résultat de ses cogitations. L'émissaire se détache du groupe pour se rapprocher de l'avion présidentiel et faire un signe. Deux hommes apparaissent alors en haut des marches et ouvrent la voie à un troisième : mon père. Un vivat retenu, timide, presque indistinct part de la foule. Il enracine une rumeur assourdie, fervente. Le tigre a été reconnu et on le plébiscite avec une chaleur feutrée, dans le respect du mort dont la présence emmitoufle l'assemblée comme une brume. Superbe revenant ! Sa barbe éclaircie de touffes blanches le rend plus félin encore, plus princier. Je retrouve sa démarche ronde que j'adore. Je le sens habité de sa force. Prenant place latéralement à proximité de la dépouille de Nielsen, il se recueille. Borganov le tient sous le grappin de son regard. Ses yeux le menacent :

« J'attends votre aval, sinon. » La dame est en échec. Il n'y a qu'un code à frapper et elle se détache de la vie comme un fruit de sa branche. Faut-il mettre en péril l'être cher parce que la compromission est inacceptable ? Après un silence de près de sept ans, j'attends avec impatience le réveil de cette voix familière, je guette cette traversée du cerceau de feu par le fauve. Je connais le tigre. Aucune forme de chantage ne le déviera, aucune pression. Le puisatier est aligné dans l'aplomb des puits qui visent sans écart le centre de la terre, il ne sortira pas de sa rectitude !

Elias jette un coup d'œil derrière lui. L'aile gauche de l'avion devrait clignoter trois fois pour indiquer la fin de l'opération chirurgicale. J'essaie de ne pas céder à l'angoisse. Morelli m'a parlé d'une grosse heure. Je prie pour ma mère, qu'elle survive ! Le ciel doit m'entendre, car le potentarque nous accorde un sursis en prenant la parole. L'homme a beau être un brillant orateur, il ne fera plus pencher la balance.

Je demande à regagner l'appareil parce que j'ai froid. L'opérateur trouve le moment mal choisi et envoie un subalterne me chercher une couverture. Borganov discourt. Il joue les bonnes âmes. Il a tenu à reconduire personnellement les Carvagnac et se dit ébranlé par la mort de Nielsen, qui venait lui apporter son soutien. À l'entendre, on lui donnerait l'absolution et l'auréole. Situé entre flagornerie et mendicité électorale, le spectacle offert est lamentable. Il s'interprète dans le registre du chien qui lèche. Je serais à la place de ce politique aux abois, j'aurais honte.

Alexandre Carvagnac se tient sur le côté, impassible. Je sais où vont ses pensées. Je devine en même temps l'écœurement que suscite chez lui ce mauvais numéro. Tout ce qu'il déteste !

Son regard quitte soudain le cercueil de Nielsen. Il me cherche dans l'obscurité. Je sens sa présence monter jusqu'à moi. Elle me fait plus d'effet que cette couverture qu'on m'a jetée sur les épaules et sous laquelle je continue à frissonner. Je suis sûr qu'il a bu mes paroles, qu'il a aimé ma détermination, ce courant dont j'ai maîtrisé la force.

Borganov nous donne du temps. Il est bavard, ennuyeux. Il improvise mal, se perd dans des justifications qui ne sont pas payantes. Il ferait mieux de se taire, de rendre à l'assemblée l'espace de recueillement qu'il a troublé du brouhaha parasite de ses ambitions contrariées. Sa défaite l'aveugle-t-elle à ce point qu'il ne se rende plus compte que son discours sonne faux comme un mirliton dans un quatuor à cordes ?

Du côté de l'avion, toujours pas de clignotement. Cela fait près d'une heure et demie que le docteur Morelli est occupé à l'extraction de l'implant. Je claque des dents.

— Auriez-vous l'amabilité de me reconduire à bord !

L'opérateur perçoit plus d'insistance dans ma demande et s'exécute. C'est avec une lenteur extrême qu'il nous fraie un chemin jusqu'à l'appareil et relève la nacelle pour mettre mon fauteuil roulant à hauteur du plancher de la carlingue. Elias profite de la manœuvre pour quitter en douce l'esplanade. Il m'aide à pénétrer dans l'habitacle. Ses premières paroles sont :

— Il barbote. C'est tout bon pour nous !

Je vais jusqu'à la table de notre salon aérien. Pour me remettre d'aplomb, je me verse le fond de whisky qu'a épargné Felder. Elias a entrouvert la porte de la salle où opère Morelli. Emmitouflé dans ma couverture, j'arrive enfin à maîtriser mes tremblements.

— Combien de temps, croyez-vous ?

— Ce n'est plus qu'une question de minutes.

Je jette un coup d'œil en direction des écrans. Borganov en est à sa péroraison. Il sue. Je lis l'insatisfaction dans son regard. Sa prestation a été médiocre et il se ronge, c'est manifeste. À la fin du discours présidentiel, la caméra quitte le potentarque pour parcourir la dépouille de Nielsen, tandis que la voix chuchotée d'une présentatrice annonce l'intervention attendue d'Alexandre Carvagnac, la dernière manche. Un plan cadre alors la tête de mon père. Il ne me faut pas trois secondes pour deviner sa position. Rien qu'à la façon dont il toise Borganov avant d'intervenir, je sais qu'il ne fera pas la moindre concession à son ennemi.

« Car celui-là que je combats dans mon désert et enveloppe dans ma haine, j'y ai toujours trouvé le meilleur exercice de l'âme. »

Je retrouve la part intraitable du puisatier, celle qui pulvérise tous les obstacles pour atteindre l'abîme. On est obstiné chez les Carvagnac. C'est bien connu et même redouté. Cela fait dire à ceux qui nous aiment qu'on a de la suite dans les idées et aux autres qu'on est bornés. Le tigre ne transigera pas. Il ne l'a jamais fait.

Quatre pas pour se placer au chevet de Nielsen, un temps pour chuchoter son adieu à l'ami, voire formuler une prière et le dauphin prend la parole.

— Au recommencement du monde sur notre terre infirme...

Tels sont les mots qui résonnent sur cette esplanade. Ils sont emportés par le vent des ondes vers les cinq continents de la terre. Ils donnent le ton de la démesure des bâtisseurs pour les sept jours d'une nouvelle genèse, de l'ouvrage pour sept générations d'hommes. Le souffle de Nielsen passe dans la voix de son successeur. On est en retard de besogne et il est temps de repartir. Il est d'autres fleuves à purifier, des mers à fertiliser, des déserts à reconquérir ! Assez de projets en tout cas pour remettre en mouvement la marée des hommes et recoiffer d'écume blanche le roulement des vagues, redonner une direction à la vie.

Je pense à ce chiffonnier de Borganov disputant un septennat d'omnipotence au chiffonnier Carell. Qu'ils sont petits, ces deux hommes, quand on entend le tigre. Le potentarque est de plus en plus cramoisi. Il se sent balayé par cette tourmente d'idées, qui n'a que faire de petits pesages d'épiciers du pouvoir.

— Il y a ceux qui multiplient, il y a ceux qui soustraient ou divisent.

J'écoute fasciné les propos du puisatier à sa remontée des abîmes. Cet homme resurgit de sept années de silence pour réveiller un siècle de courage. Sa puissance me transporte. Je suis ému de le retrouver plus fort que jamais au sortir du puits stérile de sa détention, fier d'avoir été le trait d'union entre deux espérances, la morte et la vivante.

Sans bruit, Elias s'approche de moi et se penche au-dessus de mon épaule pour me glisser à l'oreille :

— C'est fini.

Je me retourne vers lui pour qu'il me répète cette phrase que je ne suis pas sûr d'avoir comprise.

Radieux, il m'annonce plus clairement :

— Morelli a l'implant ! Tamara est hors de danger.

Je ressuscite avec elle, tandis qu'une aile d'avion s'allume par trois fois pour donner le signal.

Borganov est échec et mat. Mauvais joueur, il regagne son appareil accompagné de ses sbires sur le dernier mot du puisatier. Il est fou furieux. À voir la brusquerie de son départ, je redoute qu'il ne passe son dépit en incendiant l'échiquier.

Mon père quitte l'image tandis que l'écran nous montre l'esplanade envahie d'une mer humaine qui se canalise pour devenir fleuve, rivière, ruisseau et remonter le courant pour rendre à Nielsen un dernier hommage.

Quelques minutes à peine après l'envol de l'avion présidentiel, j'entends venant de la salle d'opération une légère déflagration suivie d'un cri d'émoi. Le flacon contenant l'implant exécutoire enlevé par le docteur Morelli explose dans les mains de son assistante.

Le bourreau a perdu la tête. Il passe des échecs au jeu de massacre. Un clavier, un code, des vies que l'on déconnecte. Il peut frapper tous azimuts, en toute lâcheté. La partie est gagnée d'avance. Elle a l'avantage de ne pas mettre en péril l'exterminateur. Mon imagination galope. Esther est en ligne de mire. Elle a été arrêtée par la police de Borganov quelques jours après la diffusion de notre séquence. Les enquêteurs se sont rendus chez elle pour interroger ses proches, questionner les habitants de la friche. Ils sont une foule là-bas à m'avoir vu, reconnu ! Ils m'ont même ovationné lors de mon premier passage à Bruxelles. En lisant l'éloge funèbre de Nielsen en remplacement de Baldwin Felder, c'est Esther que j'ai mise à mort. Où et quand va-t-on me la voler ? Je la vois partir dans son sommeil... Je la regarde s'effondrer sur le plateau du théâtre... Elle s'écroule en conduisant Norman à l'école...

Mon père va remonter dans l'appareil. Il faut que je me ressaisisse. Je me répète en moi-même :

« Nous avons affaire à un cas isolé, rien d'autre ne se produira. » Je m'interdis de penser au pire en me disant : « Cohen avait prévu cette éventualité ! » Je dois chasser mes idées noires, me maîtriser pour le moment tant attendu où je vais revoir le tigre. J'entends sa voix en bas des marches de l'avion, il plaisante. De quelle matière est-il façonné pour avoir tant de sang-froid ? Je me suis débarrassé de ma couverture et je fais bonne figure quand il entre dans l'habitacle accompagné de Cohen. Il vient sur moi.

— Le prince de mon prince ! clame-t-il.

Je ferme les yeux pour mieux me retrouver dans son étreinte et dans son rire. Puis nous parlons de ma mère, et il me dit simplement :

— Nous avons failli la perdre, Antonin.

Je n'ai pas besoin de détecteur pour lire dans son regard qu'il vient lui aussi de connaître la plus terrible angoisse de sa vie.

Le docteur Morelli sort enfin de la salle d'opération. Il a dû recoudre la main de son assistante : une intervention heureusement sans gravité mais qui a pris un peu de temps. Après avoir salué le nouveau venu, il s'assied pour nous donner un descriptif minutieux de la manière dont il a procédé pour extraire du bulbe rachidien de ma mère cet implant particulièrement mal placé. J'écoute d'une oreille lointaine l'exposé du neurochirurgien pour n'en retenir que la conclusion heureuse. La simple idée que des outils aient pénétré à l'intérieur de cette tête aimée me donne la chair de poule. Quand Morelli se dit prêt à pratiquer la même opération sur mon père, il essuie un refus catégorique de ce dernier.

— C'est totalement inutile ! décrète-t-il.

Autant Cohen qu'Elias tentent alors de convaincre le tigre de se prêter à cette intervention chirurgicale qu'ils ont programmée.

Il ne veut rien entendre.

— S'il entrait dans les intentions de Borganov de m'abattre, il l'aurait déjà fait.

Une sonnerie interrompt momentanément la discussion. Morelli est appelé d'urgence de sa clinique vénézuélienne. Le flacon contenant l'implant d'Elias vient d'exploser à son tour.

L'offensive pour convaincre Alexandre Carvagnac de se faire opérer redouble de vigueur. Le puisatier reste sur sa position.

— Je serai aux obsèques de Nielsen ! Ma place est là-bas et pas convalescent dans une chambre d'hôpital.

Personne n'infléchira sa décision. Autant vouloir forger un fer avec son poing.

En retrait, Pacôme Robertson est blême. Il ne participe pas à la discussion. Il devrait pourtant compulser sa montre, faire les cent pas, monter sur ses grands chevaux. Traversé par un étrange pressentiment, je profite d'un moment de silence pour lui demander :

— Vous n'êtes pas bien, professeur ?

Cohen relaie mon appréhension et s'exclame :

— Nom de Dieu, Robertson, vous n'allez pas me dire...

Assis docilement dans son coin comme un enfant fautif, le vieil homme hausse les épaules pour toute réponse.

— Mais pourquoi, bon sang, n'avez-vous rien signalé ?

— Je ne voulais pas de cette opération !

Il marque un temps avant d'ajouter :

— C'était mon droit.

Mon père se lève d'un bond et lance à Morelli :

— Il faut que vous interveniez immédiatement ! Il nous reste peut-être une chance de sauver Robertson.

— Mais nous sommes convenus avec la Nielsen que...

La réponse du tigre me terrifie.

— Je ne cours aucun danger ! Borganov s'attaque aux branches mais il ne touchera pas au tronc.

Le visage de Cohen devient soudain terriblement soucieux. Il lance :

— Qui nous dit que c'est Borganov qui exécute et non Carell ?

Je suis avec les autres autour de Robertson quand il émet cette hypothèse. Au moment le plus noir de ma terreur, face à cet homme qui déguise ses adieux sachant que d'un moment à l'autre il va être arraché à ce monde, je perçois une faible lueur d'espoir pour mon amour qui est une branche connue dans l'arbre de Borganov mais pas, à ma connaissance, dans celui de Carell. C'est en effet dans le cadre d'une manifestation en faveur des Gémeaux qu'elle a hérité d'un implant.

Si seulement Cohen pouvait avoir raison !

Avant de se lever pour rejoindre le neurochirurgien en salle d'opération, Robertson rompt le silence oppressant qui l'environne.

— Nous avons réussi une belle fin pour Tadeusz !

Le professeur est à peine debout qu'il est frappé d'un éclair. Ses jambes se dérobent sous lui et il tombe comme une écharpe molle sous nos yeux impuissants et désemparés.

Le couperet à peine tombé, Cohen nous abandonne pour se caler devant un écran. Il a repris son masque impassible et épingle les pièces de l'échiquier menacées dans ce saccage. Des noms sont évoqués autour de moi.

— Si Howard Gruss reste en vie, cela accuse Borganov.

— Pourquoi ? demande mon père.

— Gruss est son beau-frère.

— Vérifions !

Cohen tombe comme il le craignait au milieu d'un drame. L'homme vient de se tuer au volant de sa voiture. Une fois la communication terminée, il confirme son pressentiment.

— C'est bien Carell qui est derrière tout cela ! Il achève son rival.

Reprenant l'inventaire, il continue son parcours macabre. Mon cœur se déchire quand il prononce le nom de Mose. Je balbutie :

— Pas lui ! Il ne va pas tuer Mose ?

Mon père reste méditatif un moment, puis me dit :

— Mose fait partie des géants. Il n'a rien à craindre.

Je perçois dans cette réponse l'immensité glacée de sa solitude. Il cache mal ses craintes et, accablé autant par la fatigue que par la barbarie qui s'abat sur lui en ce jour de liberté retrouvée, il me confie :

— C'était si simple d'être puisatier !

Mercredi 4 avril

Je suis faussaire, animal de nuit, et je regagne l'ombre. Je préfère. Par la fenêtre de cette clinique berlinoise où ma mère est hospitalisée jusqu'à la fin de la semaine, je peux voir de grands arbres tout juste bourgeonnants. Je rêve à notre jardin de Curzay qui doit être plus vert. La convalescente dort et je suis à son chevet, ému de veiller sur elle. J'ai pris des nouvelles d'Esther par le biais de la billetterie du théâtre pour ne pas l'alarmer. Elle joue en ce moment.

Le docteur Morelli est passé tout à l'heure. Il m'a donné les résultats des derniers examens. Nous avons parlé de façon détendue. D'après lui, l'opération ne laissera pas de séquelles.

Les obsèques de Nielsen ont eu lieu hier. Le stade olympique était bondé. Mose se trouvait au côté du tigre avec les figures de proue d'une douzaine de friches. La force pacifique de ces hommes défiait les siècles. J'ai éprouvé une immense fierté d'être dans leur camp.

— Carvagnac s'améliore ! dit ma mère après l'allocution de celui-ci.

Sa remarque me fait sourire. Elle trahit pudiquement l'admiration qu'elle garde pour son époux en même temps qu'elle réinstalle cette place de confidente privilégiée qu'elle a toujours eue dans leur couple et qu'elle ne céderait pour aucun empire.

Depuis sa remise en liberté, mon père est sollicité partout. Hier il était à Berlin, aujourd'hui, à Copenhague pour l'inhumation de Nielsen dans le caveau familial, après-demain on l'attend au côté de Mme Robertson pour l'enterrement du professeur, le tout entrecoupé d'interviews, de passages sur les chaînes, de rendez-vous.

— Ne me dis pas que j'en fais trop, lance-t-il en préambule à ma mère chaque fois qu'il l'appelle pour prendre de ses nouvelles.

Je les écoute parler. C'est un tel bonheur de les entendre, de les retrouver dans leur tendresse, dans leur projet, intimement liés. Je m'émerveille de les voir si peu rancuniers des épreuves qui les ont frappés. Pas une allusion au passé. Aucun commentaire sur cette élection de dimanche qui a été boycottée par les friches. Par contre, une réflexion de maman qui en dit long sur un puits d'absence que nous ne comblerons jamais.

— Tu te souviens, Berlin, cette pauvre nuit où est née Marjorie ?

Lundi 9 avril

Nous sommes rentrés à Cuba. Clovis nous attendait sur la piste d'atterrissage avec Anne-Lise et Philippine. Notre mère se porte mieux mais il faut lui donner le bras quand elle marche. Elle est en effet sujette à de légers vertiges qui, d'après le docteur, disparaîtront dans les prochaines semaines. Nous avons été accueillis au domaine par une Brenda au paroxysme de ses larmes. Elle n'aurait pas pleuré davantage si notre avion s'était abîmé en mer. De mon côté, je donne le change d'un bonheur qui flambe de la paille. J'ai fini de jouer le rôle de ma vie et je redoute ces années d'inutilité qui m'ouvrent les bras. Je me vois rentrant dans mon bloc comme une statue redevenant granit et carrière. Je m'imagine reprenant des chemins de faussaire pour recréer l'illusion d'un inaccessible amour. Suis-je condamné à faire avec Esther ce que j'ai fait avec Nielsen, ce que j'ai fait avec mon handicap quand j'étais petit... de l'amour avec du vent, du vivant avec du mort, du fringant avec de l'infirme ? Il est un temps où l'homme se fatigue de se mentir à lui-même, de s'illusionner de faux-semblants, de trafiquer la réalité pour la rendre acceptable.

Jeudi 12 avril

Mon père se dit heureux d'avoir retrouvé dans ma voix la probité inflexible de son ami Nielsen. Il ajoute que la force s'est ancrée en moi et que la traversée de mes épreuves est digne d'un fleuve. Il me demande de rester la conscience éveillée du projet et de continuer à fonder les aspirations des hommes dans de courts textes éclairés par la sagesse du prince. Cette requête me comble et m'effraie. Je demande l'avis de ma mère. Il n'est pas une égratignure de l'âme qu'elle ne décèle. Elle connaît l'étendue de ma solitude et, malgré cela, elle insiste pour que j'accepte cette proposition. Je voudrais être aussi bon simulateur que je suis faussaire pour décharger mes proches de cette peine d'amour que je traîne derrière moi, mais je suis incapable de feindre.

Clovis est reparti dans sa Bretagne avec Lison et la petite. Moi, j'ai repris mes pinceaux. Quant à mon père, il lance de grands défis. D'un côté je l'envie, de l'autre je le plains. Les phares ne sont pas autorisés à s'éteindre. Je me dis souvent qu'il se fait violence pour rester ce fidèle servant de la terre et rallier les hommes à sa démesure. Nielsen a porté le rêve si haut ! La nuit, je rejoins le tigre dans son bureau. Je me glisse entre sa mappemonde sur pied, ses livres scientifiques, ses piles de documents filmés, ses écrans, ses souvenirs. Annotant ses cartes ou fluorant son planisphère géant, il me fait l'effet d'un explorateur de la grande époque des découvertes. Il me parle de nouveaux puits, d'un moyen qu'il a imaginé pour transformer la dépression de Kattara en réservoir inépuisable d'eau douce, de nouvelles friches à conquérir en Inde, d'alluvions à remonter en amont du Mékong. Mon regard le quitte un moment pour relire cette phrase du prince épinglée au mur : « *Je te désire permanent et bien fondé. Je te désire fidèle. Car fidèle d'abord c'est de l'être à soi-même.* »

Le 15 avril

C'est jour de Pâques. J'ai passé ma matinée à peindre, à traquer l'âme d'un regard, à placer cette semence de lumière qui se reflète sur l'œil et qui trahit le visage de l'abîme, comme dans les toiles flamandes ces miroirs, ou chez Vermeer ce fragment de bois poli qui renvoie l'image du peintre. Je prends garde à ne pas me salir car je suis invité à déjeuner chez mes parents. Comme dans mon enfance, j'arrive dans une maison fleurie. C'est une des délicatesses de maman de veiller à ce qu'il y ait toujours l'humilité de quelques pétales dans le champ des pensées. Je retrouve l'ambiance de Curzay dans ce repas dominical. Le téléphone sonne. Un appel ! Mon père quitte la table pour le prendre.

— Quelqu'un pour toi, Antonin !

Je croise le regard de ma mère. Elle a deviné. Le bureau paternel est sens dessus dessous, il est encombré de cartes hachurées. Plages vertes, points rouges, bleus ou noirs m'installent au centre du monde.

— Allô...

Cette voix !

Je rêve ! Je cherche mes marques dans ce balancement du probable et de l'improbable qui martèle sous mes tempes.

— Esther...

Elle est émue. Elle a été surprise de me voir apparaître l'autre jour à l'écran pour annoncer la mort de Nielsen et lui rendre hommage. Elle dit qu'elle a pleuré jusqu'à épuisement de ses larmes. En suis-je désolé ? Nous parlons à voix retenue dans la suspension de nos souffles. Ma main gauche est posée sur le globe de mon père, mon index pointe Bruxelles et prépare ma question.

— Où es-tu ?

— Je suis toujours à New York... Nous avons joué les prolongations...

La mappemonde amorce une rotation vers la droite. Mes doigts traversent l'Atlantique. Ils hésitent à accoster dans la mégalopole. Je crois même qu'ils tremblent.

— Et toi, Antonin, que fais-tu ?

— Je peins.

— Qu'est-ce que tu peins de beau ?

— Toi !

Elle rit et ma main se calme.

— Et quoi encore ?

Mon annulaire est sur New York, mon pouce sur Cuba. Mon sang circule entre ces deux points du globe, ces deux pôles ardents de mon cœur.

Ma voix se trouble.

— Rien d'autre !

Vendredi 20 avril

Ce matin-là, le puisatier part avec Elias à la découverte d'une chambre magmatique nouvellement percée en territoire salvadorien. Je ne résiste plus à l'envie de les accompagner. Deux heures plus tard, nous survolons le volcan Izalco. Arrivé au puits, je demande à mon père de monter dans le spéléoscaphe avec lui. Ma requête le rend fou de joie et, aussitôt dit, il m'installe dans le pendule. J'ai bien un serrement de cœur quand nous commençons à descendre dans l'œsophage ténébreux de la terre, mais mon angoisse fait vite place à l'émerveillement quand je découvre la lumière des nuits, la magie des feux de couleur, l'enfer natif d'avant la sécession des anges. Je ris de bonheur. Père me regarde avec contentement. Son visage est un flambeau qui irradie la nuit. J'ai la fête en moi quand je refais surface.

De retour au domaine, je regagne le pavillon et je sors mon journal de sa cachette. Il est fait de papier et d'encre maintenant. J'ai mis en couverture une page bleue avec ces mots écrits avec un fin pinceau :

« Tu seras de mon secret toi qui acceptes d'être de mon partage. »

Je murmure cette phrase qui n'est pas du prince mais du faussaire. Je soupèse cette liasse de feuilles, mon viatique.

Dans la nuit tropicale, je rêve que tu m'as lu et que je vais te trouver dans la chambre, offerte à l'amour. J'espère l'onction de tes larmes sur mon épaule, l'étreinte patriarcale de mes mains qui te consolent, la fertilité de ton ventre. J'ai moins peur du monstre qui m'habite pour moitié, qu'il ne renaisse.

Je m'imagine te disant :

— Les deux étoiles de ton regard m'ont tiré du puits des abîmes. Je suis avec toi en terre promise.

DU MÊME AUTEUR

Aux Éditions Denoël

LE PASSEUR DE LUMIÈRE (Folio n° 2688).

LES SEPT COULEURS DU VENT (Folio n° 2916).

LE PUISATIER DES ABÎMES.

Composition Nord Compo.
Impression Société Nouvelle Firmin-Didot
à Mesnil-sur-l'Estrée, le 6 juillet 2001.
Dépôt légal : juillet 2001.
1er dépôt légal dans la collection : mars 2000.
Numéro d'imprimeur : 56324.

ISBN 2-07-041362-4/Imprimé en France.

5529